天を織る風

永田智美
Nagata Tomomi
絵 甲斐大策

石風社

天を織る風

もくじ

登場人物

朝海《あさみ》……現代日本の少女。夢の中の声に導かれて十一世紀のアフガニスタンにやって来た。優しく純粋だが、芯《しん》の強い娘。記憶を失っている。

ユヌス……十一世紀のアフガニスタンの小国・グルバハールの総督《アミール》の跡継。繊細で感じやすい心を持つ。幼くして父を亡くして以来サイード家の中で微妙な立場に置かれ、様々な苦悩を抱えている。

ダウド……ユヌスの叔父で現総督《アミール》。ユヌスに深い信頼を寄せる。当主にふさわしい懐《ふところ》の深い人物。

ザヘル……ダウドの長男。軍人らしく豪放な青年。明るい好人物だが、父のダウドが自分よりもユヌスを跡継に選んだことに対して複雑な思いを抱き、ユヌスに対しての劣等感を拭い去れないでいる。

ファティマ……ユヌスの母・ラーベアがダウドと再婚してもうけた娘。明るく快活な少女だが、ユヌスに密かな思いを寄せ、報われぬ恋に苦悩する。

ラーベア……ユヌスの母。ユヌスの父の死後、二番目の妻としてダウドに嫁ぎ、ファティマとホスローをもうけた。

ホスロー……ラーベアとダウドの間に生まれた少年。病で死にかかっているところを朝海に助けられる。

マルジャナ……ファティマの侍女だが、朝海が客として迎えられて以来朝海の世話をしている。母性的な優しさと芯の強さを併せ持つ。

サイード家の主治医……先々代の総督《アミール》が侍女に産ませた息子。ペルシアで医学を身につけ、サイード家の主治医を務める傍ら貧しい病人を無料で診療している。

ジャミール……ユヌスの従者で、ユヌスにとっては最も信頼できる腹心的な存在。無骨な外見に似合わず、細かい心遣いを見せる男。

ウマル……ユヌスの従者。朝海に警戒の目を向ける。

謎の癩者《らいしゃ》……様々な姿で朝海の前に現われては、朝海に過去を思い出させようとする不気味な存在。

マスウード……東の大国・ガズニ朝の王。西の仏教国バーミヤンへの侵攻の機会を常に窺っている。グルバハールとは一応同盟関係にあるが、彼の父・マフムードはユヌスにとっては父の仇《かたき》である。

天を織る風

序章　海

記憶の中で、波の音はいつも優しかった。

遠い遠い海の彼方から、それはゆっくりと湧き起こり、大きなうねりとなって浜に押し寄せ、何かを孕《はら》み産み落とすような高まりを見せたかと思うと、やがて静かに運命に従うように引いていく。

母の子守唄のように、寝物語のように、波音はいつも安らかな夜への階《きざはし》だった。

そして、澄みきった長い夜に洗われた後の、穏やかにきらめく朝の海にも、静かに波は打ち寄せていた。

うまれたての太陽のかけらをちりばめた、新しい輝きに満ちた朝の海……朝海《あさみ》。

そう、それは私の名。

心がいつも帰っていく遠い故郷には、いつも寄せては返す波を抱いた海があった。

まどろみの中であの懐かしい音楽を聞くのは、何年ぶりだろう……。

瞼《まぶた》の隙間から、秘めやかな光が忍び込む。

夜明けがやってきたのだろうか……。

第一章　悠久の大地

1　遙かなる国へ

カッ、カッ、カッ……。

羊水のように体を包んでいた優しい旋律《せんりつ》は、突如として荒々しい音に掻き消された。何かを叩くような、打ち付けるような……。それがすぐそばまで近づいてきたかと思うと、何かが耳元に生温かい息を吹きかけた。

朝海《あさみ》は、はっと目を開いた。

最初に視界に飛び込んできたのは、一日最後の光を振り絞るように燃え上がる夕日の茜《あかね》だった。それは地平の彼方に悠然とそびえる山並みの稜線《りょうせん》に、今まさにかからんとしている。その山々以外に目に入るものは、ただ一面、大小のごつごつした岩石のまばらに転がった、荒涼《こうりょう》たる大地であった。波の音と思ったのは時折吹く乾いた風に、心もとなくあちこちへと転がされる石や砂の互いに触れ合う音で、朝海はその上に倒れていたのだった。

飛び跳ねるように半身を起こすと、再び首筋に温かい湿ったものが触れた。振り返ると、一頭の馬が、大きな体を波打たせながら、不思議そうに朝海の首筋に鼻を押し付けていた。

え……馬？　と、朝海が目を見張ったその時、

「娘。そこで何をしている」

低く穏やかだが、よく通る鋭い声が朝海の心臓を貫いた。

朝海は、凍りついた体を無理矢理動かしながら、ぎこちなく視線を上にあげた。すると、馬に乗った数人の男達が、射るような眼差《まなざ》しを朝海に注いでいた。

朝海の体を衝撃が駆け抜けた。

彼らの顔立ちも服装も、朝海の初めて目にするものだった。男達の肌はいずれも褐色《かっしょく》に日に焼けており、その顔立ちは整って彫りが深く、髪と髭《ひげ》は深い夜の色をしていた。最初に朝海に声をかけた、顎鬚《あごひげ》の濃いひときわ体格のよい男が一人。瘦《や》せて背が高く、表情の少ない男が一人。やや小柄な、隙のない鋭い眼差しをした男が一人。そしてもう一人は、四人のなかで最も小柄で華奢《きゃしゃ》な体つきをしていたが、際立《きわだ》って端正《たんせい》な顔立ちの中で、穏やかな眼差しに他の者にはない気品と威厳を漂わせていた。

彼らは四人とも、肩に矢筒と弓を掛け、頭から肩にかけて灰色の大きな布を巻いている。年の頃はいずれも二十代前半だろうが、口元に蓄えた髭のせいか、見方によっては三十前後にも見える。

「何をしているのかと訊いている」

最初に声をかけた男が、再び問うた。

「私……」

口を開きかけ、自分の喉《のど》がカラカラに渇《かわ》ききっているのに朝海は気付いた。熱く乾いた風が切るように身を吹き過ぎる。しかし、不思議と恐怖感はなかった。何もかもが夢の中の出来事のようで現実のものとは考えられなかったせいもあるが、男の態度には、鋭い目付きや口調とは裏腹にどこか見守るような優しさがあり、それが朝海を落ち着かせたのだった。

「気がついたらここにいたんです。ここは、一体……」

「怪我を……しているな」

別の声に、朝海は驚いて自分の体を見下ろした。服装はごく普通の日本人の若者らしい半袖シャツにジーンズだったが、右の二の腕に縦に大きな傷が走り、赤い血が一筋流れていた。傷の周囲は、さほどひどくはないが広く内出血している。それを目にすると、今まで感じなかったのが不思議なくらい鋭い痛みが傷を中心に全身を走り、朝海は思わず顔をしかめた。

「誰にやられた？」

朝海の傷に気付いた男は、四人の中の最も華奢な男だった。彼はひらりと馬から飛び降り、穏やかに問いかけながら朝海の横に膝をついた。続いて他の三人も次々に馬から下り、二人の周囲に集まって来た。

「あ……」

傷の痛みのせいか、次第に頭のはっきりしてきた朝海は、思わず声を漏《も》らした。間近で見ると、彼らの見慣れないところがますますはっきりしてくる。きめこまかな小麦色の肌、彫りの深い顔立ち、そして波打った短い黒髪が頭衣からのぞいている。着ている物は、膝の下ほどまである長い上着に幅の広いズボンである。いずれも腰に剣を帯び、矢筒と弓を負っている。一体彼らは……。

「怖がらなくていい」

朝海の側に膝をついた男が、じっと朝海の目を見つめながら言った。端正で繊細な顔立ちは遠目にも美しく見えたが、近くで見ると面差《おもざ》しにどことなくただよう翳《かげ》りが、その気品とあいまって、この世の住人ではないような不思議な雰囲気を醸《かも》し出していた。

「答えたくなければ答えなくていい。だが、こんな所に女が一人でいてはいけないし、傷の手当てもしなければならない。分かるな？」

滑《なめ》らかな口調と安らかな夜のような深い眼差しに捉えられ、朝海は操《あやつ》られたように頷《うなず》いた。

「よし、では腕を出せ」

言われるままに腕を差し出すと、男は懐《ふところ》から布の一片を取り出して裂き、傷のやや上をきつく縛って止血を施《ほどこ》した。血が止まったのを見届けると、何か塗《ぬ》り薬のようなものを傷に塗り、その上を丁寧《ていねい》に布で巻いた。傷口を洗いもせずに塞《ふさ》いだりして、細菌の感染でも起こしたらどうしよう、そんな考えがちらりと頭の端をよぎったが、そんなことより、今は、目の前で起きている現実とは思えないような出来事を認識することのほうが先だった。

朝海は、今朝起きてからの自分の行動を懸命に思い起こそうとした。しかし、何も意識の上に浮かんでこない。どうしたのだろう。朝海はあせって、記憶の糸を必死に手繰《たぐ》り寄せようとした。しかし、空の糸車を回すように、それは空回りするばかりだった。今日だけではない。昨日もその前の日も、自分という人間に関するあらゆることが、まるで思い出せないのである！

朝海は愕然《がくぜん》とした。必死で意識をかき回し、何か引っかかるものはないかと探し回る。そうだ、今しがた夢の中で聞いた波の音、朝日にきらめく海、朝海……。ああそうだ、私の名は朝海。そう、これは日本語だ。私が彼らに違和感を覚えたのは、彼らがどう見ても日本人とは思えないからで……。しかし、思考はそこでぷっつりとときれてしまった。自分が何をして暮らしているかも、歳は幾つかも思い出せない。男たちに「娘」と呼ばれたからには若いということは間違いないが、それ以上のことは分からないのだ。

これは夢なのだろうか。日本とは思えない広大な荒原、日本人とは思えない面差しと服装をした、馬を駆《か》る男たち。しかし、先ほど感じた馬の息の温かさや吹き付ける熱風、そして傷の痛みの生々しさとが、確かにこれは現実だと、声を揃《そろ》えて朝海に囁《ささや》いていた。

「どうした。ひどく痛むか」

傷を手当てした男の声に、朝海ははっと我に返った。夢から覚めたような気分に一瞬襲われたが、目の前の男たちも、退屈そうに首を振る馬たちも、夢のように消え去ったりはしなかった。

「あなたたちは一体……」

それに私は一体どうしてここに……、と続けようとした言葉は、急に胸を突き上げてきた不安に飲み込まれてしまった。自分のことが何も分からないのだ。こんなことが現実にあるのだろうか。ジーンズのポケットに小さな手鏡が入っているのに気付き、朝海はそっと自分の顔を映してみた。

とたんに朝海は、手鏡を危うく取り落としそうになった。見覚えがない。色白の肌にあどけなく大きな一重の瞳。やや肉厚のちいさな赤い唇。ストレートの長い黒髪。歳の頃は二十歳前後だろうか。どちらかといえば童顔なので見方によってはもう少し下にも見えるが、顔に漂う雰囲気はあるいはもう少し上だろうかとも思わせる。

しかしいずれにせよ、生まれてこのかたずっと付き合ってきたはずの自分の顔に、まるで初対面のような印象を受けたのだ。自分が本当に記憶をなくしたのだと認めないわけにはいかなかった。嵐の到来とともに瞬《また》く間に暗雲が空を覆《おお》い尽くすように、朝海の胸はみるみるうちに不安に塗りつぶされてしまった。全身が震え始めるのが自分でも分かった。

「これは驚いた。ユヌス様を知らぬとは」

一番最初に声をかけた大男が、呆《あき》れるというより純粋に驚きの色を見せた。

「ユヌス様……?」

「サイード家のユヌス様だ。グルバハールの総督《アミール》・ダウド様の後継ぎでいらっしゃる」

そう言われても、朝海は一向に要領を得ない。そんな彼女を見て、朝海の傷を手当てした男が、手を上げて大男を制した。

「ジャミール、よせ」

そして再び朝海の方に向き直り、

「誰に連れて来られたか知らぬが、この辺りのものではないな。家はどこだ。送ってやろう。心配しないでいい。私の名はユヌス。叔父のダウドは、この辺りを治める者だ」

他の者とは異なる気品をたたえた瞳に、あふれるような誠意を光らせながら、ユヌスはゆっくりとそう言った。しかし、そう言われても、朝海には自分の家がどこにあるかも分からない。いや、仮に記憶があったとしても、どう見ても日本ではないこの国に、帰る家があろうはずもなかった。

「私……、分からないんです。自分のことが何も思い出せないんです。多分、ずっと遠くから来たんです。どうやってここに来たのかも分かりません。帰るあてもありません。ここは日本ではないのでしょう？」

帰るあてもない。そう口に出すと、胸に突き上げていた不安が、急に涙となって溢《あふ》れ出した。必死で目を見開いてそれを堪《こら》えながら、朝海はユヌスを縋《すが》るように見つめた。ユヌスは一瞬驚愕を顔に走らせたが、すぐに労《いたわ》りのこもった眼差しで朝海を包んだ。

「そうか、気の毒に……。済まないが、日本という地名には聞き覚えがない。ここはグルバハール、バーミヤンとガズニの中間辺りだ。おまえは、自分の名も覚えていないか？」

「いえ、それは覚えています。朝海といいます」

「アサミか……。珍しい名だ。何という意味だ？」

「朝の……海です」

「海のある国から来たのか？」

朝海が頷くとユヌスはかすかに眉をひそめた。

「そうか……。それでは余程遠くから来たのだな。海までは、ここからは長い旅をしなければたどり着けない……」

「ユヌス様」

その時、ジャミールと呼ばれた男が、遠慮がちに口を開いた。

「日も暮れかかって参りました。急げば日没までに都市《ミスル》に戻れましょう。そのアサミとかいう娘も、行く当てがないのなら、今夜は館にお連れになってはいかがですか。その後のことは明日考えてもよいのでは。勿論、その娘が我々について来ることに異存なければの話ですが」

ジャミールは無骨な外見に似合わず、細かい気配りのできる男らしかった。彼の言葉にユヌスは頷き、朝海の顔を覗き込んだ。

「一緒に来るか？」

朝海は頷いた。得体の知れない男たちに運命を預けるのは不安だったが、人気のない荒原で一人夜を迎えるのはもっと怖かった。それに、ユヌスの眼差しの優しさと誠実さが、朝海の不安を静かに取り除き始めたのだ。

と、その時、

「ユヌス様」

別の男が口を開いた。朝海が振り返ると、鋭い目をした小柄な男が、探るような眼差しを朝海に注いでいた。その視線は氷のように冷ややかで、朝海は心の内に軍靴で踏み込まれるような恐怖を感じた。

「その者、どこの国の者とも知れませぬ。館にお連れになるのはいかがかと……」

「ウマル！」

ジャミールが吠えるように遮《さえぎ》った。

「その者がどこかの間者《かんじゃ》だとでもいうのか？　馬鹿な、バーミヤンからどうやって女一人で山を越えて来られるというのだ。このように傷ついた者に、いい加減なことをいうな！」

ウマルは表情を変えず、傲然《ごうぜん》と胸を張った。

「ジャミール、言葉が過ぎます。誰がそんなことを言いました？　私はただ、この国の置かれた状況を、よく考えて欲しいといいたかっただけです」

「何だと!?」

その時、今まで黙っていた痩せた男が口を開いた。

「いや、ウマルの言うことにも一理ある。グルバハールには、どこから間者が入り込んでもおかしくない。正体の知れぬものを安易に入れるのは危険だ」

「ムスタファ、おまえまで！　しかし、こんな娘一人に、何が出来るというのだ。記憶をなくすほどの目に遭うというのは余程のことだ。おまけに傷を負っている。弱き者に保護を与えるよう我らの神も仰せではないか」

するとウマルは、皮肉げに微笑した。

「その娘の話が、本当ならば、ですがね」

「ウマル、貴様……！」

「よせ」

激昂《げっこう》しかかったジャミールを、ユヌスは立ち上がって手で制し、穏やかな口調で言った。

「我が国の状況は分かっているつもりだ。しかし、この娘は武器も何も帯びてはいないし、この身なりはバーミヤンのものではない。それより、こんな場所に女一人を置いておくことの方が危険だ。弱き者を守るのは、ムスリムの務めではなかったか？」

ウマルは一瞬反抗的に目を光らせたが、黙って頭を下げた。

「では行くぞ」

ユヌスの声に、男たちは次々と馬に飛び乗った。ジャミールが一瞬振り返り、

「ユヌス様、その娘は……」

と手を差し伸べたが、ユヌスは、

「よい。私が連れて行く」

と軽く手を振った。

ユヌスは先に馬に飛び乗ると、朝海を引っ張り上げて自分の前に座らせた。

「飛ばすぞ、しっかり摑《つか》まれ」

朝海が頷くと、ユヌスは軽く馬の腹を蹴った。馬は一声高くいないないて乾いた地を蹴って走り始め、他の男たちもそれに続いた。

西の空にいよいよ赤く燃え立つ夕日に背を向けて、四頭の馬は走る。風が頬を切り、朝海の長い黒髪が、激しく乱される。

口を開けば舌を嚙《か》み切りそうなほど揺れる馬の背の上で、朝海は懸命に男達の会話の端々《はしばし》の言葉を拾い集めては、ここはどこなのだろうと必死で考えていた。何故日本人でもない彼らと会話が通じるのだろうという疑問も一瞬胸を過《よぎ》ったが、ある一つの言葉に行き当ったとたん、それはどこかへ消し飛んだ。

『弱き者を守るのはムスリムの務め』

ユヌスは確かにそう言った。ムスリムとは、イスラム教徒が彼ら自身を指す言葉ではなかっただろうか？

では……、彼らはイスラム教徒？　朝海は思わず身震いした。イスラム教徒といえば、唯一神アラーへの絶対的信仰を旨《むね》とし、女性にはベールで顔を覆うよう強要し、妻を四人まで持つことを許し、異教徒には聖戦《ジハード》を行い、「聖書《コーラン》か剣か」つまり、イスラム教への改宗か戦争かを選ばせる……。そんな野蛮で好戦的な民族なのだろうか、彼らは……。朝海は、優しい気品を湛《たた》えた、どこかこの世のものではないような不思議な憂《うれ》いを含んだユヌスの横顔を、まじまじと見つめた。その透き通るように哀しげで美しい表情は、朝海の胸をいつまでも締め付けるほどで、野蛮なイスラム教徒というイメージからは程遠かった。

四頭の馬は、茜に燃える夕焼の中、徐々に小さく、小さくなり、荒原の彼方に点となって消えていった。

2001.5

2　風の都市《ミスル》

煉瓦《れんが》を積み上げた城門は、一日の終わりの光を全身に浴びながら、黒々と聳《そび》え立っていた。それはアーチ型をしており、積み上げられた煉瓦の一つ一つが、年月の重みを感じさせた。城門の左右からは、同じく煉瓦造りの城壁が、左右に長く伸びている。

四頭の馬は、砂塵《さじん》を舞い上げながら城門の前で足を止めた。

「開門！　ユヌス様のお帰りだ！　開門！」

ジャミールが、その堂々とした体軀《たいく》にふさわしい、よく通る重々しい声で叫んだ。

大きく軋《きし》みながら、扉が開く。城門の内側では、二人の門衛が一行を出迎えた。

「おお、ユヌス様、ご無事で何より」

四十代と思しき門衛の一人が、髭の中で顔をほころばせると、

「そろそろ日没後の祈りの時刻、お帰りが遅いので皆案じておりました」

と、もう一方の若い門衛が後を続けた。

「心配かけてすまなかった。お前たちも早く寺院《モスク》に行きたいだろう。行くがいい」

ユヌスが馬を止めて微笑みかけると、二人は子供のように嬉しそうに頷《うなず》き、城門を閉めると一行の後に続いた。

城門からは、城壁に直角に道路が伸びている。通りの両側には、色とりどりの野菜や果物を積み上げた店や、きつい臭いの香辛料と思《おぼ》しき黄や茶色の粉末を入れた箱を並べた店がずらりと立ち並んでいる。しかし人の姿は見られなかった。昔の市場のように品物を雑然と積み上げたその様子に、朝海は目を見張った。しかも人が誰もおらず、

がらんとした様子は朝海から見ればまるでゴーストタウンだ。

「もう皆寺院《モスク》（イスラム教会）に行ってしまったな。急ぐぞ」

ユヌスが馬の脇腹を軽く蹴ると、馬は勢いよく蹄《ひづめ》を鳴らして駆《か》け出した。乾いた砂塵が舞い上がって土埃《ぼこり》となり、朝海は思わず目をつむった。

ほどなくして馬が止まった気配がしたので、朝海はおそるおそる目を開いた。

次の瞬間、朝海は息を呑んだ。目の前に姿を現した、夕日を受けて燦然《さんぜん》ときらめく白大理石の建物の美しさに、朝海は目を奪われたのだ。

その建物は、大きなドーム型の屋根を持つ建物を奥に据え、高い壁に四方を囲まれ、両側には細く天を目指す尖塔《ミナレット》を持っていた。その建物の持つ、どこか近寄り難い荘厳《そうごん》な雰囲気は、その美しさと共に朝海を圧倒した。

それと同時に、既視感《デ・ジャ・ヴ》が朝海を襲った。これと似た建物をどこかで見たことがある……でもそれは直接ではなく、何かの本で……そう、あれはインドのタージ・マハル廟《びょう》。

あれは歴史、そう、世界史の教科書？

「お前はムスリム（イスラム教徒）ではないな？」

突然頭上から降って来た声に、朝海ははっと身を震わせた。見上げると、ユヌスの心配げな顔があった。

「どうした。気分でも悪いのか？」

「いえ」

朝海は目を伏せて、小さく首を振った。

「そうか」

ユヌスは朝海の表情にじっと視線を注いだ。

「日没後の祈りが始まる。ムスリムでないなら、ここで待っているか？」

朝海は頷いた。しかし、見知らぬ土地で一人にされるのには、不安を感じないわけにはいかなかった。

朝海の瞳が揺れているのを敏感に感じたのか、ユヌスは後ろを振り返った。

「お前達は行ってくれ。私はここで祈る」

するとジャミールが、一歩馬を進めた。

「私がアサミについていましょう。ユヌス様は中にお入り下さい。ユヌス様のお帰りが遅いので、案じていた者も多くおりましょう。我等だけモスクに入っては、ユヌス様に何かあったかと思う者も出るやもしれませぬ」

ユヌスは軽く頷いた。

「それでよいか？」

ユヌスが朝海とジャミールの両方に尋ね、二人は同時に頷いた。

ユヌスは馬からするりと降り、朝海が降りるのを助けた。そして朝海に向かって微笑し、

「またすぐに会おう。アサミ」

と言い残すと、ジャミールと朝海を残して建物の中に消えた。他の二人もそれに続いた。

振り返ると、赤く熟しきった夕日は、沈みかけた水面《みなも》の木の葉のようにゆらゆら揺れながら遠い山々の向こうに没しようとしていた。それはしばし、運命に抗《あらが》うように茜《あかね》色の空にたゆたっていたが、やがて少しずつ光を失いながら、ゆっくりと姿を隠していった。

「日没後の祈りが始まる。私はここで祈らせてもらうから、少し待っていてくれ」

ジャミールの言葉が終わるかどうかというちに、目の前のモスクから、ゆっくりした音楽のような祈りの声が流れてきた。

「アッラーフ・アクバル（神は偉大なり）……」

よく通る男の声に、大勢の声が唱和する。

「アッラーフ・アクバル……」

「アッラーフ・アクバル……」

朝海の横で、ジャミールも神妙な顔で唱えながら、地に座り、額《ぬか》ずき、また立ち上がるといった動作を繰り返し始めた。暮れなずむ空を背に佇《たたず》むモスクは、それを包む祈りの声とあいまってますますその荘重《そうちょう》さを増し、無心に祈るジャミールにも、今までになかった清浄な空気がまといついていくように、朝海には思えた。

今まで異様なものとしか思えなかったイスラム教徒の祈りの姿というものが思いがけなく美しいのに朝海は驚き、思わず目を奪われながらも、必死で先程得た既視感《デジャ・ヴ》から記憶の糸を引き出そうとしていた。このモスクによく似たタージ・マハル廟の写真を載せた世界史の教科書……。そう、世界史は私の最も好きな教科だった。高校での、教室で授業を受けている姿が、ピントのずれた写真のように脳裏に浮かび、一瞬鮮明になったかと思うと、瞬く間に心の奥底へと沈んでいった。その風景が現在のものなのか、ずっと過去のものなのかも、朝海には分からなかった。

気が付くと、ジャミールが心配そうに朝海を見つめていた。祈りは終わったらしく、目の前のモスクからの祈りの声も止んでいた。

「何かを、思い出そうとしていたのか？」

「ええ、でも無理なようです。昔か今かは分からないけれど、高校に通っていたことは思い出したけど、でもそれ以上は……」

「高校？」

「学校の一つです。私の国では、十六歳から十八歳までそこで勉強するの」

喋っていくうち、朝海はふと気付いた。朝海は、自分が暮らしていた日本のことや、学校で身につけた知識のことはよく覚えている。先程思い出したタージ・マハル廟が、インドのムガール帝国のシャー・ジャハン帝によって建設されたことも、忘れてはいない。ただ自分のことに関するとなると、記憶が切られたように途切れてしまうのであった。

「駄目だわ。思い出せない」

朝海は思わず呟《つぶや》いた。

「アサミ?」

「不思議なんです。私の住んでいた日本のことはよく覚えているし、勉強したことも時折思い出すのに、自分の事となると、全然思い出せないんです」

朝海はぎゅっと眉根を寄せ、唇を噛みしめた。その様子がよほど辛そうに見えたのか、ジャミールがやりきれなさそうに息をついた。

「可哀想に。戦の衝撃で記憶をなくしたという者は、何人か知っている。私の父も、そうだった」

ジャミールは、その時のことを思い出したのか、一瞬辛そうに目を伏せた。だがすぐに、痛々しそうな眼差しを朝海に向け、

「しかし、女の身で記憶をなくすほどの目に遭うとは……。だが、国のことを覚えているなら、いつか帰る方法が見つかることもあろう。それになくした記憶を取り戻せることもあるかもしれない。全て神の御心次第だ」

「神の御心次第……」

朝海はゆっくりモスクへ視線を向けた。祈りを終えた人々が、流れるように次々と、建物から姿を現す。ベールを深く被った女性達、長い顎髭《あごひげ》を蓄《たくわ》えた老人、背のすらりと高い若者……。男女はそれぞれ別の入口から、二つの流れとなって現れ、やがて一つの大きな人の波に飲みこまれていく。それはやはり朝海の目には奇異に映った。異国の黄昏の中で、自分だけが周りの風景に溶け込めず、カプセルに閉じ込められてぽっかりと浮かび上がっているように、朝海は感じた。

通り過ぎる人々が、好奇心を隠そうともせずに朝海を眺めていく。男も女も、ゆったりとして足首ほどまである

裾の長い服の下に、幅の広いズボン——もっとも、女性の服は男性に比べかなり鮮やかな色彩を持っていたが——という彼らに対し、朝海は半袖シャツにジーンズである。人目を引くのも無理はなかった。朝海はほっとため息をついた。

「ここが一体どこなのか分かれば、帰る方法も見つかるかもしれないけど……」

「ガズニやバーミヤンは知っているか？」

ジャミールが尋ねた。

朝海は首を振った。

「そうか……。マッカやバクダードは？」

「それなら知っています……あっ！」

その時朝海の中から、突然ある一つの記憶が浮かび上がった。

「どうした？」

「いえ……。マッカがイスラムの聖地だということは知っているけれど……。もしかして、ガズニというのは、ガズニ朝の都があったところですか？」

ガズニ朝とは、十世紀から十二世紀にかけて現在のパキスタンからアフガニスタン、つまりインドの北から西の地域に存在したイスラム教徒の国である。ヒンドゥー教の盛んなインドへの侵入を繰り返し、イスラム教徒のインド支配の基礎を築いたといわれる。世界史の授業で習った知識が、ふと朝海の中に蘇ったのだった。

「まあ、そうだが……。しかし、ガズニは今でもガズニ朝の都だがな」

訝《いぶか》しげなジャミールの返事に、朝海は頭をいきなり殴られたような衝撃に襲われた。

「何ですって!?　ガズニ朝は、十世紀から十二世紀に栄えた王朝でしょう？　もう八百年も前に滅んだはず……。待って、今はいったい何年？」

朝海は食ってかからんばかりの勢いでジャミールに詰め寄った。もし、ガズニ朝が今も存在しているとすれば、朝海は場所どころか時代まで異なる国にやってきたことになる。

朝海のただならぬ様子にとまどいながら、ジャミールは答えた。

「今はヒジュラ暦の四四五年だが……」

ヒジュラ暦とはイスラム独自の暦《こよみ》で、元年は七世紀の昔に遡《さかのぼ》る。そして確か、ユヌスはここはガズニとバーミヤンの中間になるといっていた。では……、ではここは、十一世紀のアフガニスタン！

朝海の顔から血の気が引いた。

「どうした？　顔色が悪いぞ、アサミ!?」

ジャミールが驚いて、ためらいがちに朝海の肩を支えた。その時、

「待たせてすまなかった……どうした？」

人込みの中から現れたユヌスが、ただならぬ雰囲気に気付き、眉をひそめた。

「ユヌス様、アサミが……」

言いかけたジャミールを遮《さえぎ》り、朝海は真っ青になった顔でユヌスに向き直った。

「ここは、ガズニ朝の都の近くなのですか？　それに、今がヒジュラ暦では四四五年だというのは本当ですか？」

朝海の思い詰めた口調と蒼《あお》ざめた顔に、ユヌスは驚きの表情を走らせたが、事実は告げるべきと思ったのか、視線を逸《そ》らさず頷いた。

朝海は全身から吸い取られるように力が抜けるのを感じた。やはり……。

「アサミ、どうした、アサミ？」

ユヌスの声が、心配げな顔が、次第に小さく、遠くなり……、朝海は意識を失った。

そんな朝海を、ユヌスの背後からじっと見つめる、ウマルの小さく鋭い眼差しがあった。

『お前はこの世界に来るべくして来たのだ』

朝靄《もや》のような薄い白に覆われた意識の彼方から、声が聞こえる。揺るぎなく重々しい声。

『誰……あなたは誰？』

朝海は必死でその声に問いかけた。

『私をここに連れて来たのはあなたなの？　私の記憶を奪ったのもあなたなの？　どうして私をここに連れて来たの？』

『その答えはお前自身の中にある。それがお前を、ここに連れて来たのだ』

『私は元の世界に帰れるの？』

『全ての答えはお前の中にある』

声が次第に遠ざかる。

『待って……！　教えて！　どうやってその答えを見つければいいの？』

しかし、声はもう、答えなかった。朝海は絶望に目が眩《くら》みそうになった。

意識は再び、墨を広げるように黒くなる。

いや、ただの黒ではない。ここは……。

視界の縁に、何か黒いごつごつした物が映る。あれは……岩だろうか。次第にそれは鮮明になり、闇の中にその姿をぼんやりと浮かび上がらせるまでになる。そう、それは確かに岩肌だった。灰色の岩肌が上下左右とも視界を縁取っている。どうやら洞窟のようだ。どこからか、静かな水音が聞こえる。

しかし、朝海はこの場所にはまるで記憶がなかった。いや、自分のことさえも覚えていないのだ。もし知っている場所だったとしても記憶に新しいのは当然かもしれないが……。

朝海の意識はその闇の中をあてどなくさまよう。風に舞う木の葉のように、よるべなく……。

闇の中に、ぼんやりとした光が現れた。

それは真珠のような柔らかさと、水晶のような硬さを併《あわ》せ持ち、闇の中で不思議な輝きとなって浮かび上がっていた。その光は、周囲と同じような固い岩肌に守られるように囲まれている。

あれは、一体何なのだろう？　朝海の意識は抗《あらが》いがたい磁力に引き寄せられるようにそれに近づいて行った。光が次第に大きくなる。いや、これは光ではない……洞窟が一際《ひときわ》広くなった場所にひっそりと湧き出す、泉であった。

泉の水面は、闇を呑み込んで鏡のように静まりかえっている。

『本当のことを、知りたいか？　私と共に……来るか？』

その時突然、脳裏に閃《ひらめ》くように声が浮かんだ。それは先ほどの重い声と同じ響きを持っていたが、朝海の魂のもっと深いところまで直に貫きわたる声だった。

朝海の魂は大きく震えた。単なる恐怖からではない。自分の魂をその手の内に掌握《しょうあく》し、容赦なく揺さぶるその絶対的な力に、朝海は畏怖《いふ》に近い感情を呼び起こされたのだった。

不意に、波一つ無かった泉の表面がゆれ始めた。砂浜に打ち寄せる優しい波のような波紋が広がっていき、きらきらと光を跳ね返す。先ほど遠くから見えていたのはこの光だったのだ。真珠のように柔らかく、水晶のように硬い光……細波が水面一杯に広がり、光のかけらが水面を埋め尽くす。

この世のものとは思えないその美しさに、朝海はしばし我を忘れた。光のかけらは次第に互いに集まって一枚の光の板のようになり……、再び静まりかえった水面を覆う。

その奥を覗きこんで、朝海は息を呑んだ。

美しい宝石箱のように静寂を湛えたその泉の奥に、オレンジ色の光が揺らめいていたのだ。時に赤く、時には黄色に、ひと時として留まることなく形を変えつづけるそれは……炎だった。

水の中で炎が燃えている……馬鹿な……！

朝海は何度もそれを見つめた。しかし間違いない。その炎は水の中にありながら少しも勢いを失うことなく揺らめきつづけ、一方泉の方は、燃えつづける炎を抱いても少しも乱れることなく静まりかえっているのだった。

火と水という互いに相反する物が結び合い、しかも互いを侵さずそれぞれの美しさを保っている光景は、この世のものではない神秘に支えられ、目が眩《くら》むような美しさと荘厳さをかもし出していた。一体これは……？

その時、突然泉の中の炎が消えうせた。泉は輝きを失い、再び闇を呑みこみ沈黙する。

その水面に、一つの面影が浮かんだ。

朝海は息を呑んだ。

若い男の、ぼんやりとした輪郭。目鼻立ちはよく分からない。しかし、怒ったような、苛立《いらだ》たしげな表情で朝海を見ている。

確かにこれは朝海の知っている人物だ。しかし、一体誰なのかは、まるで分からない。

あなたは誰？　朝海がその面影に問いかけようとしたその瞬間、
ガシャーン！　何かを乱暴に倒すような音に続き、腕に意識を奪うような激しい痛みが走る。

痛い！

声にならない朝海の悲鳴と共に、夢は途切れた。

3　総督《アミール》の館

「では、アサミは、完全に記憶を失っているわけではないというのだな?」

「はい、ユヌス様。自分の国のことも覚えていると言っておりましたし、ガズニ朝の名も知っていたようにございます。ムスリムではないようですが、メッカがイスラムの聖地であることも知っておりました。ただ……」

「ただ?」

「自分自身のことが、何も思い出せないと言っておりました。どこかの学院で教育を受けたと言っていましたが、それが昔のことなのか最近のことなのかも分からぬと。

そう、それに奇妙なことを口走りました」

「奇妙なことだと?」

「ガズニ朝は八百年も昔に滅んだはずだと」

ジャミールのため息が聞こえた。

「そして、ユヌス様に尋ねたのと同じことを私にも訊《き》きました。今はいったい、何年か、と」

「ああ。私にも同じことを訊いたな。今がヒジュラ暦の四四五年とは本当かと……。私が頷いたとたん、気を失ってしまった」

しばし、沈黙があった。二人の声は、夢の中の出来事のように遠くなったり近くなったりを繰り返していた。

「まるで遠い未来からやって来たようですな」

ジャミールがポツンと言った。続いてユヌスの呟《つぶや》きが、床に落ちる。

「信じられない」

「私とて信じられませぬ。最初記憶がないと聞いた時は、人買いにでも買われて酷《むご》い目に遭わされた挙句捨てられたのかと思いましたが……。この辺りの者とは違った美しさ、東の国から売られて来たのかと思ったのですが……」

「私も最初そう思ったが……。それにしては言うことが変わっている。どこかの間者《かんじゃ》でもなさそうだ。もしどこかの間者なら、ガズニ朝のことなど口にするはずがない。記憶をなくしたふりをするなら、何もかも忘れたと言った方が、警戒されずに内情を探れるはず」

「おっしゃるとおりですな。とにかく、しばらく様子を見るしかありますまい」

ぼんやりしていた二人の声が、朝海の耳に次第にはっきりと聞こえるようになってきた。

「ああ、そのつもりでいる」

小さく軽い足音が近づくのが聞こえてきた。

「おや、ファティマ様が戻られたようですな。では、私はそろそろ失礼いたします」

ジャミールが出て行く気配が、急にはっきりと感じられ、朝海はうっすらと目を開いた。

「おお、気が付いたか」

ユヌスの声がすぐ耳元でした。朝海は首を巡らせ、自分が低い寝台に寝かされていて、ユヌスがその枕元に座っているのを知った。

かすかに瞬《まばた》きを繰り返すと、睫毛《まつげ》は涙で湿っていた。と、その時、

「ユヌス」

ユヌスの背後で、遠慮がちな若い娘の声がした。ユヌスは驚いた様子もなく振り返った。

「ファティマ、夜遅くまで済まないな」

「いいえ」

ファティマと呼ばれた娘は、手にしていたランプをそばの小さなテーブルに置き、ユヌスの隣に座った。年は十七、八だろうか。夕方モスクの前で見かけた女性達と同じようなゆったりとした服を着ているが、その上からも豊満な体の線が見て取れた。顔立ちは彫りが深く、明るく華やかで美しかった。

「灯りをもってきたわ。そろそろ消える頃かと思って……」

闇の中に灯る炎の眩しさに、朝海は一瞬目を細めた。テーブルの上に置かれたランプは、「アラビアン・ナイト」に登場するところの、水差しを細長くしたような形のものであった。水差しならば注ぎ口に当たる場所に炎が灯り、灯心は胴体部分に湛《たた》えられた油に浸されている。

「有難う。たった今気付いたようだ」

ユヌスのその言葉を耳にしたとたん、ファティマの体がビクリと震えるのが、横になっていた朝海の目にはっきりと映った。朝海が驚いて見上げると、ファティマの顔に、おののきとも不安ともつかぬ影が、一瞬よぎるのが感じられた。最初は、朝海の正体が知れないことから来る恐怖かと思ったが、どうもそれとは違うような、もっと切羽詰った落ち着かなげな表情が、朝海と目を合わせた瞬間にファティマの整った顔に濃い影を射した。しかし、それはすぐに、美しい人工的な微笑に覆われて消えた。

「よかったわ、気が付いて。ずいぶん長く気を失っていたから、心配したのよ」

「あの……」

「もう真夜中近いのよ。でも、ここは私達の館の中だから、何も心配要らないわ」

ファティマの、朝海にかける労《いたわ》りの言葉は無邪気《むじゃき》な優しさに満ち、先程の表情は気のせいだったのだろうかと、朝海は首を傾げた。

ファティマは、明るく言葉を続けた。

「ユヌスから話は聞いたわ。私達のことなら気にせずに、しばらくここで養生すればいいわ。あ、ごめんなさい。

私はファティマ。ユヌスの従妹《いとこ》よ」

「……ありがとう。私は朝海といいます」

答えながら、朝海はユヌスの優しく穏やかだった表情に、一瞬苦悩の影がさすのを見逃さなかった。それは、揺れる炎のように、頭衣を脱いであらわになったユヌスの髪を揺らし、その彫りの深い顔の陰影を際立たせた。

朝海の視線に気付いたのか、ユヌスはさりげなく静かな表情で顔を覆い、

「とにかく気が付いてよかった。明日また話をしよう。おまえの国のことも聞きたいし、話していればお前の記憶が戻る手掛かりも見つかるかもしれない」

「私の記憶……」

呟くと、先程の夢の中の声が耳元に蘇った。

『おまえはこの国に来るべくして来たのだ』

『全ての答えはおまえ自身の中にある』

その言葉が本当なら、朝海はこれからその答えを探さねばならないのだろうか。朝海は急に不安にかられ、ユヌスに問いかけた。

「何故なくしたのかも分からない記憶が、私に取り戻せるでしょうか？」

「神の御心次第だ」

ジャミールも同じことを言った。確かにそのとおりかもしれなかった。自分自身で答えを見つけるための努力は惜しむべきでないが、自分自身の力の及ばない部分が人間には必ず存在するものである。その部分は文字どおり神の手に委《ゆだ》ねるべきなのかもしれなかった。

「とにかく、もう一度眠るがいい。おまえは疲れている」

ユヌスはそう言ってファティマに向き直り、

「おまえにも世話をかけたな。もう部屋に戻って休め」

「ユヌス、あなたは……？」

「私も部屋に戻る。ファティマ、済まないがアサミに侍女を呼んでやってくれ。誰か付いていてやったほうがいいだろう」

「分かったわ」

ファティマはすぐに出て行きかけたが、ユヌスが動かないのを見ると、苛立たしげに振り返った。

「ユヌス、あなたも部屋に戻らなくては」

「侍女が来たらすぐに戻る」

ユヌスの返事を聞くと、ファティマは途端に強い口調で反駁《はんばく》した。

「駄目よユヌス。本当ならこんな夜更《よふ》けに女部屋にいること自体いけないのに、女性と二人きりになるなんて……。家中の者が何と思うか考えてもごらんになって。すぐに戻ったほうがいいわ」

「しかし、一人にしておくのは心配だ。心細さもあろうし、先程も一度気を失っている。何が起こらないとも限らない」

「じゃあ、私がついています。あなたが侍女を呼んでらして」

二人の会話から、朝海はイスラム教には男女隔離の習慣があると、いつか歴史で習ったことをぼんやりと思い出した。男女の居住区は、同じ家の中でもはっきりと分かれているのである。

ユヌスはとうとう折れた。

「分かった。では私が帰りに侍女を呼んでおく。おまえも侍女が来たら早く戻るのだぞ。アサミ、また明日会おう」

ユヌスはそう言って部屋を出て行こうとした。朝海はまだユヌスに助けられた礼を言っていないことに気付き、ユヌスを呼び止めた。

「待ってください」

ユヌスはすぐに振り返った。

朝海は半身を起こし、ためらいがちに唇を開いた。

「あの……。助けて下さってありがとう。お礼を言うのが遅くなってごめんなさい」

「いや」

ユヌスが柔らかく微笑し、部屋から姿を消すと、ファティマが小さなため息を洩《も》らした。

朝海はファティマに向き直って言った。

「あなたも……。夜遅くまでごめんなさい。私ならもう大丈夫ですから」

ファティマは、目を伏せて軽く首を振った。

「侍女が来るまでここにいるわ。あなたに何かあったら、ユヌスに叱られるもの」

「え？」

朝海は意味が分からず訊き返した。しかしファティマはそれには答えずに顔を上げて、がらりと変わったきびきびした口調で言った。

「明日の朝には、着替えを届けさせるわ」

「えっ？」

「そんな格好で男性の前に出てはいけないわ。髪は覆って、体の線は見えないように気を付けた服装をしなくては……」

朝海は首を傾《かし》げた。イスラム教には女性は美しいところは隠さなければならないという教えがあるのは知ってはいた。しかし、イスラム教徒でもない自分がその戒律《かいりつ》に従わなければならない理由も分からなかったし、女であるファティマがこの戒律を不満に感じるどころか積極的に実践しようとしているのも理解できなかった。というのは、現代の日本に育った朝海にとっては、この教えは女性差別と抑圧の権化《ごんげ》のようにしか思えなかったのだ。

その理由をファティマに尋ねると、ファティマはふっくらと微笑んだ。

「私達は、人間は弱いものだと思うのよ。だから、誘惑に負けやすい環境は作らないようにするの。そうやって、罪を犯さないようにお互いを守りあっているのよ」

その微笑みは、しなやかな強さに支えられた、慈悲深い聖母像のようだった。

予想もしなかった答えに朝海は驚いて、しばし言葉を失った。その時、

「ファティマ様」

声がして、三十がらみの女が現れた。ほっそりと背が高く、既婚者らしい落ち着いた雰囲気を表情に漂わせている。

「ああ、ありがとうマルジャナ」

「ユヌス様に言われて参りました。ファティマ様はどうぞお休み下さい。こちらの方のお世話は、私が致します」

マルジャナと呼ばれた侍女の物腰には、しっとりした優しさがあった。朝海と目が合うと、彼女は慎ましく一礼した。

「では、また明日」

ファティマは頭衣を軽く手で整えると、部屋を出ていった。部屋には朝海とマルジャナの二人が残された。

「さあ、どうぞお休み下さい。今夜は私がついていますから」

寝台に起き上がったままの朝海に、マルジャナが声をかけた。朝海ははっと我に返った。

「ああ、ごめんなさい。こんな夜遅くについて下さって……」

マルジャナは微笑んで首を横に振った。

「ユヌス様に言われました。疲れていらっしゃるからよく気を配って差し上げてくれと」

疲れている、という言葉の中に、精神的にもという意味が含まれていることは、容易に察せられた。朝海を傷つけないように言葉を慎重に選んでいるのが分かり、朝海は何となくマルジャナに好感を持った。

「本当にどうもありがとう。お世話をかけますけど、よろしくお願いしますね」

朝海の丁寧な態度に、マルジャナは一瞬驚いたように眉を動かしたが、やがて娘を見守る母親のような優しい微笑で答えた。

「こちらこそよろしく、アサミ様」

「私の名前をご存じなのね」

「先程ユヌス様に伺《うかが》いました。さあ、もう横におなり下さい。休まれた方がよろしいわ」

朝海は言われるままに寝台に横になった。マルジャナは、静かな動作で枕元に座った。

「灯りを消しましょうか？」

「ええ」

辺りは真の闇に包まれた。街灯も何もないここでは、闇は濃厚で混じり気がない。

「あの……、眠かったら眠っていいのよ。私のために一晩中起きて頂いては心苦しいわ」

朝海がそう言うと、マルジャナの笑いを含んだ声が返ってきた。

「では、あなたが眠ったら」

朝海は目を閉じたが、なかなか眠れなかった。目を開けても、目の前は一面の闇である。何度も目を開けたり閉じたりを繰り返すうち、自分が目を開けているのかどうかさえ分からなくなって来た。

「起きていらっしゃる？　マルジャナ」

問い掛けると、すぐに返事が返ってきた。

「ええ」

「ファティマ様はユヌス様の従妹と仰ったわね。ユヌス様の叔父様がこの家の御当主と聞いたけど、じゃあ、ファティマ様は……」

「ええ、あの方はダウド様のお嬢様です」

「ユヌス様はダウド様の跡継《あとつぎ》でいらっしゃるのよね。では、ダウド様には男の子はいらっしゃらないの？」

「ダウド様には二人男の子がおいでです。しかし、もともとダウド様は、ご自分のお兄様の跡を継がれたのです。その方がユヌス様のお父様だったのですよ。もっとも、仮にユヌス様がダウド様のご子息だったとしても、ダウド様はユヌス様を跡継に選ばれたと思いますわ。ファティマ様と同腹のホスロー様はまだ子供でいらっしゃるし、腹違いのザヘル様も立派な方ですが、ユヌス様ほどでは……」

「ユヌス様はおやさしい方ですものね」

どこの者とも知れない自分を助け、何事につけても気を遣《つか》ってくれたユヌスの行動を思い浮かべながら、朝海はそっと呟いた。

「お優しいだけでなく、頭も切れる方でいらっしゃるのですよ。それに、ああ見えても剣の腕は、この国随一《ずいいち》の軍人と謳《うた》われるザヘル様にも劣らないわ。もっとも、争い事は好まない方でいらっしゃいますけれど」

そう、と相槌《あいづち》をうちながら、朝海は先程ユヌスの顔を一瞬よぎった影は一体何だったのだろうと考えていた。自分には何もできないかもしれないが、自分を助けてくれた人間が何か苦しんでいるのなら、力になりたいと願わずにはいられなかった。

その沈黙を、朝海が眠ったためと思ったのだろう、マルジャナが静かに姿勢を崩す気配が、闇越しに感じられた。彼女も眠いだろう、と思って朝海は、それ以上質問するのをやめにした。

乾いた闇が、しんしんと冷えてくる。

すっかり寝静まった街を、東の空に浮かんだ三日月が、波のない水の流れのような滑らかな月光で、淡く照らしていた。

第二章　幾十万の夜の彼方に

1　サイード家の人々

「アッラーフ・アクバル（神は偉大なり）……。アシュハドゥ・アン・ラ、イラハ・イッラッラー（我は誓う、アッラーの他に神はなし）……」

灰色の朝の闇の中を、独特のゆったりした旋律に乗って、声が流れてくる。夜明け前の祈りを勧めるアザーン（詠唱）だと、後でマルジャナが教えてくれた。

朝海《あさみ》はゆっくりと目を開いた。

辺りはまだ、夜の残していった薄闇のベールに包まれている。隣では、マルジャナがモスク（イスラム教会）から流れてくるアザーンに合わせるように、小声で祈りを繰り返していた。

朝海は、彼女の祈りの邪魔にならないように気をつけながら、そっと身を起こした。昨夜眠りについたのはかなり遅かったが、夢も見ずにぐっすり眠ったようで、頭はこの上もなく冴《さ》えわたっている。

ひょっとして、目覚めたら記憶が戻っていた、などということがあるかもしれない、そんな考えがふっと頭に浮かんだが、いくら頭を働かせても、何も思い出せなかった。

朝海は軽く息をついたが、疲れがとれたせいか、昨日ほどの絶望感はなかった。それに、正直に言えば、朝海の中にはこの世界に対する興味が湧いてきたのだった。この国の人々は、ユヌスを初めとして、今まで朝海がイスラム教徒に対して抱いていた野蛮で好戦的なイメージとはおよそかけ離れたものであった。それに、女性がベールで顔を覆う理由も、想像だにしなかったものだった。朝海はこの世界をもっと知りたくなってきたのだった。

また、夢の中で聞いた謎の声が告げたように、朝海がここにやって来た理由が自分の中にあるのなら……ここが必然的にやってきた世界だというならば……この世界を知ることでその理由を見つけられるかもしれないとも思えたのだ。

朝海の耳に、ますます高揚《こうよう》していく祈りの声が流れ込んでくる。それは、ある時は高く響き、またある時は低く唸《うな》りながら、一定の旋律をもって徐々に熱っぽく高まっていき……、頂点に達したかと思うと、夜明け前の薄い空に吸い込まれるように消えていった。気がつくと、闇は徐々に薄くなり、霧のように窓の外へ流れ出し……、朝の透明な光にその場所を譲り始めていた。

朝海は、寝台から降りて、マルジャナに向かって微笑んだ。

「おはよう」

「おはようございます」

朝の光に照らし出されてみると、部屋はさほど広くないこぢんまりとした部屋で、床には褪《あ》せた色の絨毯《じゅうたん》が敷き詰められていた。絨毯には繊細な幾何学模様が織り込まれている。寝台は低く、椅子は見当たらない。天井は割合高く、部屋全体は煉瓦造りである。入り口は上部がアーチ型をしている。

程なくして、ファティマの侍女だと言う女が、一揃《そろ》いの着替えを持って来た。薄い茶色のゆったりとしたワンピースのような服に、濃い茶色のズボン、それに同色の頭衣《ベール》である。マルジャナに着方を教わりながら着替えてみるとゆったりしていて意外に着心地がよく、明るい茶色が朝海の白い肌によく映えた。

朝海が着替え終わった頃、また別の侍女が、朝食の盆を持って姿を見せた。

やや固い表情をした侍女は、朝海が礼を言うと戸惑ったように目礼を返したが何も言わず、マルジャナに何事か耳打ちした。

マルジャナは一瞬怪訝《けげん》そうな顔をしたが、黙って頷《うなず》いた。

侍女は盆を置くと、一礼して足早に去った。

「どうしたの？」

朝海が尋ねると、マルジャナは軽く首を振った。

「朝食が済んだら、ここでこのまま待っているようにとのことですわ。何でもユヌス様が、すぐこちらに見えるとかで……。大事なご用がおありだそうですわ」

「大事なご用って？」

「それは分かりませんが……。ひょっとすると、あなたを知っている人でも現れたのかもしれませんよ」

マルジャナは、不安げな表情を見せた朝海を励ますようにそう言ったが、朝海は曖昧《あいまい》な微笑を返すしか出来なかった。もしここが本当に十一世紀のアフガニスタンだとしたら、この世界に自分を知っている人などいるはずがない。

いや、ひょっとすると、夢の中のあの声の主……朝海がこの世界に来るべくして来たのだと告げたあの声の主がこの世界の住人だとしたら……、あるいはそれが人の形をとって現れることもあるかもしれないが……。

「とにかく朝食にしましょう。冷めてしまいますわ」

マルジャナに促され、朝海は絨毯の上にじかに置かれた盆のそばに座った。

マルジャナがポットから紅茶をカップに注ぐと、香しいミルクティの香りが立ち昇った。

「いい香りね」

朝海は思わず口元をほころばせた。マルジャナも微笑を返し、朝海にカップを勧め、自分のカップを手元に引き寄せた。

ミルクティは、濃く、甘かった。盆には他に、二人分の薄くて丸い、大きなパンが載っていた。最初朝海は何か分からずマルジャナに尋ねると、マルジャナはこの地方一帯で広く主食として食べられているナンという名のパンだと教えてくれた。口に運ぶと、まだ温かく、香ばしく素朴な味わいがした。

「夕べはよく眠れました？」

マルジャナが尋ねた。

「ええ、おかげさまで。……でも、あなたは？　一晩中起きていたの？」

朝海の問いに、マルジャナは控えめに微笑み、

「私は座ったままでも眠れます。子供が熱を出したりすれば、こんなことはしょっちゅうですもの」

と答えた。

二人が朝食を終えるかどうかというちに、先程の侍女が姿を見せ、

「ユヌス様がお見えです」

と言うと、食事の終わった盆を持って下がっていった。時折朝海のほうをちらちらと探るように見るが、視線を合わせようとはしない。

朝海はその視線が不快でなくはなかったが、突然正体もしれない異国人が館に入ってきたのである。それが通常の反応かもしれないと、割り切って考えるようにした。

侍女と入れ違いにユヌスが入ってきた。

「よく眠れたか？」

朝海はこっくりと頷いた。

「ええ、おかげさまで。有難うございます」

「それはよかった」

ユヌスは柔らかく微笑んだ。頭衣を被っていない髪に朝の光がまつわりつき、ユヌスの顔を一瞬はっとするほど美しく見せた。朝海は思わず、鼓動を速めた胸を押さえた。

「気分は大丈夫か？」

ユヌスの声にはっとし、朝海は慌《あわ》てて頷いた。するとユヌスは、やや表情を引き締め、

「実は、叔父のダウドが、おまえに会いたいと言っているのだ」

と言った。ダウドと言えば、昨日聞いた、この家の当主ではないか。朝海の心臓が、今度は緊張でビクリと跳《は》ねた。

「ダウド……様が？」

ユヌスは頷いた。

「おそらく、私が異国の娘を連れ帰ったと耳にしたのだろう。一族の者も一緒かもしれない。叔父は信頼できる人物だが、お前が……」

そこでユヌスはちょっと言葉を切り、マルジャナのほうを向いた。

「マルジャナ、昨晩はすまなかったな。疲れただろう。下がって休んでくれ。アサミはすぐに、私が叔父のところへ連れて行く」

マルジャナは心得顔で、一礼して部屋を出ていった。

ユヌスは再び朝海のほうを向き、

「おまえが時代の異なる国からやって来たなどとは口にしない方がよいかもしれぬ。叔父も周りの者達も、お前が異国の間者《かんじゃ》ではないかと疑っている可能性が高い。私はおまえを信じるが、全ての者がそうではない。お前が国に

帰る方法を見つけるのはにわかにというわけにはいかないし、ここにしばらく留まらねばならない。それには、にわかには信じがたいことを言って疑いを招くより、少しずつ時間をかけておまえという人間を理解してもらったほうがよいだろう。いいな？」

「……はい」

ユヌスの言葉の一つ一つに、朝海のことを真剣に案じている思いが込められているのが感じられ、朝海は思わず胸が熱くなった。

「ではついて来てくれ」

朝海はユヌスに従って部屋を出た。そこは中庭に面した回廊《かいろう》で、朝海がいた部屋は二階の角にあたっていた。ユヌスは回廊にそってしばらく歩き、階段を降り、建物の中心近くに位置する部屋へと入っていった。朝海は、緊張で全身の筋肉がこわばるのを感じながら、ユヌスの後に続いた。

部屋の様子が目に飛び込んだ瞬間、朝海は思わず足を止めた。

その部屋は、朝海がいた部屋の十数倍はあろうかというほど広く、床には鮮やかな色彩の豪華な絨毯が敷き詰められていた。壁には、身分の高そうな男達が、原色に近い色彩で描かれている。あるものは激しい戦の場面であり、またあるものは勇ましい狩りの風景であったりする。ひょっとするとこの家の先祖達を描いたものかもしれないと、朝海は思った。

正面奥には、背の低いソファのような椅子に、四十代と思《おぼ》しき逞《たくま》しい風貌《ふうぼう》の男が座っていた。あれがユヌスの叔父のダウドだろう、と朝海は思った。

さらにその横には、背の高い筋骨逞しい青年が、絨毯の上にじかに座っている。二人のいる辺りから入り口までは、家臣と思しき男達が、ずらりと両側に並んで座っている。その数はおよそ二十名ほどか。

広間の人々の視線を一身に受け、朝海は思わず身を竦《すく》ませた。そんな朝海を庇《かば》うようにしながら、ユヌスはダウドの正面に進み出た。

「おおユヌス、待ちかねたぞ」

ダウドは立ち上がってユヌスを迎えた。ユヌスは優雅にその場に跪《ひざまず》いた。

「叔父上には、御機嫌うるわしく……」

「昨日は国境の視察、ご苦労だった。無事で何よりだった」

「はっ」

ダウドは近くで見ると、深みのある立派な風貌をしていた。日に灼《や》けた顔は、人生における数多くの戦いをくぐり抜けて鍛《きた》え上げられた、彼の精神を如実《にょじつ》に映し出していた。

「今日呼んだのはほかでもない」

顔を上げたユヌスに向かって、ダウドは顔に浮かべた笑みを消し、表情を厳しくした。

「お前が連れ帰ったと言う娘のことだが」

言いながら、ダウドはユヌスの背後に控えていた朝海に、ぴたりと視線を据えた。正体を見極めようとするかのように強く無遠慮なその眼差しに、朝海は一瞬竦《すく》みあがりそうになった。しかし、ここでひるんでは間者と思われるかもしれない。そう思って朝海は必死で自分を奮い立たせ、一礼を返すと静かにダウドと視線を合わせた。

「ふむ」

ダウドはしばし朝海の顔を探るように眺めていたが、やおら口を開いた。

「娘。名は何と言う」

朝海は自分を落ち着かせようと軽く息を吸い、それをゆっくりと吐き出しながら答えた。

「朝海と……申します」

「アサミか。もう少し近くへ」

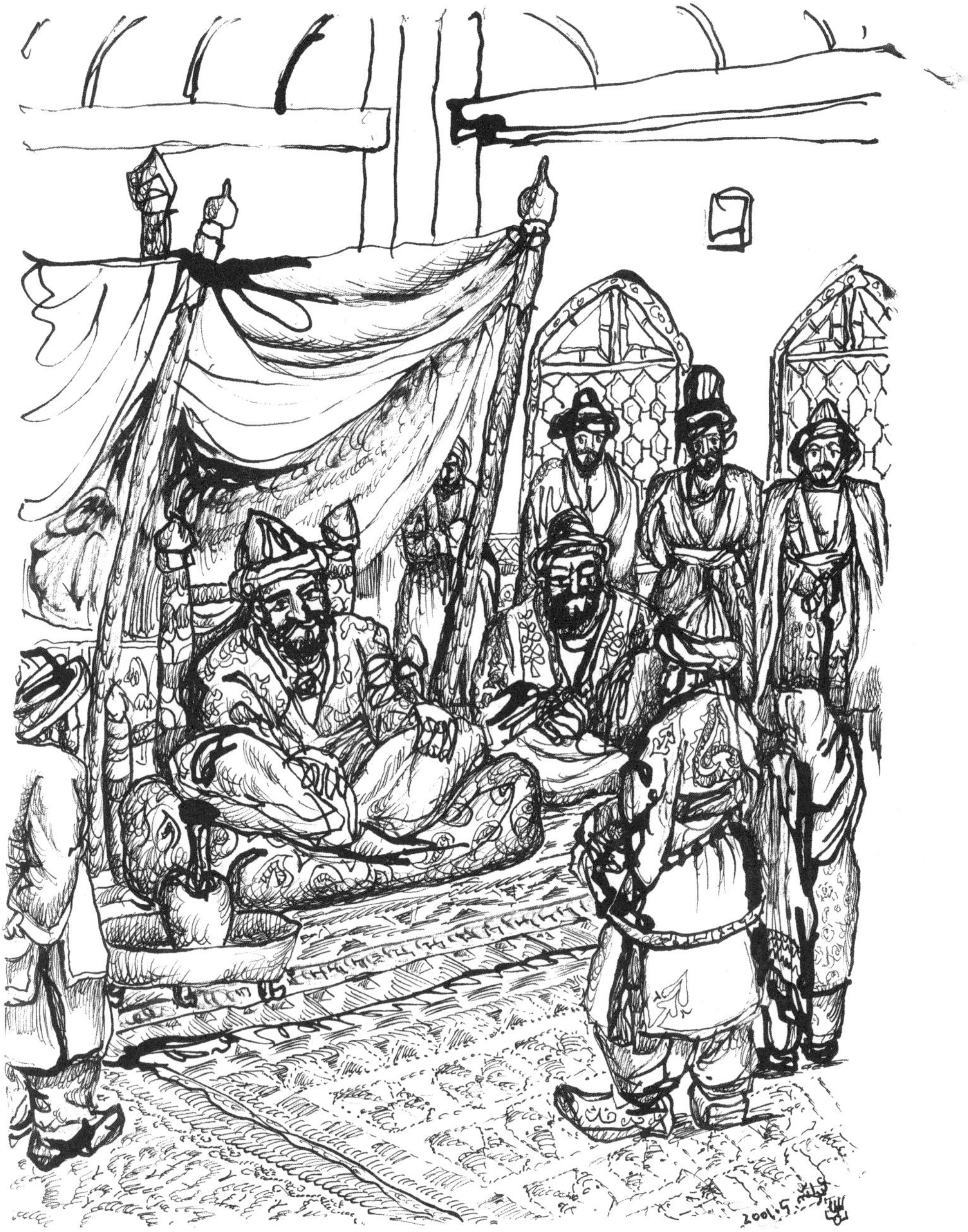
2001.5

朝海は一歩進み出、ユヌスの横に膝をついた。ユヌスは、恐れるな、というように朝海に向かって頷《うなず》いて見せた。近づくと、ダウドの鋭い眼光がますます痛く、思わず後ずさりしそうになったが、朝海は必死で踏み止まった。

「アサミ。国はどこだ」

来た、と朝海は思った。記憶を失ったなどという話を、一家の当主であるダウドが信じてくれるという保証はなかったが、未来からやって来たなどと言うよりは遥かに信じやすいはずだった。ユヌスの言ったように、少しずつ自分を理解してもらうことが、今の朝海に出来る最良のことだった。

朝海はぎゅっと眉を寄せ、真摯《しんし》な眼差しでダウドを見つめた。

「それが……、分からないんです。私は自分に関する記憶をすっかり失っていて……。自分の名前以外何も覚えていないんです。気が付いたら荒原に倒れていて、そこをユヌス様が助けて下さったのです」

ダウドは眉をこころもちひそめ、朝海の顔をじっと見つめた。朝海も必死の思いで、ダウドを見つめ返した。

密やかなざわめきが、さざなみのように広間に広がった。しかし、ユヌスの発した声で、再び広間は静かになった。

「叔父上、その娘は、短剣ひとつ持たずに荒原に倒れておりました。しかも右腕に傷を負っております。自分のことも何も覚えていない様子、しばらくこの館に留め置いて、記憶を取り戻させてやりたいと存じます。どうぞお許し下さい」

ダウドはユヌスの言葉の一つ一つに注意深く耳を傾けていたが、

「では、その娘は、この国のことも、近隣諸国のことも、何も知らぬというのだな?」

と尋ねた。ユヌスは頷いた。

「我々が見たこともない服装《みなり》をしておりました。おそらく、名も聞いたこともないほど遠くの国から来たのでしょう。誰かに連れて来られて、何らかの理由で一人にされてしまったのかもしれません」

ダウドはゆっくりと頷いた。

「分かった。おまえがそう思うのなら、この娘をここに置いても差し支えなかろう。アサミ、しばらくここで養生するがよい」

その言葉は、ダウドのユヌスに対する深い信頼を表しているように、朝海には思えた。

「ありがとう……ございます」

ユヌスと朝海は、同時に深く頭を下げた。朝海は、ダウドへの感謝と深い安堵《あんど》の念から、なかなか頭を上げることが出来なかった。

「しかし、おまえが女を連れ帰るなど、初めてのことだな、ユヌス」

やや皮肉げな声が、ダウドの隣でし、朝海ははっと顔を上げた。見ると、ダウドの隣の背の高い青年が、唇の端を微笑みの形に吊り上げた顔を、ユヌスに向けていた。悪意は感じられなかったが、時折朝海に向けられる眼差しは、朝海の一挙手一投足《いっきょしゅいっとうそく》を見逃すまいとするように隙がなかった。

「しかも手元に留めようとするとは……。いや、悪いと言っているのではない。女嫌いかと思っていたおまえが、女に興味を持つようになったのは喜ばしいことだ」

ユヌスは静かな口調で答えた。

「弱い者を守るのはムスリムの務めだ、ザヘル。それに、ここに連れて来た以上、私の責任において面倒を見てやらねばならない」

その言葉で朝海は、この青年がダウドの長男のザヘルであると知った。年はユヌスより一つ二つ年長だろうか。どこか翳《かげ》りのある繊細な美しさを持ったユヌスとは対照的に、ザヘルは逞しい明るさが印象的な美青年だった。背もユヌスよりずっと高く、隆々とした筋肉はいかにも軍人らしかった。

ユヌスの返事に、ザヘルはくすりと笑った。

「おまえらしいな。しかしおまえも知ってのとおり、この国はいつどこの間者が入り込んでもおかしくない状況だ。その娘がそうだとは言わんが、注意するに越したことはない」

「分かっている」

その時、

「ザヘル様」

広間の末席から、鋭い声が上がった。声の主は、ユヌスの従者の一人のウマルだった。

「何事だ、ウマル」

「その娘が、この近隣のことを何も知らぬとは、偽《いつわ》りです」

皆は一斉にウマルの方を向いた。朝海の全身がさあっと冷たくなった。

「その娘は、ガズニの都の名も知っておりました。多少なりともこの周辺のことは知っているはずです。加えてその娘は異教徒です」

広間が一斉にざわめいた。

蒼ざめる朝海の横で、ユヌスも声を失ったようにしばし微動だにしなかった。

「ユヌス、今の話は本当なのか」

ダウドが表情を険しくして問うた。ユヌスは一瞬唇を噛《か》みしめた。

「その娘が異教徒なのは事実です。しかし……」

「ユヌス。おまえは巡礼の帰りにバーミヤンに立ち寄ったと聞いたが、まさか……」

ザヘルがバーミヤンという名を出した途端、ユヌスの顔色がさっと変わった。朝海は何事かと息を呑んだ。が、それもつかの間、ユヌスはすぐに声に力を込め、二人に訴えかけた。

「叔父上。では申し上げます。確かにアサミは、ガズニという地名は聞いたことがあると言っておりました。しかし、それを先に申し上げては、誤解を招くと思い、黙っているように忠告したのは私です。私はアサミがこの辺りの者ではないと確信しております。なぜなら……」

ユヌスはそこまで息もつかずに喋り、軽く呼吸を整えると、再び口を開いた。

「アサミがいた場所は、人のいる所からはずっと遠く、女一人がいるには危険過ぎる場所です。しかも日が暮れかかっておりました。とても一人で夜を過ごせるような場所ではございません。我々が通りかかったのは全く偶然のこと、下手をすればアサミは荒原で夜を過ごす羽目になったはずです。間者が都市《ミスル》に入り込もうとするなら、もっと確実な手段をとるはず。近くには仲間が身を隠すような場所もありませんでした」

しかし、ザヘルは冷めたような表情でユヌスをやや見下すように見つめ、ダウドは厳しい表情で朝海とユヌスを見つめるばかりだった。広間のざわめきがますます高くなる。

ユヌスがさらに言葉を続けようとしたその時、

「ユヌス！　お父様！」

と、突然悲鳴のような声が広間のざわめきを貫いた。

声の主はファティマであった。皆が一斉に振り向く。ファティマは駆けて来たらしく、大きく肩で息をしながら広間の中央まで進み出た。ダウドは怪訝《けげん》そうに眉をひそめた。

「何事だ、このような所まで……」

「お父様、大変です。弟が……」

ファティマは美しい顔に必死の表情を浮かべ、苦しげな息の下から懸命に言葉を紡《つむ》いだ。

「ホスローが、病気なんです。ひどい、変な下痢で……。どんどんひどくなって……。酷《ひど》く苦しそうなの。早く何とかしないと……」

「何だと!?　医者は何と言っている」

ファティマは半泣きになって訴えた。

「南の国にはよくある風土病ですって……。助かるかどうかは本人の体力次第だけど、死ぬことも多いって……。今の医学では助けるのは難しいって、そう言って……」

「弟さんはどこ⁉」

突然その時、朝海が話に割り込んだ。全員が度肝を抜かれたように朝海を見る。同様に呆気《あっけ》にとられた表情のファティマに、朝海はほとんど無意識のうちに質問を発していた。

「いつ頃から悪いの？　熱はあるの？　腹痛は？」

ファティマは、朝海の勢いにたじろぎながらも、なんとか答えた。

「今朝気付いたら、何度もお手洗いに行っていて……。熱はないけど、どんどん苦しそうになっていって……。もう寝台から動けないの。下痢はまだ続いているわ」

「どんなふうに？」

「それがおかしいの。色が普通じゃなくて、ただの下痢じゃないみたいなの」

「とにかく患者を見せて下さい！」

朝海はダウドに向き直り、

「とにかく診てみます。私に出来ることがあるかもしれません。失礼致します」

と隙のない口調で告げると、ファティマを促して足早に広間から姿を消した。残された人々は、ある者は口を半ば開いたまま、ある者は目をしばたたかせながら、二人の消えていった入り口を呆然と見つめていた。

「ユヌス。あの娘は一体何者なのだ？」

ザヘルがやや間の抜けた問いを発した。ユヌスは眉間《みけん》に皺《しわ》を刻み、黙って首を振った。

2　病魔との闘い

女と子供用の部屋のうちの一室で、朝海はファティマの弟のホスローと対面していた。ホスローは今年で七歳になるという。ダウドの次男である。

寝台の上では、ホスローが苦しげな息を繰り返し、その横ではほっそりとした上品な美貌《びぼう》の女性が、ホスローの手をしっかり握り締めていた。ホスローとファティマの母親のラーベアである。ホスローの枕元には、医師らしき初老の男性が、所在《しょざい》なげに座っていた。大きな鷲鼻《わしばな》と鋭い目をもつ、意志の強そうな男性だ。

「原因は分かったのですか？」

朝海が尋ねると、彼は苦い表情で首を振った。

「この病気の原因は分かっておりません。シンド地方ではよく見られる風土病ですが、治療は砂糖をのませるくらいしか……。死亡することも多く、このままでは……」

「駄目なの？」

「望みは少ないとしか申し上げられません」

幼い少年のぐったりとした様子に、朝海は辛くてたまらなくなり、ホスローの手をそっと握った。その手に力はなく、ただ朝海の手に預けられているばかりだった。朝海はひどく胸を締め付けられたが、何とかしてやりたいという思いが同時に強く突き上げてきた。

朝海はそっと少年の額に手を当てた。腹部をゆっくりと押し、そっと離してみたが、痛がる様子もない。とくに硬さも変わらない。

朝海は懸命に、頭の中に散らばった知識を掻き集めた。下痢と聞いてまず頭に浮かんだのは、細菌性の下痢であった。しかし、発熱も腹痛もない。朝海は、便の色がおかしいと言ったファティマの言葉を思い出した。便の様子である程度の見当はつく。

朝海は医師に向かった。

「便はどんな様子ですか？　血便、それとも……」

その時、ホスローが激しいうめき声を上げた。必死で何かを母親に訴えている。ラーベアは慌てたようにホスローのズボンを少し脱がせ、足元に置かれていた陶器の壺をそこにあてがった。

朝海は目を凝らしてそれを見つめた。

勢いよく流れるように出てきたそれは、水のような白い便だった。便臭はない。

コレラだ、と朝海は思った。「米のとぎ汁様」と形容される白い水様性下痢は、コレラの特徴的な症状である。

コレラは、コレラ菌に汚染された水や食物の摂取で感染する伝染病の一つである。コレラ菌は腸の中で毒素を出して激しい下痢を引き起こすので、患者はひどい脱水状態になり、重症の場合は死に至ることもある。

コレラの治療は何だったけ……、戸惑ったように朝海と医師を交互に見るファティマを尻目に、朝海は必死で考えを巡らせた。コレラは赤痢と違って腸そのものに侵入することはないので、主な治療は脱水症状の改善である。抗生物質《こうせいぶっしつ》があればさらに回復は早いが、この時代にそんなものがあるはずはない。しかし、失われた水分を補給するだけでも症状は回復するはずである。

「飲み水を持ってきて……」

朝海は言いかけて、はっと言葉を飲み込んだ。ホスローがコレラ菌に感染したということは、このあたりの水はコレラ菌に汚染されているということである。その水をまた飲ませたのでは意味がない。煮沸《しゃふつ》してコレラ菌を全て殺したものでなければ……。

朝海はファティマを振り返った。

「飲み水をよく沸かしてから、冷まして持って来て下さい。コレラに間違いないわ。でも、体の水分を保ってやれば必ず助かります」

朝海の確信に満ちた口調に、ファティマは気圧《けお》されたように頷き、足早に出ていった。

「ちょっとお待ち下さい」

医師の声に、朝海は振り向いた。

「あなたは何者です？　ホスロー様の治療は私に一任されている。勝手なことをされて、万一何かあっては、私の責任が問われる」

朝海は静かに、医師を見つめ返した。

「あなたが何かよい治療をご存じなら、半人前の私などより、あなたにお任せ致します。しかしそうでないなら、出来ることは全てやってみるべきだと思います」

医師は一瞬ぐっと詰まったが、怒りを露《あらわ》に、

「ダウド様の御裁断を仰ぎに行く。どこの馬の骨とも知れぬ者に、サイード家のご子息の命を預けるわけにはいかんからな」

と、部屋を出て行こうとした。

「待って！」

朝海は反射的に鋭く叫んだ。

「あなたも医者ならお分かりでしょう？　患者は医師のためにいるのではありません。医師は患者のためにいるのです。医師は自分の自尊心より患者の利益を第一に考えるべきです。そうは思いませんか？」

医師は一瞬呆気に取られたように朝海を見つめていたが、やがてふいと顔を背けて姿を消した。朝海はぐっと唇

を噛んだ。

唇の痛みが、既知感を呼び起こす。このような場面は初めてではない。

マタ、私ノ言葉ハ届カナイ……。

ふと気がつくと、ラーベアの眼差しが朝海に縋《すが》りついていた。

「この子は、ホスローは助かるのですか!?」

朝海は彼女の眼差しをしっかりと受け止めて頷いた。正直に言えば、必ず助かるという自信はなかった。しかし、患者をまず安心させてやることが治療の第一歩だ、と朝海の中で何かが囁《ささや》いた。

ホスローが再び苦しげな声を上げ、白い下痢をした。呼吸は早く浅い。

ファティマが湯冷ましを持って来た。

朝海はそれを受け取って、コップに湯冷ましを注ぎ、経口補液の成分は何だったかしらと首を捻《ひね》った。コレラでは水分と共に体に大切なイオンも失われる。食塩と砂糖も必要だった。

朝海はファティマに塩と砂糖を頼んだ。驚いたことに、ここでは砂糖は下痢の治療薬として使われており、枕元におかれていた。ただ、砂糖は貴重なので高価な薬だという。

朝海は、病院で使われている補液と同じ位の濃度になるように、目分量で塩と砂糖を水に溶かした。食道チューブも何もないここでは、そのまま飲ませるしかない。朝海はホスローの顎《あご》をつまんで唇を少し開かせ、コップの縁を当て、少しずつ湯冷ましを流し込んだ。

ホスローは、一瞬激しくむせた。無理もない。この補液はひどく不味《まず》いのである。朝海はひやりとしたが、後は抵抗なく、ホスローはコップの補液を飲み干した。

朝海は、後ろで息を詰めて様子を見守っているファティマを振り返った。

「大丈夫、何とかなると思います。湯冷ましをどんどん持って来て下さい。かなりの水分の補給が必要になってくると思いますから」

ファティマが頷いて出て行った。彼女の顔の中に、朝海に対する信頼の光が生まれたのを感じ、朝海はほっと息をついた。すこし安心すると、先程出ていった医師のことが気になり始めた。ダウドの裁断を仰ぐと息巻いて出ていったが……。まだ帰ってこない。

その時、誰かが部屋に入ってきた。医師かと思って振り向いた朝海は、思わずあっと声を上げた。それはユヌスとザヘルだったのである。

「ユヌス様……」

朝海は唖然《あぜん》として二人を見上げた。ラーベアも思わず立ち上がった。

ユヌスはホスローの枕元に座り、痛々しそうに眉を寄せた。ザヘルもユヌスの隣に跪《ひざまず》くと、そっとホスローの額に手を当てた。

「アサミ、おまえなら助けられるのか？」

ユヌスが朝海を振り向いて尋ねた。朝海はしっかりと頷いた。

「コレラの感染です。体の水分を保ってやれば助かるはずです」

ザヘルもじっと、朝海に視線を据えている。

「そうか……。では、ホスローのこと、頼む」

ユヌスの言葉に、朝海は驚いて二人を見た。

怒って出ていった医師は、ダウドに朝海を止めさせようとしたはずだ。その場に二人もいたはずである。

「実は、主治医殿が、ぜひホスローの治療をそなたに任せて欲しいと言われたのだ」

ザヘルが答え、朝海は目を見開いた。ユヌスがさらに付け加えた。

「自分には何も出来ないが、おまえならホスローを助けられるかもしれないと言われてな。医師として一番大切なことを、おまえは知っていると言われた」

朝海は驚いてユヌスを見た。では、あの医師には自分の心が通じたのだ。朝海は喜びに胸が高鳴るのを感じ、同時に任された以上は何が何でもホスローを助けなければと固く決意した。

その時、軽い足音がして、ファティマが湯冷ましを持って戻ってきた。

「ユヌス」

ファティマは嬉しそうに、ユヌスのそばへ駆け寄った。

「来て下さったの。聞いて、アサミがホスローを助けられるって。良かったわ」

その時、ファティマの手の湯冷ましが目に入り、朝海ははっと気づいた。この辺りの水はコレラに汚染されているから、湯冷ましを用意させたのである。ということは、他にも患者が発生する恐れがあるということだ。

「ここの飲み水は、どこを使っているのですか?」

朝海は突然ユヌスに尋ねた。ユヌスは思いがけない問いに驚いたが、

「共同水道と井戸水の両方だが」

「ホスロー様が飲まれたのはどちらです?」

「おそらく井戸水だろう。最近はほとんどそちらを飲用にしているはずだ」

ザヘルがそう答えた。朝海は身を乗り出し、

「じゃあ、井戸水はしばらく生では飲まないようにして下さい。この病気は飲み水で起こるんです。他に患者がでないように」

ユヌスとザヘルはしばらく顔を見合わせた。

「ユヌス。どう思う?」

「我々にはこの病気の原因はわからない。朝海が知っているのなら、いうとおりにしたほうがいいのではないか?」

ザヘルはしばしユヌスの瞳の奥を、何かを探すように見つめていたが、やがてその強い眼差しを朝海の方へ向けた。

若い力の漲《みなぎ》るその瞳の力は、ダウドとは違った威圧感を従えて、朝海の瞳に踏み込んできた。いかなる嘘もごまかしも簡単に見破ることが出来るのだと語っているようなその光に、朝海はしばし怯《ひる》みそうになった。しかし、朝海の心には嘘はなかった。目の前で苦しんでいる小さな命を救いたい。そして、これ以上の犠牲を出したくない。

朝海はザヘルの両眼を、水のように澄んだ瞳で見つめ返した。

やがてザヘルは、静かに朝海から視線を逸《そ》らせ、ユヌスに向かって小さく頷いた。

朝海はほっと息をついた。

「ではそのようにしよう。ホスローを頼む」

ユヌスはそう朝海に言い、二人は出ていった。朝海は再びホスローの治療に戻った。

3　時に埋もれた哀しみたち

不眠不休の看病が、それから丸二日続いた。

最初の一日は、下痢は十数分間隔で襲ってきた。そのため朝海は常に補液を続けねばならず、目を離すことはできなかった。ファティマとラーベアも、侍女《じじょ》達と交替でよく朝海を手伝った。

二日目になると、下痢の回数はかなり減り、ホスローの呼吸も落ち着いてきた。二日目の夜になると、何とか一人で手洗いに立てるようになり、朝海はほっと額の汗を拭《ぬぐ》った。

「もう、峠は越したと思います」

朝海がそう言うと、ファティマとラーベアの顔に張りついていた緊張が、急速に解けていった。ラーベアは、安《あん》堵《ど》のあまりその場に崩れ落ちそうになり、ファティマがそんな母を慌《あわ》てて支えた。

「ファティマ様、お母様を休ませて差し上げて下さい。あとは大丈夫です。もう一晩だけ、私がついていますから」

「本当にありがとう……。でもアサミ、あなたの体が……。侍女を呼ぶから、あなたはもう休んだほうが……」

朝海はゆっくりと首を振った。

「私なら大丈夫です。何かあったら、処置できるのは私しかいませんから」

「ありがとう、本当に。アサミ、あなたはお医者様だったの？」

「いいえ、私は……」

朝海は我に返った。自分はなぜホスローの病気をすぐに診断できたのだろう。私は医師だったのだろうか。いや違う、実際に患者に手を下したのは、これが初め…て……？

「アサミ、どうなさったの？　本当に大丈夫？」

ファティマが、母を支えながら心配そうに朝海の顔を覗《のぞ》き込んだ。朝海は慌《あわ》てて言った。

「いいえ、何でも。それよりお母様を」

ファティマは分かったと言うように頷《うなず》いて、部屋から姿を消した。

二人がいなくなると、朝海は放心したように絨毯《じゅうたん》の上に座り込んだ。ホスローに対して起こした一連の行動は、朝海の記憶を取り戻す、重要な手掛かりだった。

どこかで医学を学んでいた、それは間違いない。しかし、どうも自分は、実際に医師として患者を診たことはないような気がする。看護婦とも違うような……。だとしたら、まだ勉強中の医学生だろうか。何となく、自分の身分がおぼろげに分かってきて、朝海は少し安堵した。

気がつくと、眠っていると思っていたホスローが、丸い大きな目で朝海を見つめていた。

「どうしたの？　まだ苦しい？」

朝海が優しく声をかけると、彼は首を振り、

「ううん。あの、助けてくれてありがとう」

と礼を言った。朝海は彼の髪をそっと撫でた。

「もう大丈夫よ。あと二、三日寝ていればすっかりよくなるわ」

「ありがとう」

ホスローは微笑した。

朝海が優しく微笑《ほほえ》み返すと、少年は丸い目に子供らしい好奇心を輝かせながら、朝海に話しかけた。

「ねえ、あなたはどこから来たの？」

「ずっと、遠くからですよ」

朝海は、胸に走った小さな痛みに耐えながら、柔らかい口調で答えた。そう、朝海はずっと遠くからやって来た。時も空間も遙かに隔てられた、帰る術《すべ》とてない国から……。

少年は首を傾《かし》げたが、朝海の口調の中に触れてはならないものを子供なりに感じ取ったのか、それ以上は追及しなかった。

「そう……。きっと、すごいお医者様なんだね。いろんな人を診てきたんでしょう？」

朝海は曖昧《あいまい》に微笑んだが、ホスローの言葉に対し、胸の中の何かがはっきりと異議を唱えた。私はまだ医師ではない。医師になる過程にはいるけれど……。

と同時に、胸の底を刃《やいば》で切るような痛みが走った。何かは分からなかったが、近付くのは危険だと、警告しているような痛み。

「どうしたの?」

少年の心配そうな声に、朝海ははっと我に返り、慌てて少年に笑顔を向けた。

「何でもないわ。さあ、もう少し休んだ方がいいわ。大丈夫、私がついていますから」

少年は、しばらく首を傾げて朝海を見ていたが、やがて引き込まれるように眠りに落ちていった。

もう大丈夫だろう、と思うと、汗が吹き出すように疲れがどっと出てきた。しかし、神経が張り詰めているせいか、昨夜一睡《いっすい》もしていないにもかかわらず、眠気は全くなかった。

「入ってもいいか?」

その時、部屋の外で遠慮がちな声がした。

朝海が慌てて返事すると、小さなランプの灯りに影を揺らめかせながら入ってきたのは、ユヌスだった。

ユヌスは、規則正しい寝息を繰り返しているホスローを見ると、突然その場に跪《ひざまず》いた。

「ユヌス…様?」

驚く朝海を、ユヌスは深い眼差しでひたむきに見上げた。

「ありがとう、アサミ。おまえは弟の命の恩人だ」

「待って下さい。私は当然すべきことをしただけです。それに、幸い快方に向かわれましたが、私の治療法が正しかったのかどうかは……。ご本人がよく頑張られたからです」

しかしユヌスは姿勢を変えないまま、

「いや、この病気は死に至ることも多いと聞く。本人の体力もあったかもしれないが、おまえが力を尽くしてくれなければ、どうなったか分からない。心から礼を言う」

「ユヌス様……」

朝海は困惑したが、ユヌスの感謝が嬉しくないはずはなかった。

その時ふと、朝海はユヌスの言葉に違和感を覚えた。ユヌスは朝海を、弟の命の恩人だと言った。朝海はその言葉に違和感を覚えたのだが、疲れた頭にはそれが何なのか判断はつかなかった。

「実はおまえに話があって来た。座ってもいいか?」

ユヌスの声に、朝海ははっと我に返り、頷いた。

ユヌスは朝海と向き合うように絨毯の上に腰を下ろした。

部屋のランプの灯りが揺らめくのに合わせて、ユヌスの影が美しい幾何学模様の絨毯の上で踊る。

ユヌスはしばし、ゆらめく自分の影を見つめるようにしていたが、やがて顔を上げた。

「昨日はすまなかった、アサミ。私が余計な忠告をしたせいで、かえってお前が疑われる結果となってしまった。どうか許してくれ」

朝海は、目を伏せて静かに微笑した。

「ユヌス様が私のことを思って言って下さったのは分かっています。それだけでも私は感謝しています。仮にそれが疑われる結果になったとしても……」

「すまない。しかし安心してくれ。おまえがホスローを助けるために懸命になっていることを知り、おまえが他国の間者《かんじゃ》だと疑う者達も考えを変えてくれた。そして、ホスローが快方に向かったと分かった今……」

ユヌスは朝海に微笑みかけた。それは、今まで朝海が見たユヌスの微笑の中で、最も明るいものだった。

「おまえは、サイード家の客として滞在を認められた。いやむしろ……」

ユヌスは再び真摯《しんし》な眼差しを朝海に向けた。

「ここにいて欲しい。おまえは、弟を死の淵から救ってくれた恩人だ。客として迎えたい。それに……、おまえが八百年も先の未来から来たという話も、今なら信じられそうな気がするのだ。恐ろしい病から弟を救ってくれた知識は、今の世界のものとは思えない」

朝海の胸の底から泉のように喜びが湧きあがった。これでしばらくは、身の安全は約束されたのだ。朝海は精一杯の誠意と感謝を込めて、ユヌスにこう言った。

「先に助けて頂いたのは私の方です。私に出来ることなら何でもします。ユヌス様に助けて頂かなければ、私は荒原で野垂れ死にしていたかもしれません。私の記憶が戻るかどうか、元の世界に帰れるかどうかは分かりませんが。ここにいる限りは出来るだけお役に立ちたいと思います」

「ありがとう、アサミ」

そう言ってユヌスは立ち上がった。

「さあ、夜も更《ふ》けた。ホスローには私がついている。おまえは休んだほうがいい」

朝海は慌てて立ち上がった。

「そうはいきません。もう一晩くらいは私がついていなければ……。疲れてなどいません。それに、もし容態が急変したら、ユヌス様ではどうしようもないでしょう?」

ユヌスはくすっと笑った。

「確かにそのとおりだ。痛い所を突かれたな」

朝海は思わず赤くなった。

しかし、ユヌスは気分を害した様子もなく、クスクスと声を立てて楽しげに笑い続けていた。

「しかし、おまえの方に倒れられても大変だ。私もついていよう」

朝海は仕方なく頷いた。

寝台の方を見やると、ホスローは規則正しい寝息を繰り返している。あれから下痢をした様子もなかった。朝海はほっと息をついた。

その時、朝海の胸に再び、先程と同じ違和感がよぎった。

確かユヌスは、ホスローのことを「弟」と言った。しかし、たしかホスローは、ダウドの次男で、ユヌスにとっては従弟《いとこ》にあたるはずだ。

何か事情があるのかもしれないと思ったが、朝海はためらいがちにそのことを尋ねた。

するとユヌスは、

「ああ、そのことか」

「ごめんなさい。悪いことを訊いてしまったかしら」

と、一瞬苦い表情を見せた。朝海は、やはり悪いことを訊《き》いてしまったのだろうかと、口を押さえた。

「いや、構わない。いずれ話そうと思っていた。このサイード家のこともな」

ユヌスは再び絨毯の上に座り、朝海にも座るように促した。朝海が腰掛けると、ユヌスはゆっくりとした口調で語り始めた。

「サイード家は、三百年以上も昔から、このグルバハールを治めてきた。祖先は、もともとアラビア半島に住んでいたイスラム教徒がこの地方に進出したときの、イスラム軍の総督《アミール》の一人だった」

朝海は、遠い異国の物語を聞くように、ユヌスの話に耳を傾けた。目を閉じると、腰に剣を帯《お》び、数万の軍を従えて堂々と荒原をゆく、サイード家の祖先の姿が瞼《まぶた》に浮かぶような気がした。その顔はユヌスに似て美しかったが、もっと逞《たくま》しく、荒削りな武将の顔であった。

「しばらくして、イスラム軍の総督《アミール》達は、この地域一帯に散らばり、それぞれの支配領域を築いた。サイード家の祖先は、このグルバハールに入った。もちろん、グルバハールだけではなく、この地域一帯には、以前からヒンドゥー教徒達が住んでいたから、最初は争いが絶えなかった。だが、サイード家の二代目の総督《アミール》が、他国に先駆けてヒンドゥー教徒をもイスラム教徒と同じ扱いをする方針を決めてから、争いは少なくなった。以来三百年、サイード家は領土を拡張することも縮小することもなく、この地域に根付いてきたのだ」

朝海は、二代目の総督《アミール》が、ヒンドゥー教徒をイスラム教徒と同じ扱いをするという方針を決めたという話に驚いた。朝海のイメージでは、イスラム教徒は「聖書《コーラン》か剣か」と、非征服民に対して改宗か死かを選ばせる、野蛮な民族だった。それをユヌスに言うと、ユヌスは苦笑した。

「確かに、そういった面もある。しかし、現実にそこまで異教徒に改宗を強要した例は、ほとんどない。人の信仰心まで支配することは不可能だからな。……それに、これは私個人の考え方だが、人間の心の拠り所となることが出来、人間の魂を正しい方向に導くことが出来る限り、どの宗教も信ずるに値する多くの点を持っているのだ。どれが良いとか悪いとか、決めることは出来ない」

最後の言葉には、朝海が驚いたほどの力が込められていた。今まで水のように静かに見えたユヌスの中に、これほど熱いものがあったのだろうかと思うほど、その口調は熱を帯びていた。

驚くと同時に朝海は、その力強い言葉に、自分の心が体ごと吸い寄せられるほど、惹《ひ》き付けられるのを感じた。

朝海の意識はそんな自分に戸惑ったが、それを押しのけて朝海の無意識は勝手に朝海の唇を動かした。

「ユヌス様。初めて私と同じ考えを持った人に出会ったような気がします。私は、宗教には人を救う面も持っていて、それを人生に生かせれば、人間を高めることが出来ると、私はずっと思いつづけていたのです。私は、神を信じることが出来れば、人は謙虚《けんきょ》になることができると思うのです。それは人への優しさにつながり、人生を温かくすると……。でも、私の周りの人達は、宗教は人を迷わせ、物事の発展を妨《さまた》げる、と……」

朝海は、自分自身の言葉に驚いた。朝海がいた日本では怪しげな自称「宗教」というものが数々の事件を起こし、特に若者の間では、「宗教＝悪」という図式が出来あがっていたはずだ。そんな中で、自分がそんな考えを持っていたとは……。

と同時に、斬られるような痛みが朝海の胸に走った。何かは分からないが、自分の中から現れては繰り返し刃を振るう深い痛み。

朝海は、それをじっと目でこらえた。自分の中に閉じ込めた感情が、自分をこの世界に連れて来た原因なら、目を逸《そ》らしてはならないと思ったのだ。朝海は、毅然《きぜん》と顔を上げて、ユヌスを見つめた。

「そうか……。信仰とは人を救うためのものであるのに、そのような考え方しか出来ぬ者がいるとは、悲しいことだな。しかし、おまえが私と同じ考えを持ってくれているとは、私も嬉しく思う」

熱い光を帯びたユヌスの眼差しをまともに受け、朝海の心臓がドキリと鳴った。ユヌスはしばし、食い入るように朝海を見つめていたが、やがて我に返ったように話題を戻した。

「そんなわけで、サイード家は今日に至っている」

朝海も夢から覚めたように、慌てて耳を傾けた。

「しかし、五十年ほど前から、同じイスラム教の王国であるガズニ朝が、この地域を支配下に収めようと侵入を繰り返し始めたのだ」

ユヌスの瞳から、熱っぽい光がすっと消え、かわりに感情を押さえた理知的な光が宿った。

「特に、マフムード……。『世界を焼く者』とあだ名された王が王位についてからは、その侵略はいっそう激しくなった」

マフムードという名を口にした時、ユヌスの双眸《そうぼう》に激しい憎しみが煮えたぎるのが見えた。その炎はユヌスの黒い瞳を焼き尽くさんばかりに燃え立ち、朝海は思わず息を呑んだ。しかし、その燃え尽きた後には、ぽっかりと空虚な表情が浮かび、代わって濃い悲しみの影がユヌスの顔を覆い始めた。

「私の父は、マフムードと戦って破れ、戦場に散った。私はまだ三歳だったが、運ばれてきた父の遺体と対面した時のことは、二十年たった今でも忘れられない……」

血糊《ちのり》にべっとりと濡《ぬ》れ、苦痛に顔を歪めて息絶えた父の姿を、三歳だったユヌスは目の当たりにしたのだ。普通なら何の苦しみも知らない子供の頃に、ユヌスは父の死という、小さな心には抱えきれないほどの苦しみを背負わされたのだった。

その時のユヌスの心情を思うと、朝海は胸が一杯になり、声を発することさえ出来なかった。

「アサミ?」

ユヌスの驚いたような声に、朝海は初めて自分が涙を流していることに気が付いた。朝海は慌てて、口元をぎゅっと押さえた。

「済みません、ユヌス様」

声は溢《あふ》れる涙に呑まれ、ほとんど言葉にならなかった。

「おまえは優しい娘だな、アサミ」

ユヌスは悲しみの影を留めたまま、朝海に笑いかけた。その表情が痛々しく、朝海は再び溢れた涙を押さえることが出来なかった。

「しかし泣くことはない。もう二十年も昔の話だ」

ユヌスは優しくそういうと、話を続けた。

「父の死と共に、叔父のダウドがサイード家の当主となった。マフムードの勢力は強く、サイード家は滅亡の危機にさらされたが、幸いその前に、マフムードは病にかかって死んだ。息子のマスウードには父ほどの力はなかったから、結局はサイード家に自治を認めた。代替わりで混乱していたガズニ王家には、サイード家を滅ぼすほどの力はなかったのだ。ガズニ朝とサイード家は和平を結び、今は一応同盟関係にある。……だが、マスウードがサイード家に自治を認めたのには、もうひとつ理由があった」

「もうひとつの理由?」

「サイード家の領地から西に山一つ越えたところに、バーミヤンという国がある。この国は、古くから交通の要衝《ようしょう》として栄えた国だ。ガズニ朝としては是が非でも手に入れたいところだ。しかし、この国は仏教を奉じていて、ガズニ朝の侵入に激しく抵抗しているのだ」

「じゃあ、サイード家にバーミヤンを押さえさせるために、自治を認めたのですか？」

「そのとおりだ。ガズニ朝にとって都合の悪いことに、バーミヤンのさらに西方からは、同じムスリムのセルジューク朝が、近年力を伸ばしてきている。とてもバーミヤン侵略まで手が回らない。そこでサイード家に、バーミヤンの監視と、いざ侵略となった時の軍の出動をさせようというのが、彼らの本心だ」

つまり、このグルバハールは、東にガズニ朝、西にセルジューク朝という大国に挟まれ、すぐ西には、ガズニ朝に抵抗するバーミヤンがあるということだ。それで朝海は、この国の人々が、他国の間者をあれほど警戒していた理由が、ようやく分かった。

しかし、ザヘルが口走った、バーミヤンにユヌスが立ち寄ったことがあるという一言と、その時にユヌスが浮かべたただならぬ表情の理由は、想像がつきかねたが……。

「おかげでサイード家は、独立を保つことが出来た。未亡人となった母のラーベアを、叔父は二番目の妻に迎えた……」

ランプの灯りがゆっくりと揺らめくのに合わせて、ユヌスの顔に、独特の淋しげな影が浮かんだ。その影は、晩秋の冷たい風に舞い落ちる木の葉のように、朝海の胸を切なくさせた。

「母は叔父との間に、ファティマとホスローをもうけた。叔父はもう一人の妻との間に、私より一歳年長のザヘルをもうけていたが、死んだ父への遠慮からか、私を跡継に指名した。だからホスローは、私の弟なのだ。そしてファティマも……、私の妹だ」

そうか、そうだったのか。しかしユヌスの顔にそこはかとなく漂う淋しさの影は、ユヌスが唯一人の先代当主の息子として、孤独を抱えながら育ったことを示していた。小さな背中を必死で丸め、風の寒さから身を庇《かば》う幼いユヌスの姿が目に浮かぶような気がし、朝海の目に再び涙が浮かび上がった。

「叔父は立派な人物だ。父の子である私も、ザヘルと共に自分の息子のように慈《いつく》しみ育ててくれた。しかし、三歳の時に見た父の苦しげな死に顔は、私の心から消えることはなかった。ファティマやザヘルを兄弟と思い、叔父を父と思うことは、死んでいった父への裏切りのように思えて、あえて彼らには、従兄弟としての立場を保ってきたのだ。それがいけなかったのだな、ファティマには……」

え？　と朝海が怪訝《けげん》な顔をしたので、ユヌスははっと口をつぐんだ。

「すまなかった。こんな話をするつもりではなかった。おまえは不思議な娘だな。こんなことを人に話したことはないのに、おまえにになら話せると、思わず心を許してしまう」

呟《つぶや》くような、ためらいを含んだユヌスの声に、朝海は、話しにくいことを無理やり話させてしまったような罪悪感にかられ、思わず謝った。

「ごめんなさい」

「ははは、何を謝ることがある」

ユヌスは、その声から翳《かげ》りを消し、おかしそうに笑った。

「何か、胸のつかえが下りたような気がする。むしろ感謝しているくらいだ。不思議だな。なぜか、遠い昔から、おまえを知っているような気がする」

それは、朝海も感じていた感情だった。おそらく、ユヌスの中に、自分と同じ考え方を見出したせいだろうが……。しかしそれは、自分がずっと探し続けていた、得がたいもののように思われ、朝海は胸をうち震わせた。

朝海はユヌスに向けた眼差しに力を込めた。

「私も同じです。ずっと昔になくしてしまって、長い間探していたものを、ようやく見つけたような気がします。ひょっとすると、あなたに会うために、私はこの世界にやって来たのかもしれません」

二人の間で、ランプの灯りが一瞬、大きく燃え上がって揺らめいた。それに照らされて濡れたように光るお互いの瞳に、相手の縋《すが》るような眼差しが映っていた。

「ユヌス、何をなさっているの、こんな遅くまで」

その時突然、とがめるような声が部屋の入り口あたりから飛んできた。

ファティマであった。

ユヌスと朝海は、叱《しか》られた子供のように、同時にビクッと体を震わせた。

ファティマは背筋を真《ま》っ直《す》ぐに伸ばし、つかつかと部屋に入ってきた。ファティマは瞳にありったけの力を込め、威圧するような視線をユヌスの顔に据《す》えた。

ユヌスは一瞬、戸惑ったように黒い瞳を揺らしたが、すぐにファティマの視線をやんわりと受け止め、

「ホスローの様子を見に来ただけだ。今夜一晩はついていた方がいいらしいからな」

と落ち着き払った口調で言った。

「ホスローにはアサミがついてくださるのではなかったの？」

ファティマはためらいがちに視線を朝海の方へと滑らせた。朝海と目が合うと、ファティマは再び、一昨日朝海を初めて見た時と同じ、複雑な表情を浮かべた。何か今から起こり得るものへの予感と不安におののいているような、しかしそれが何なのか分からず苛立《いらだ》っているようなその眼差し。

一体、この快活な少女は何を予感して震えているのだろう。朝海は首を傾げた。

朝海がファティマの表情に気を取られていると、代わりにユヌスが、ファティマの問いに答える形をとった。

「朝海は昨日からの看病続きで疲れている。本当なら休ませてやりたいが、ホスローに何かあったら私ではどうしようもないからな。しかしアサミの方に倒れられても困るから、私も一緒についていることにしたのだ」

ファティマは一瞬口ごもったが、やがてこう言った。

「でも、あなたでなくてもいいでしょう？」

そう言って、ファティマは息を詰めてユヌスの答えを待った。ユヌスに真っ直ぐ向けられた眼差しが、先程とはうってかわって頼りなげに揺らめくのが、朝海にも分かった。

「ああ」

ユヌスは苦いものを噛《か》むように一言、そう答えた。

その表情は、ファティマの奇妙な表情の意味を全て知っていて、しかもどうすることも出来ないじれったさを感じていると言っているかのようだった。痛みを堪《たた》えているようなその伏せられた眼差しに、朝海は胸を突かれた。

ユヌスの答えを聞いたファティマが、安堵のような吐息《といき》を洩《も》らしたが、なぜかそれ以上何も言わず、唇を閉ざしてしまった。

重苦しい沈黙が流れた。

朝海はたまりかねて口を開いた。

「ユヌス様、私なら大丈夫です。朝になってホスロー様の容態が変化しなければ、休ませて頂きますから。本当に一人で大丈夫です」

「そうか」

ユヌスはしばし、じっと朝海を見つめていたが、やがて、

「分かった。ではまた明日。ホスローを頼む」

と短く言い置いて、部屋を出て行った。するとファティマは、朝海には目もくれずにユヌスの後を追った。

朝海は何となくその様子が気になり、そっと戸口から身を乗り出して二人の様子を窺った。二人は朝海のいる部屋から二つ隣の部屋の前で何事か話していたが、耳を澄《す》ますと一言一言がはっきり聞き取れた。

「誰かに見られたらどうなさるの、ユヌス」

こちらに背を向けているファティマの表情は見えないが、必死な様子が見て取れた。

「こんな夜に、異教徒とはいっても女性と二人きりでいるなんて……。私はあなたのことを考えて言っているのよ。ザヘル兄様に見られたら、どんなことになるか。兄様はあなたを高く買っているけれど、あなたにお父様の跡継を奪われて、内心面白くないはずだわ。あなたがサイード家の跡継にふさわしくない行動をすれば、もう今までのようには協力してはくれなくなるかもしれないのよ」

後で分かったことだが、男女隔離の厳しいイスラム社会では、男女が一対一で会うのを咎《とが》める雰囲気がある。だから、朝海とユヌスが二人きりで話をしているというような状況は、この社会では通常見られない光景なのだ。

その時の朝海にはそんなことは分からなかったが、ユヌスの立場がこの家の中で非常に微妙なものだということは理解できた。父を亡くし、母も叔父に嫁いでしまって、ユヌスは孤独と緊張を抱えて日々を送っているだろうか。

そう思うと朝海は胸が痛かった。

闇に浮かんだユヌスの影は、身動ぎもせずにファティマの言葉を聞いていたが、彼女の言葉が終わるのを待って、ゆっくり頷いた。

「分かった。今後気をつけよう」

そういうと、ユヌスは円柱の立ち並ぶ回廊《かいろう》に沿って、自分の部屋のある反対側の棟へと立ち去っていった。その背中はやり場のない思いと孤独に満ち、朝海はそれを何とか癒《いや》せたらと願わずにはいられなかった。

と同時に、朝海はファティマもユヌスの背中をじっと見つめているのに気がついた。そのふっくらした体は淋しさと悲しみに包まれ、髪を覆ったベールがかすかに揺れていた。ユヌスの姿が回廊の向こうに消えたとき、ファティマの唇から洩《も》れた吐息が、ゆるやかな夜風に乗って、朝海の耳に届いた。

ああそうか……、と朝海は思った。

ファティマはきっと、ユヌスを愛しているのだ。だからあれほどユヌスを気遣《きづか》い、朝海がユヌスに近づくのを恐れたのだ。しかし、異父兄であるユヌスを愛していると口にすることは出来ず、一人その思いを抱きしめているのだろう。

そしておそらく、ユヌスもファティマの想いに気付いている。今までファティマに対しては従兄《いとこ》としての立場を保ってきた、そしてそれがいけなかったのだと呟《つぶや》いたユヌスの苦しげな横顔を、胸のうちに蘇《よみがえ》らせながら、朝海はそう確信した。

二人がそれぞれ胸のうちに閉じ込めた苦しみを思って、思わず洩らした溜め息は、体のすみずみまでしみわたってゆき、朝海の胸を締め付けた。その切なさから逃れるように中庭から見える夜空を仰ぐと、群青《ぐんじょう》色の天に幾千もの星が静かにまたたいていた。

第三章　地に生くる人々

1　うち寄せる夢

ホスローの容態は、翌朝にはすっかり落ち着いており、朝海《あさみ》はほっと胸を撫《な》で下ろした。

やがて訪れたラーベアに、朝海はもう二、三日は下痢が続くだろうから水分が不足しないように気をつけるようにと注意した。

ラーベアは、朝海が恐縮するほど礼の言葉を繰り返し、朝海に衣服や身の周りの物などを贈りたいといってくれた。朝海は見返りを求めてホスローを助けたつもりなどではなかったし、自分がここに滞在を許されただけで十分だと思っていたが、ラーベアのせっかくの気持ちを断るのも悪いので、素直に好意に甘えることにした。

その後、ラーベアは侍女を呼び、朝海を部屋へ案内するよう言いつけた。

朝海も安心と同時に全身を打ちのめすような激しい疲れを感じ、素直に好意を受けて侍女《じじょ》の後に従った。

案内された部屋は、最初にこの館に来た時にあてがわれた部屋とは比べ物にならないほど豪奢《ごうしゃ》な部屋だった。部屋は一人で使うにはもったいないほどの広さで、床には大広間と同じようなアフガン織の絨毯《じゅうたん》が敷かれている。壁は美しい花模様の色タイルで飾られ、寝台は体が沈みそうに柔らかかった。そして寝台の横には、ラーベアから贈られた美しい衣装や装身具《そうしんぐ》の数々が積まれていた。

しかしそれに感激する暇《ひま》もなく、朝海はよろめくように頭のベールを取ると、寝台に倒れこみ、気を失うように眠りに落ちた。

初夏の太陽が、ガラスのかけらのように緑の木々の上に踊っている。時折そよぐ風がそれを揺らすと、木洩《こも》れ日がゆっくりと舞いながら若者達の上に降りてくる。

伸びやかに枝を広げた木の下のベンチで、五人の若い男女が昼食を広げていた。三人の男のうち一人は白衣を脱いで肩にかけ、二人は半袖の白衣を着ている。女二人のうち髪の短い娘は半袖の白衣を、髪の長い娘は長袖の白衣を着ていた。

五人が昼食を広げているベンチの前には、力強く日光を跳《は》ね返すアスファルトの道が横たわっており、白衣を着た男性や学生らしきジーンズ姿の若者が忙しげに行き来していた。

その風景を、確かに朝海は知っていた。

私はどこにいるのだろう？　ふと朝海は思った。

いや、朝海はどこにもいなかった。初夏の緑を映す目も、木洩れ日を含んだ風を感じる肌も、その風景の中には存在していなかった。その風景は、朝海の感覚器を通さずに、直接魂に映し出されていたのだった。

ああそうだ、これは夢だ。

それが夢である証拠に、その風景は朝海の意志とはまるで関わりなく、その一部がズームアップされたように大きくなったり、また風景の一部に戻ったりし、映りの悪いテレビのように突然画面にブレが生じたりもした。

『あなたはどこから来たの？』

不意に、ホスローの無邪気《むじゃき》な声が、魂にこだました。

私が来たところ。今魂に映し出されている風景、それは確かに、朝海がやって来た場所の一つだった。

ベンチで昼食を広げている五人の姿が、次第に大きくなって来た。

声は聞こえない。しかし、五人は何かについて議論しているらしかった。中でも髪の長い背の高い娘が、髪を乱して懸命に何かを話している。それまで長い髪に隠されていた娘の顔が、一瞬朝海の目に入った。

次の瞬間、朝海は思わず声を上げそうになった。ちらりと見えた顔は、紛れもなく朝海自身の顔だった。白い肌に、一重にしては大きな瞳に赤く小さな唇。やや地味だが上品に整った顔立ち。背が高くほっそりした体。ああそうだ、あれは私だ。

ベンチに座っている「朝海」は、四人の学友に向かい、何かを懸命に話している。握り締《し》めた拳がかすかに震《ふる》え、眉は訴えるようにきつく寄せられている。

しかし、童顔の青年が困ったように相槌《あいづち》をうっている他は、学友達の反応は冷たかった。ショートカットの娘と眼鏡の青年は明らかに侮蔑《ぶべつ》したように「朝海」に冷ややかな視線を注いでおり、もう一人の青年は、顔はよく見えないが、何も反応を返さなかった。

そのうち、「朝海」が、焦《じ》れたようにその顔のよく見えない青年に向かって、何かを訴えた。

青年が軽く唇を動かす。

次の瞬間、「朝海」の表情が、石のように凍りついた。続いて、濃い悲しみの影が、暗雲のように白い顔を覆い始める。

アナタマデ、ソンナコトヲ言ウノ……？

その時、今までよく見えなかった青年の顔が朝海の視界に入った。

眉をかすかにひそめ、苛立たしげな表情で「朝海」を見ているその青年は……。

ぼんやりと霧に覆われていたような面差《おもざ》しが、次第に露《あらわ》になってくる。

それに伴い、にわかに訳の分からない恐怖が朝海の魂の底から火山の噴火のように躍《おど》り上がり、朝海の心を一気に引き裂いた。

（あああああっ！）

その凄《すさ》まじい苦痛に、朝海の魂が悲鳴に飲み込まれた瞬間、夢は途切れた。


朝海は、はっと目を開いた。

辺りを見まわすと、そこは今朝眠りについた部屋で、窓からは午後の日差しが差し込んでいた。

ゆっくり身を起こすと、疲れはすっかり取れていたが、何か重苦しい思いが胸を塞《ふさ》ぎ、溜《た》め息となってこぼれ落ちた。

深い、底の見えないほど深い悲しみと淋しさが一体となって今、朝海の体をしめつけた。

これは……。次第に頭がはっきりしてくるに従って、朝海は徐々に先程の夢を思い出した。そうだこれは、夢の中の「私」が、残していった悲しみだ。

そう、朝海はいつも、一人だった。

多くの級友はいたけれど、本当に心の通じる人はいなかった。知らず朝海の頬に涙が伝っていた。

級友にどんな人がいたとか、自分とどんな交友関係を結んでいたとか、そんなことはまだ思い出せないけれど、そのことだけは朝海の魂がはっきりと記憶していた。

私は、いつも一人だった。

そう思うと、朝海は突然、深い底無しの淵を覗《のぞ》き込むような恐怖にかられた。自分の心の中に、とてつもなく大きな昏《くら》い孤独と傷痕《しょうこん》を見たような気がして、それ以上それを探るのが怖くなったのである。まるで、人の手の届かぬ深海にひそかに息づく、未知の生物を恐れるように。

「失礼致します、お目覚めでいらっしゃいますか」

部屋の外で静かな声がした。朝海は慌てて涙を拭《ぬぐ》うと、はい、と返事をした。

「マルジャナ！」

入ってきた人影を見て、朝海は思わず顔を輝かせた。ここに到着した夜に一晩中ついていてくれ、どこか母親的な優しさをもつマルジャナに、朝海は好感を抱いていた。

「マルジャナでございます。これよりアサミ様のお世話をさせて頂くことになりました。よろしくお願いします」

先日とは異なり、マルジャナの態度には朝海に対するはっきりとした敬意が感じられた。朝海が重い病からホスローの命を救ったことが、自分にはない力を持つ者としての朝海への尊敬の念を植え付けたのだろう。

「こちらこそよろしく」

朝海がそう言って微笑むと、マルジャナは再び慇懃《いんぎん》に一礼した。

「十分休まれてからでよろしいから、ぜひ来て頂きたいとのダウド様のお言葉です」

朝海は一瞬、身構えるように体を固くした。

間者《かんじゃ》である疑いは晴れたとユヌスは言っていたし、このような立派な部屋を与えられたことからも、朝海を客として迎えようと言うダウドの意思は窺《うかが》える。しかし、小国とはいえ一国の当主が、簡単に得体の知れない自分を信用したとは思えなかった。この呼び出しも、自分にさらなる探りを入れるものであると考えずにはいられなかったのである。

しかし、出向いていくと、朝海の予想に反してダウドの態度は誠実で温かかった。

ダウドはまず、息子の命を救ってくれたことに対して丁寧に礼を述べ、

「本来ならわしの方から礼を申し上げに出向くべきだか、呼びつけたりして失礼致した」

と謝った。さらに、

「そなたを客として迎えたい。息子の命を救ってくれたそなたを、わしは家族の一員とも思っている」

と言った。朝海は胸が熱くなった。

「そなたを他国の間者と疑う者もいるかもしれぬが、わしはそなたを信じる。それに、わしの誰よりも信頼している甥《おい》が、そなたを信じているのだ。わしが信じぬ訳にはいかぬ」

ダウドの言葉に、朝海はユヌスに対するダウドの深い信頼を見た。ダウドの強い輝きを持った双眸《そうぼう》の誠実さも、朝海に対する信頼も、ユヌスへの深い信頼に裏打ちされたものであった。

朝海は丁寧《ていねい》に礼を述べて、その場を辞した。


部屋に戻ると、思いもかけない人物が、朝海の帰りを待っていた。

サイード家の主治医であった。

その大きな鷲鼻《わしばな》や小さく鋭い眼光を目にすると、ホスローの治療をめぐる一昨日の口論が思い出され、朝海は一瞬身構えた。しかしすぐに、朝海にホスローの治療を任せるようダウドに頼んでくれたのがこの医師だったというユヌスの話を思い出し、何となく複雑な思いで朝海は彼を迎えた。

朝海の姿を認めると、彼は慇懃《いんぎん》に一礼した。

朝海が戸惑いながら礼を返すと、彼はおもむろに口を開いた。

「一昨日は失礼致しました。あなたがホスロー様のお命を救われたと聞き及びました。それほどの医術をお持ちの方とは知らず、ご無礼なことを申し上げました。お許し下さい」

若くても五十代前半と思しき彼が、二十歳そこそこと思われる小娘の自分に礼を尽くすのに、朝海は慌《あわ》てて言った。

「そんな。謝られるどころか、私はお礼を申し上げなければなりません。あなたが皆様に、私にホスロー様の治療を任せるようお願いして下さったと聞きました。私がホスロー様の治療をさせて頂けたのはあなたのおかげです。ありがとうございました」

昨夜ユヌスに礼を言われた時といい今回といい、相手に誠意を見せられると思わず一生懸命に答えてしまう人の好《よ》さ、というか律儀《りちぎ》さは、どうやら朝海の性格らしかった。

医師はゆっくりと首を横に振った。

「いいえ、私の力ではホスロー様をお救いすることは出来ませんでした。それに、あなたは私に、医師として一番大切なことを教えて下さいました。

「え？」

朝海が怪訝《けげん》な顔をすると、医師はその両眼に敬意を溢《あふ》れさせて朝海を見つめた。

「医師は患者の利益を何よりも優先すべきだと……。自分の自尊心などより、患者の命を救うことをまず考えるべきだと。私はあの時、無意識のうちにホスロー様の命より自分の自尊心を選ぼうとしていました。あなたに任せてもしホスロー様が助かれば、自分の地位が脅《おびや》かされる。逆に万一のことがあっては、自分の責任が問われる。そんなことを考えていたのです。

そんな私の目を覚まさせて下さったあなたに、感謝致します。それと同時に、ぜひお願いしたいことがあるのです」

「お願いしたいこと？」

医師は力を込めてうなずいて見せた。

「私をあなたの弟子にして頂きたい」

「……！」

突拍子《とっぴょうし》もない申し出に、朝海は絶句した。朝海は呼吸することさえ忘れて瞠目《どうもく》して医師を見つめたが、彼は構わず続けた。

「あなたから学びたいことが沢山あるのです。私にはどうしようもなかったホスロー様の病気を治したその医術も、医師としての姿勢も。お願い致します」

医師はそう言って深々と頭を下げた。

朝海はしばし呆気《あっけ》に取られていたが、医師の言葉の意味を理解し終わるや否《いな》や、慌てて叫んだ。

「そんな、困ります！」

医師がピクリと眉《まゆ》を上げた。

「私はまだ医学を勉強中の身です。実際に患者を診た経験もごくわずかです。まだ半人前の私が、一人前のお医者様のあなたを弟子になど、出来るはずが……！」

「しかし私にはない知識を持っておられる」

医師は強引に朝海の言葉に割り込んだ。

「どうしても弟子に出来ないと言われるなら、弟子としてでなくてよい。ぜひ私と一緒にやって頂きたいことがあるのです」

「やって欲しいこと？」

朝海が首を傾《かし》げると、医師は大きく頷《うなず》いた。

「私は今でこそサイード家の主治医をさせて頂いておりますが、もとは一介の町医者でした。決して裕福ではない、むしろ貧しい人々を主に診て来たのです。先代のサイード家の主治医が亡くなった十年前よりサイード家の主治医となりましたが、十分な治療をなかなか受けられない貧しい患者を見捨てることは出来ませんでした。それで毎週月曜の夕方、金のない者達を診察しているのです。ホスロー様と同じ病気で死んだ子供も何人も見ました。ですから是非あなたに、彼らを助けてやって欲しいのです。その中で、私もあなたの医術を学び取っていきたい」

言葉の一つ一つに、この医師の医療にかける情熱と、医学を学びたいという熱意があふれていた。

朝海は困って、床に視線を落とした。

朝海の優しさは、医師に協力するように強く促《うなが》していた。しかしその一方で、氷の刃のような声が、この医師に協力したいと言う衝動《しょうどう》を挫《くじ》き、凍《い》てつかせるのだった。

『中途半端な知識が、患者の役に立つと思うか？　おまえの自己満足で終わるのではないか？』

朝海はその声に対する明確な反論を見つけられず、しばし沈黙した。

医師は息を詰めて朝海を見つめている。

朝海は唇を噛《か》んでじっと考えていたが、やがてある一つの結論を得て、口を開いた。

「一度あなたが診察されているところを見せて頂けますか？　半人前の私の知識でも役に立てるかどうか、そのうえで決めさせて頂きたいと思います」

実際に現場を見てみれば、自分に出来ることが見つかるかもしれない、そうすることで朝海は、先程から自分の行動を押し留《とど》めようとする冷たい声に対する反論の材料を、見つけようとしたのだった。

「分かりました」

医師は納得したというように頷《うなず》いた。

「では夕方に迎えに参ります」

朝海は頷きながら、今日が月曜であることを知ったのだった。

2　さざめく胸の中に

医師が出て行くと、朝海はマルジャナを呼んで事情を話し、夕方主治医と出かけてもいいかと尋ねた。

マルジャナは予想以上に困惑し、朝海の方がかえって戸惑ったほどであった。

マルジャナは、いつもは落ち着いた瞳を忙《せわ》しなく揺らしながら、

「とにかく、ユヌス様に伺《うかが》ってみないことには……」

そう言って、ユヌスを探しに足早に部屋を出て行ってしまった。

部屋の窓からは、山奥の清流のようなひんやりとした風が、ガラス細工のような陽射しを伴って流れ込んでくる。

窓辺に近寄ってみると、目の前に植えられた木々は、かすかに色づき始めていた。この世界には、そろそろ秋が訪れようとしているらしかった。

その窓は中庭に面しており、ぐるりと中庭を取り囲んだ建物の二階に当たっていた。窓から外を見やると、中庭が一望のもとに見渡せた。中庭の中央には澄んだ水を湛《たた》えた泉が涼しげに日光を跳《は》ね返し、周囲には色づき始めた豊かな葉を抱いた木々が、天に向かって枝を広げている。

何気なく窓から下を見下ろした朝海は、思わず声を上げそうになった。正方形をした泉の脇で、二人の若者が剣を交え、七、八人の若者達が遠巻《とおま》きに二人を見つめている。目を凝《こ》らしてみると、剣を交えている二人は、ユヌスとザヘルであった。

二人はどうやら、剣の稽古《けいこ》をしているらしかった。時折短い気合が、梢《こずえ》を揺らす風に乗って聞こえてくる。見物人の中には、ジャミールやウマルの姿も見られた。

ユヌスとザヘルを比べてみると、ザヘルの方が背丈も肩幅も、二回りは大きい。軍人らしく肩幅もがっしりしており、ザヘルが剣を一突きすれば、ユヌスなど簡単に倒れてしまいそうな気がする。

しかし、よくよく観察してみると、さすがダウドの跡継だけあり、ユヌスも負けてはいなかった。

ザヘルは長身と力強さを生かして、二度三度と突きを繰り返す。ユヌスは身の軽さを生かしてひらりひらりと剣先をかわす。二人の額から流れる汗が、陽射しにきらきらと輝く。

ザヘルの剣先が、徐々にユヌスを泉の縁へと追い詰める。泉の縁の石に足を取られ、ユヌスの体が大きく傾《かし》いだ。

そこへザヘルが一気に踏み込んだ。

朝海は思わず悲鳴を上げそうになった。

が、ユヌスはすかさず体をひねって態勢を立て直し、ザヘルの剣をかわしざま、前かがみになったザヘルの剣の柄に、思いきり自分の剣を叩き込んだ。

カキーン！

鋭い金属音と共に剣はザヘルの手を離れ、大きく宙に舞って地面に突き刺さる。ザヘルは手を押さえてその場にうずくまった。

見物人が一斉にどよめいた。

朝海はほっと安堵《あんど》の溜《た》め息《いき》を洩《も》らし、そんな自分に戸惑いを覚えた。

その時、静かに剣を収めたユヌスが、ふとこちらを向き、窓辺の朝海の姿を認めて大きく目を見開いた。

中庭を見下ろしていた朝海の視線と、見上げたユヌスの視線がまともに合った。

朝海は、まるで悪いことをしているのをみとがめられたかのようにドキリとし、思わず身を固くした。

するとユヌスは、一瞬戸惑ったように目を伏せたが、すぐに目を上げると、まぶしげな微笑を浮かべて朝海を見上げた。

朝海の胸が、今度は甘くドキリと鳴った。

どこか儚《はかな》げな日の光をまつわらせた風の中、ユヌスの微笑みは、今の勝負で得た静かな自信に支えられながらも彼独特の透明な哀しみに満ち、胸にしみるように美しかった。

朝海がその微笑に心を奪われそうになりながらもぎこちなく微笑み返すと、ユヌスはなぜか赤くなって顔を背《そむ》けた。

しかしそれらは、本当に瞬《まばた》きするほどの間の出来事で、気付く者は誰もいなかった。

「また腕を上げたな、ユヌス」

ザヘルが立ち上がってユヌスに笑いかけたが、その端正《たんせい》な顔はどことなく強張《こわば》っていた。

「いや、それほどでもない。危うくこちらが串刺しにされるところだった」

ユヌスは控えめに微笑みながらザヘルを見上げて言った。

「もう一勝負するか?」

するとザヘルは、目を伏せて首を振った。

「いや、悪いが今日はここまでにする。ちょっと用があってな」

そう言ってザヘルは身を翻《ひるがえ》し、供《とも》を引き連れて大股に歩きながら回廊の向こうに消えた。

後にはユヌスとユヌスの従者が残されたが、彼らもまもなく建物の中に姿を消した。

朝海はまだ胸の高鳴りが収まらないのを感じながら、そっとユヌスを目で追った。

草原でユヌスに助けられた時から、朝海はユヌスに親しみを感じていた。しかし、ユヌスと語り合った昨夜を境に、その親しみは少しずつその性質を変え始めた。

最初、朝海はユヌスに、保護者のような、兄のような親しみを感じていた。それは、親に置き去りにされた幼い子供が、最初に自分に手を差し伸べてくれた者に絶対の信頼を寄せるのに似ていた。

一方、ユヌスと語り合った夜から朝海の中に芽生《めば》えた感情は、長く異郷で暮らした者が同郷の者に感じる懐かしさに似た親しみと同じ性質のものだった。ユヌスと語りながら、朝海はユヌスの中に自分と似た感性を垣間見た気がしたのだった。それをもっと知りたい、自分のことももっと知って欲しいという思いが、朝海の心の沖からひたひたと波のように打ち寄せ始めていた。

長く孤独の砂漠を彷徨《さまよ》った心が、飢《う》えたように仲間を欲しているのかもしれなかった。

ふと名前を呼ばれたような気がして、朝海が振り返ると、入り口のところにマルジャナが立っていた。そしてその後ろに聳《そび》え立つように立っている、岩山のような大男は……。

「ジャミール」

目を見開いた朝海の前で、ジャミールは胸に手を当てて一礼した。

「ユヌス様に供を申し付けられました。やはり、主治医先生と二人で出かけられるのは、その……」

ジャミールはそう言いかけて、突然口籠《ごも》った。怪訝《けげん》そうに眉を寄せた朝海に、マルジャナがそっと耳打ちした。

「あなたは異教徒でいらっしゃるからご存じないかもしれませんが、イスラムの教えでは、若い女性が男性と二人きりになるのは禁じられているのですよ。異教徒でも、ここにいる以上は私達の習慣に従っておいて頂いた方が、面倒が起きないだろうとのユヌス様のご判断です」

朝海は一瞬、息を止めてマルジャナの顔をまじまじと見つめた。イスラム教に男女隔離の習慣があるのは知っていたが、昼間男女が出かけるだけで咎《とが》められるとまでは思っていなかった。

その時、ファティマの声が耳元に閃《ひらめ》いた。

『男性は女性には弱いものなのよ。だから、余計な罪を作らないように守ってあげなくちゃいけないのよ』

そういうことなのかしら、と朝海は思った。男性と二人きりになるというのは、確かに男性に罪を犯す機会を与えてしまうということになるのかもしれない。そう朝海は考えた。同時に朝海は、ホスローの看病をしていた朝海を訪れたユヌスを、ファティマが咎《とが》めた理由を理解したのだった。

朝海は短く息を整えて、ジャミールに向き直った。

「分かったわ。では夕方に出かけますから、よろしくお願いします」

窓からゆるやかに流れ込む陽射しのせいか、二人の顔が安堵《あんど》に輝いたように、朝海には思われた。


天高く輝いていた太陽がゆっくりと天の縁を巡り、秋独特の澄んだ哀しい赤色を帯び始めた頃、サイード家の主治医がジャミールと共に朝海を訪れた。

朝海は外出用のベールを被って髪を隠すと、すぐに出かけようとしたが、ふと思いついて出かける前にホスローの様子を見てから行くことにした。

三人がホスローの部屋を訪れると、ホスローの枕元に座っていた男が、ふとこちらを振り仰いだ。

朝海は思わずあっと声を上げそうになった。眠っているホスローの枕元に座っていた、肩幅の広い長身の若者は、ホスローの兄、ユヌスの従兄のザヘルだったのである。

朝海はザヘルとは、ほとんど言葉を交わしたことがなかった。武人らしい逞《たくま》しさや豪放さを感じさせる反面で軍人特有の冷たさや厳格さのないザヘルは、一見親しみやすそうな印象を与える。しかし、跡継の座を巡ってユヌスに対して心穏やかでないと言うファティマの言葉や、時折耳にしたユヌスに対する刺《とげ》のある皮肉が、朝海をザヘルに対して身構えさせていたのだった。

が、運の悪いことに、部屋に最初に足を踏み入れた朝海は、まともにザヘルと目を合わせてしまった。

「あ、あの……」

朝海は一瞬身を強張らせた。しかしザヘルは、驚いた様子もなく唇の端に微笑を浮かべて立ち上がった。

「これは、ようこそお客人」

朝海は日本人にしては背の高いほうだったが、ザヘルが立ち上がると頭一つ分朝海より背が高い。長袖の上着に幅の広いズボンを履いているので体の線は見えないが、がっしりした肩幅や衣服からのぞいている首筋から、筋肉隆々たる肢体《したい》が窺《うかが》える。

ザヘルに見下ろされた朝海は一瞬威圧されそうになったが、ザヘルの微笑や口調にどことなくからかうような皮肉げな調子を感じ、ぐっと腹に力を込めてザヘルを見上げた。

「ホスロー様の様子を見に来ただけです。すぐにおいとま致しますから」

ザヘルは軽く肩を竦《すく》めた。

「不躾《ぶしつけ》なことでも致しましたかな、お客人。私は弟を救って下さったあなたに心から感謝しているのですが。あなたはよほど優秀な医師と見える。立派な知識をお持ちではないか」

言葉の端々《はしばし》に、朝海が記憶を失ったと言うことを疑っている様子がありありと感じられた。朝海は軽い反発を覚えたが、自分のことに関する記憶だけを失ったなどといちいち説明してもザヘルにわかってもらえるとも思えなかったので、ぐっと口をつぐんだまま、ホスローの寝台の脇へ近寄った。

ホスローは半ば口を開いたまま、心地よさそうに眠っている。

そのあどけない寝顔は、曇ったガラスをふき取るように朝海の今までの不愉快な思いを消し去った。朝海は思わず微笑した。

が、それもつかの間、

「実にお見事なお手並みでしたな。その上お客人は、この病気の原因までご存じだったご様子。とてもただの行き倒れとは思えませぬなあ」

ザヘルの露骨《ろこつ》な皮肉に、朝海はさすがに言い返そうと口を開きかけた。するとその時、ジャミールが二人の間に割って入った。

「失礼致します、ザヘル様。この方が記憶をなくされたのは本当です。ただ、ご自分に関する記憶を失っておられるだけでございます。ご覧のように教育のあるお方、知識はなくされておらぬようにお見受け致しております」

ザヘルはすいと眉を上げ、にやりと笑った。

「ほほう、知識は失われておらぬのか。いや、あの女嫌いのユヌスに気に入られたとは、そちらの知識もなくされてはおらぬように見えますなあ」

そう言ってザヘルは、ちらりと朝海の方に視線を流した。

パシーン！

考えるより先に、手が出ていた。さわやかな好青年風の外見とは裏腹の、朝海がユヌスの女ではないかと臭わせるような下司《げす》な勘ぐりに、朝海は耐えられなかったのである。

気が付くと、赤くなった片頬を押さえて呆然とこちらを見下ろすザヘルの顔があった。

朝海ははっと我に返った。居候《いそうろう》の分際で当主の息子に手を上げるなど、許されることではない。しかし、謝ることは朝海の自尊心が許さなかった。

が、意外にもザヘルは、怒ることもなくニヤッと挑戦的に笑い、

「これは無礼なことを申し上げましたかな、お客人。……失礼」

そう言い捨てると、長い上着の裾《すそ》を翻《ひるがえ》し、大きな歩幅で部屋から出て行ってしまった。

「そろそろ出かけませぬと……」

怒りに青ざめて震える朝海に、医師が遠慮がちに声をかけた。朝海は煮えくりかえる腸《はらわた》を懸命に鎮《しず》め、ザヘルなどには二度と近寄るものかと自分に言い聞かせながら頷《うなず》いた。

館を出ようと門に向かう道すがら、ジャミールは懸命に朝海をなだめた。

「ザヘル様を悪くお思いにならないで下さい。あの方は、本当はお優しい方なのです」

「お優しい？」

ただ聞き返しただけだったが、声に刺《とげ》が交じるのを防ぐことはできなかった。

「さよう」

ジャミールは真率な顔で頷いた。

「情に厚い方なのです。今日もわざわざ、弟君の見舞いの約束のために、剣の稽古を打ち切って来られたのですからな。しかも今日はユヌス様と剣の手合わせをされていたのですが、ユヌス様に負けられたままなのに、ホスロー様の所へいらしたのです。普段なら何度でも勝負を挑まれるところです。サイード家随一の軍人の名にかけて」

思いもかけない言葉に、朝海は返す言葉を失った。確かに言われてみればそのとおりだった。朝海が見ていた時、ザヘルはユヌスと剣の稽古をしていた。そしてユヌスに負けたにもかかわらず、もう一度の勝負を断って用事があるといってその場を辞した。その用事とはホスローの見舞いだったのだ。ジャミールの言うとおり、サイード家随一の軍人と謳《うた》われるザヘルが、ユヌスに負けたままでいるなど相当な屈辱に違いなかった。しかしザヘルは、自分の自尊心より弟を選んだのだった。それは確かに、ザヘルの優しさの証だった。しかし……。

「では何故、ザヘル様は私にあんなことをおっしゃったのかしら」

朝海は半ば独り言のように呟《つぶや》いて考えを巡らし、ふと思いついてジャミールを見上げた。

「やはり、ザヘル様はユヌス様を嫌っていらっしゃるの？」

朝海の唐突な問いに、ジャミールは不意を突かれたように視線を揺らし、言葉を詰まらせた。代わって、今まで黙っていた医師が、物静かに問いかけた。

「なぜそうお思いになるのです？」

「何故って……。だってザヘル様はダウド様のご長男でしょう？　本来ならダウド様の跡を継がれるのはザヘル様のはずだわ。それなのにユヌス様が跡継となってしまって、ザヘル様が面白いはずがないわ。だからユヌス様にお世話頂いている私にも、辛く当たらずにはいられないのではないかと思ったの」

医師は顎鬚《あごひげ》を撫《な》でながらゆっくりと頷いた。

「確かに。跡継のことに対してはそのとおりです。だが、ザヘル様とてお心の狭い方ではない。ユヌス様がご自分より跡継としてふさわしいと認めていらっしゃるし、ご自分なりにこの国のために尽くそうと考えておられる。ザヘル様があなたにあのようなことをおっしゃったのは、それよりもむしろ……」

医師は顎鬚を撫《な》でるのを止め、じっと朝海の顔を見つめた。朝海が不思議に思って首を傾けると、医師は軽く息をついて再び口を開いた。

「ザヘル様はあなたに惹《ひ》かれていらっしゃるのではないかと、私は見ましたがな」

「え？」

朝海は唖然《あぜん》として、医師の顔を穴のあくほど見つめてしまった。間髪《かんぱつ》を入れずにジャミールが、

「主治医先生」

と咎《とが》めるような小声を発した。しかし、その声は、医師の言葉に異を唱えるのではなく、むしろそれを口に出したことに対する軽い非難の響きを含んでいた。

朝海は自分の思考が混乱の淵に陥《おちい》るのを止めることが出来なかった。ザヘルが私に惹かれている？　どうして？ライバルのユヌスに世話を受けているこの私に？

そんな朝海の表情を見て、医師は微笑ましいとでも言うように控えめに笑った。

「異国の美しい娘はこの国では珍しい。ザヘル様はわざとあんな言い方をされて、あなたがユヌス様のものでないか確かめたかったのですよ」

「私、どうしたらいいのでしょうか」

朝海は思わず、心に浮かんだ言葉をそのまま口からこぼしてしまった。ザヘルが自分に惹かれているといっても、どうしていいか分からなかったのである。それは同時に、朝海の恋愛経験の少なさを物語ってもいた。

「……生真面目な方ですな、あなたは」

医師は鷹揚《おうよう》に笑った。

「さあ、もう門を出ます。街へ参りましょう」

朝海は、どこか釈然《しゃくぜん》としないまま、頷いて医師の後に従った。

3 黄昏《たそがれ》の街

門を一歩出ると、そこは最初の日にやって来た広場だった。振り返ると、すぐ後ろには今出てきた総督《アミール》の館があり、そのすぐ右手には、白大理石のモスク（イスラム寺院）が、磨き上げられたような秋の空にくっきりとその輪郭を浮かび上がらせていた。最初に見たときはどこか物悲しい美しさで朝海の心を惹きつけたモスクだったが、今は王者のように威厳ある美しい姿で朝海を圧倒した。

広場の中では、そこここに行商人が腰を据《す》えて様々な品物をひさいでいる。埃《ほこり》っぽく乾いた土と、灰色や茶の男達の服の中で、赤や緑の色鮮やかな野菜や果物が目を引き付ける。

大きな天秤《てんびん》を片手に野菜を売る男がいたかと思うと、向かいでは山積みの林檎《りんご》の脇で客を呼んでいる男がいる。土埃と一緒になって流れてきた煙の先をたどると、ひとかかえもある鉄鍋の中に、巨大な餃子《ぎょうざ》のような料理が、油と共に煮えたぎっていた。

油の臭いとスパイスらしい刺激臭、人々の汗の臭いがまじりあって鼻をつく。土埃を突き破るように、客を呼ぶ行商人の声が聞こえてくる。あちこちで、商人と客が息を詰めるような値段の交渉をしている。商人も客も、目に入る人々のほとんどは様々な年齢の男たちで、女性の姿はほとんど見られなかった。その理由を尋ねると、イスラム社会では、重い荷物を持たなければならない買い物のような仕事は、主に男性の仕事だということだった。そういった意味では、現代の日本よりも女性は大切にされているとも言えるかもしれなかった。

目に映る全てのものが目新しく、つい目を奪われて足を止めがちになる朝海に、医師は時折声をかけながら広場を横切っていく。ジャミールは辺りにさりげなく目を配りながら、朝海の後ろに付き従った。そんな三人の様子が珍しいのだろう、すれ違う人々がいちいちこちらを振り返り、二、三人の子供達が物珍しそうに後をついていた。

広場を横切ると、煉瓦造りの二階建ての建物が、幾つも岩山のようにそびえていた。その建物の間のところどころに、小さな道が洞穴のようにぽっかりと穴を開けていた。

「こちらです」

医師は振り返って、その小道へと朝海をいざなった。

「この辺りは？」

朝海は暗い小道に足を踏み入れると、周囲を見渡した。

「このあたりは、一般の人々が住んでいるところです」

ジャミールが、後ろからそっと言った。

「さよう」

前を行く医師が、振り返って頷《うなず》いた。

「しかし、私が用があるのはここではない。もっと先なのです」

医師は歩みを速めてどんどん奥へと入っていく。朝海とジャミールも後に従った。

2001.5.

その道の暗さは、何となく朝海を不安にさせた。そのうちに朝海は、その暗さが、周囲の建物の一階に窓がないことから来ているのに気付いた。これは、道を通りかかった男がその家の女性を覗《のぞ》き見るのを防ぐためにそうなっているのであった。しかし、その時の朝海にそんなことが分かるはずもなく、朝海はただ、暗さと圧迫感に息が詰まりそうになるのをこらえるだけだった。

時折、家々からベールを深く被った女性が姿を現しては、足早に三人のそばを通りすぎていく。耳や鼻に飾った金や銀のピアスがキラリと光るのが、薄暗い中で目を引いた。

歩くにつれ、小道の周囲の家々は、徐々にみすぼらしくなっていった。壁のひびわれや汚れが目に付くようになり、道の両側にところどころ汚水が水溜りとなって光っていた。

「この二階です」

医師が立ち止まって指差した建物は、共同住宅のようなものらしかった。一階の部屋に通じる入り口とは別に、建物の外から直接二階に登る階段の入り口が、ぽっかりと口を開けていた。

「この二階で、医師にかかる金のない患者を診ているのです。一週間に一度ですが」

医師はそう言うと、二階へ続く階段を上り始めた。朝海も後に続いて階段へ足をかけた瞬間、思わず息を呑んだ。今まで暗くてよく見えなかったのだが、その階段にはびっしりと隙間なく患者たちが並んでいたのだった。絶え間なく咳を繰り返す、ぼろぼろのベールを被った女性、熱があるのか、潤《うる》んだ目を空にさまよわせた男、ぐったりとして母親の手に抱かれた赤ん坊……。

医師が姿を現すと、数人の若い女性が、鬼気迫る表情で医師を取り囲んだ。

「お願いです、先生！　この子を助けて！」

「先生、お願いです」

「先生、サイード先生！」

サイード先生と呼ばれた時、医師の肩がビクリと震えるのが分かった。しかし医師は動揺を表に出さず、彼女らに向き直った。

「どうしたのだ？　大丈夫だ、順番に診察するから待っていなさい。全員診ますから」

深い重みのある声に、女性達は気圧《けお》されたように頷《うなず》き、再び列に戻っていった。しかし、彼女らの大きな瞳の必死な光は、針のように朝海を刺し、朝海は胸が苦しかった。

二階に上がると、医師は患者にすぐ呼ぶから待っているように告げ、診療の準備を始めた。古ぼけた絨毯《じゅうたん》と、診療記録や薬を整理した棚があるだけの小さな部屋であった。

「では、順番に患者を呼びますから、手伝って頂けますかな」

診療の準備が整うと、医師は朝海の顔色を伺《うかが》うように尋ねた。朝海は頷いた。

「はい、サイード先生」

医師は体を強張らせて朝海を見つめた。

「なぜ、その名を？」

「さっき、患者さんの一人がそう呼んでいらっしゃいましたから」

医師は視線を床に落とした。ジャミールを見ると、彼は慌てたように目を逸《そ》らせた。

「あの？」

朝海は狼狽《ろうばい》して二人を交互に見やった。すると医師が、決心したように口を開いた。

「私の父は先々代の総督《アミール》なのです。ただ、母は館に仕える者でした。私は館で生まれ育ち、総督《アミール》は私を見込んで下さり、ペルシアで医学を学ばせて下さった。成人してからは町医者をしていましたが、サイード家の主治医が亡くなられた十年前、ダウド様が主治医として迎えて下さったのです。……だから、町の人達は私をサイード先生と呼ぶのです。ただ、館の中ではそうお呼びにはならぬよう。正式にサイード家の一員とは認められてはおらぬのですから」

朝海は、操り人形のように頷くしかなかった。私生児として様々の苦杯をなめ、遠いペルシア（イラン）で一人医学を学んだという彼の過去が重すぎて、朝海には何と答えていいか分からなかった。

「では、患者を呼びますぞ」

朝海ははっと顔を上げた。目の前に、長い顎鬚《あごひげ》をたくわえた、強い眼光をもつ医師の顔があった。その顔には、確かに辛い過去を乗り越えた者だけが持つ強さがあった。

「はい、出来る限りお手伝いします」

朝海は姿勢を正し、医師の隣に座った。

最初に入ってきた患者は、先程医師を取り囲んだ若い女性のうちの一人だった。手にはぐったりとした三、四歳の幼児を抱いている。

この子も、ホスローと同じコレラにかかり、脱水症状を起こして苦しんでいた。

「この子は、ホスロー様と同じ……」

医師が表情を険しくして朝海を見た。朝海は、ぎゅっと唇を噛んだ。治療は簡単だった。継続的な経口補液《けいこうほえき》、それだけだ。しかし、入院設備も何もないここで、どうすれば……。

「治療法を教えて頂けますかな」

朝海は頷いた。

「治療は簡単です。下痢が止まるまで、経口補液をすればいいだけです。ただ、入院設備もないここで、どうすればいいのか……」

「経口補液？」

「正確には覚えていませんが、食塩一パーセント、砂糖二パーセントくらいの水を、ずっと飲ませるんです。下痢で体の水分とイオンが失われるから、それを補正《ほせい》してやれば大丈夫です。コレラ菌は、腸管の壁に侵入することはありませんから」

医師は目をしばたたいた。朝海ははっと気が付いた。パーセントという単位や、イオンとかいう概念は、この時代の医学にあるとは思えなかった。朝海は、自分の思いを伝えられないじれったさを感じて、もどかしげに唇を噛《か》んだ。

「よく分かりませんが、とにかく」

医師が口を開いた。

「水を飲ませればいいということですかな」

朝海は曖昧《あいまい》に頷いた。

「ええ、基本的にはそうです。ただ、体の塩分も失われるし、栄養も取らなくてはいけないから、ほんの少し食塩と砂糖も水に混ぜる必要があるんです。そう……」

朝海は棚にあったコップを取り上げた。

「このコップ一杯の水に、塩を軽く一つまみ、砂糖二つまみくらいでしょうか」

「砂糖は、どうしても必要なのですか？」

それまで黙っていた母親が突然話に割り込んできたので、朝海は驚いた。彼女の話によれば、砂糖は大変高価なので、一般の家では葡萄《ぶどう》の果汁から採れる甘味料を使っており、それでもいいかということだった。朝海が頷くと、彼女は必死の形相で言った。

「それでこの子が助かるなら、そのくらいなら自分でやりますわ」

朝海は驚いた。

「一度きりではなく、下痢が止まるまでずっと飲ませ続けなくてはいけないのですよ。すくなくとも二、三日、長ければ四、五日、昼も夜も」

「子供の命にはかえられませんわ」

朝海は胸を突かれ、まじまじと母親の顔を見詰めた。

母親はまだ若く、二十歳前後かと思われた。自分と同じ年頃の女性が、子供を守ろうとするその必死な姿に、朝海は心を動かされたのだ。

朝海は思わず彼女の住所を尋ねた。明日にでもこの親子を訪ね、何か自分に出来ることがあれば手を貸してやりたいと思ったのだ。

母親は朝海に住所を告げると、ぐったりとした子供を固く抱きしめて去っていった。その痩《や》せた背中は、小さく頼りなげではあったが、風に大きくねじ曲げられながらも決して折れることのない水辺の葦のような、しなやかな強さを持っていた。それを、朝海は言いようのない懐かしさと微かな自分への呵責《かしゃく》と共に見つめた。これと同じものが、朝海の心のすぐ隣に、いつも寄り添っていたのだ。母。決して裕福とは言えない海辺の小さな町で、女手一つで朝海を育ててくれ、大学までやってくれた……母……？

気が付くと、目の前には、空《うつ》ろな目をして激しい咳を繰り返す、四十歳ほどの女が座っていた。

「咳はまだ止まらんかね？」

医師が女に尋ねた。女は力なく首を振った。

医師がそっと朝海に耳打ちした。

「結核のようなのです。しかもどんどん重くなっているようだ。喀血《かっけつ》はまだないが」

その時、女が再び大きく咳き込んだ。口元を押さえた黒色のベールの端に、微かに赤い血が滲《にじ》んだ。喀血である。

これは、末期の肺結核の証拠だった。

医師は表情を険《けわ》しくし、女に問うた。

「血を吐いたのはこれが初めてかね？」

女は頷いた。相変わらずその顔には表情がなく、運命に抗《あらが》う気力さえ持っていないように見えた。

「小さい子供がいるんだったな。何とか仕事を休んで養生する訳にはいかんかね？」

「それは、できません」

女が初めて言葉を発した。老婆のようにしゃがれた声だった。これほど重い結核にかかりながら、子供を養うために働かざるを得ないという彼女を見るのは、朝海には辛かった。

「何か良い治療はありませぬか？」

医師が縋《すが》りつくような目で朝海を見つめた。朝海は眉間《みけん》に皺《しわ》を寄せ、ぎゅっと拳《こぶし》を握り締めた。

「抗生物質さえあれば……」

そんなものがこの時代にあるはずはないと分かっていながらも、呟《つぶや》かずにはいられなかった。二十世紀の日本なら、抗生物質を飲ませて養生させれば、結核で死に至ることは稀である。確かに最近、現代人の抵抗力の低下で結核患者の死亡は増えているが、結核が蔓延《まんえん》し、死に至る病と恐れられていた昔に比べれば、その数は微々《びび》たるものである。

「抗生物質？」

医師が聞き返した。

朝海は、自分の無力さが黒い闇のように目を眩《くら》ませるのを感じながら、首を振った。

「知識だけあっても、何にもならないんだわ……何でもありません。ただ、出来れば明日にでもこの女《ひと》を訪ねてみようと思います」

医師は、くれぐれも無理をしないように、なるべく栄養のある物を摂《と》るようにと言って女を帰したが、その声は虚《むな》しく響くだけだった。小さな子供を抱えた彼女に働くなと言うのは無理な話だったし、貧しい彼女が栄養のある食物をそれほど買えるはずもなかった。

　患者は次から次へと絶え間なくやってくる。

　多いのはやはり結核やマラリアなどの感染症、いわゆる伝染病である。いずれも薬さえあれば治せる病気であったが、その薬がこの時代にはないのである。朝海が二十世紀で身につけた知識など、ここでは何の役にも立たない。

　それに反して、医師の方は診療器具もろくにない環境で、最大限の医療を行うすべを心得ていた。聴診器もレントゲンもないのに病気を的確に診断し、彼の学んだ医学の上での薬を渡す。その効果のほどがどれだけあるのかは分からなかったが、医師はそれが体のどの部分にどのように作用するかは知らなくても、どの病気に効くのかを経験的に知っているらしかった。朝海はその姿に、驚嘆《きょうたん》と共に尊敬の念を抱き始めた。

　ただ、朝海が自分の知識を役立てねばと思う場面もないことはなかった。先程、戸口で医師に詰め寄った数人の若い母親の子供は、いずれもコレラにかかっていた。コレラは水によって感染するので、原因となった水の供給源を突き止めねばならなかった。朝海はコレラ患者を出した家の住所を尋ね、明日早速様子を見に行くと同時に、彼らがどこの水を使っているのか調べようと決めた。当面の対処として、コレラ患者を出した家では煮沸《しゃふつ》した飲み水を用いるよう、朝海は注意した。


　全ての患者を診察し終わった頃には、もう日は西の彼方に没し、徐々に濃くなる闇に、街の輪郭が溶け始めていた。

　日没後の祈りに間に合うように館に帰りたいと言う医師とジャミールに従って、朝海は足早に館への道を歩いていた。窓のない壁に囲まれた小道は、日が沈んだばかりだというのに、真夜中のように暗い。

「……いかがでしたかな」

「え？」

不意に医師に問い掛けられ、朝海は思わず足を止めた。そんな朝海を促して歩きながら、医師は再び問いかけた。

「これからも、ご助力願えますかな」

「え、ええ……」

返事が歯切れ悪くなったのは、朝海が自分の無力さを、重い石のように抱いていたからだった。診療器具も抗生物質も何もないこの時代で、自分が二十世紀に学んだ知識を生かせる自信がなかったのである。それに対して、医師の方は、限られた設備を最大限生かして診断・治療を行うすべを心得ている。

その気持ちを正直に口に出すと、医師は笑いもせずに穴のあくほど朝海の顔を見つめた。

「あなたは何と……生真面目な、いやその若さで実に誠実な方ですな」

朝海が真剣に患者たちのことを考え、自分に何が出来るかを見極めようとしているのを朝海の言葉の陰に見た医師は、その姿に打たれたのだ。

「しかし、そうお悩みなさいますな。あなたは少なくとも、先程のコレラの子供達を救う術を知っておられる。私にない知識をお持ちである以上、これからもそれが役に立つことも多くあるでしょう。私もあなたも、自分に出来る範囲のことをすればよいのではありませぬか。あとは、インシャ・アッラー（神の思《おぼ》し召《め》しのままに）……」

そうだ、確かにそのとおりだった。朝海は、患者の全てを助けようなどという不遜《ふそん》な気持ちを抱いていたことに気付いた。自分には出来ることしか出来ない。しかし出来ることをすることで、少しでも患者の役に立てるなら、それはするべきだった。そう思うと、何か腹の底から力が湧いてくるのを感じ、朝海は薄闇の中で医師に向かって頷いて見せた。

「分かりました。では早速明日は、コレラの感染源を突き止めに行きます。私に出来ることですから」

医師も頷き返した。

「では明日から、よろしくお願い致します」

「こちらこそ」

その時、道の曲がり角の、いっそう闇の濃い一角で、何かがむくりと身を起こした。

朝海は小さく悲鳴を上げ、身を竦《すく》ませた。

「しっ」

ジャミールが太い腕を伸ばして、朝海を庇《かば》った。

「近寄ってはなりませぬ」

「あれは？」

「神の怒りを受けた者です」

それは、闇そのもののような黒い衣を身にまとい、半ば体を引きずるようにゆっくりとこちらへ近づいてきた。

朝海は息を詰めた。しかし、体は凍り付き、視線さえその者の上にくぎ付けにされたまま、動かすことは叶《かな》わなかった。

顔もベールで覆っているため、その者の体の中で見えるのは指先だけである。その手を伸ばしながら、ずるずると体を引きずり、朝海達の方へ近づいてくる。呼吸をする度に、その者の喉《のど》はヒューヒューと音を立てた。

「お恵みを……」

しゃがれきった声がベールの下から発せられ、その手が朝海の服の裾《すそ》に触れようとした。

「去れ！」

ジャミールが一喝《いっかつ》した。

その者は、一瞬ビクリと手の動きを止めた。その時、今までよく見えなかったその者の手が、朝海の目にはっきりと映った。

その者の手には、指が二本しかなかった。

残りの指は、指先が失われ、すりきれた小枝のように先が丸くなっている。この者は……。

「癩《らい》（ハンセン病）……」

朝海のカラカラに乾ききった喉から、震える呟《つぶや》きが洩《も》れた。

そのとたん、その者のベールに覆われた顔の上に、にやりと笑う別の顔が、はっきりと重なった。

「……！」

「答えは、見つかりましたかな……」

先程とはうってかわった、地の底から湧くような太い声が、その者から発せられた。

朝海は息を呑んだ。その声は紛《まぎ》れもなく、あの夢の中の声、朝海がここに来たことに対する答えは朝海自身の中にあると告げたあの声だった。

朝海は、雷に打たれたように立ち尽くした。

「去れ、癩者《らいしゃ》！」

ジャミールが再び怒鳴りつけると、その者はゆっくりと踵《きびす》を返し、重い闇を引きずりながら、底無し沼のような沈黙を湛《たた》えた脇道へと身を沈めていった。

「参りましょう」

一本の樹木のようにその場に立ち尽くしていた朝海に、ジャミールが声をかけた。

「……ええ」

声を発すると、金縛《かなしば》りが解けたように全身の筋肉が自由になった。

代わりに、冷たい汗がじわりと腋《わき》を濡らした。

第四章　闇からの使者達

1　震える夜の底で

翌朝、朝海《あさみ》はジャミールとマルジャナに付き添いを頼んで、昨日住所を尋ねた患者達の家を訪れた。コレラの感染源も突き止めねばならなかったし、子供を抱えた肺結核の女性のことが、心に引っかかっていたのだ。

医師は夕方なら一緒に行けると言っていたが、朝海はそれを断った。一刻も早く患者達に手を差し伸べてやりたいと思ったのも事実だったが、正直に言うと、あの暗い夕暮れの小道で、あの癩者《らいしゃ》に出会うのが怖かったのだ。

ハンセン病など、今の日本ではほとんど見られず、今は薬で完治する病気となっているが、昔は業病《ごうびょう》と恐れられた病だった。顔や手足が醜《みにく》く変形するため、長く差別を受けてきた病気である。あの癩者も、ベールの下に崩れた鼻や歪《ゆが》んだ唇を持っているだろう。そして、あたかも朝海の心を見透《みす》かしたようなあの声……「答えは見つかりましたかな」。

朝海の記憶はまだ戻らなかったが、自分が元の世界で、長い冬のような孤独に震えていたことは、夢や時折痛む心の傷が教えていた。

しかし、それを直視するのは、魑魅魍魎《ちみもうりょう》の棲《す》む底無しの淵《ふち》を覗《のぞ》き込むような恐ろしさを伴った。あの癩者は、自分をその崖《がけ》っ淵へと導くような気がした。その恐怖はあの癩者を気の毒に思う朝海の優しさをも麻痺《まひ》させるほど強かったのだ。

そして朝海の心の中には、自分の中に押し込めた感情を直視し、夢の中の声に告げられたようにこの世界に来た答えを探さねばという思いと、それを見たくないという思いが、複雑に入り混じっていた。

そんな思いを抱えながら、朝海はまず、結核を病んだ女性の家を訪れた。

戸口に現れた女は、相変わらず咳を繰り返しながら、三人を家の中へ招じ入れた。

家の中は暗く、湿っぽい空気の澱《よど》みとなっていた。家の隅で赤ん坊の泣く声がする。女はアフガン刺繍《ししゅう》で生計を立てているらしく、部屋の中央に仕事半ばのまま放り出された刺繍があった。灰色の壁とすすけた家具と……無彩色の中で、刺繍の赤や紺だけが妙に色鮮やかで目を引いた。

女は寡婦《やもめ》だった。夫を昨年亡くし、子供は赤ん坊を含め七人いた。子供を養うために、彼女は働かなくてはならないのだった。

朝海はその悲惨さに慄然《りつぜん》とした。働きつづければ、死は確実に彼女の元へやってくる。しかし、明日か明後日かとにかく未来にやってくる死のことを考えるより、彼女は今生きなければならないのだった。

朝海は、朝食の中から取っておいたナンを彼女に与えた。何もしてやれない歯痒《はがゆ》さに涙がこぼれ、差し出す手は微《かす》かに震えていた。一枚のナンなど気休めにしかならないのは分かっていたが、そうせずにはいられなかったのだ。

「貧しいのはあのひとだけではないのです」

彼女の家を辞した後、マルジャナがぽつりと言った。

「二十年前の戦で、夫を亡くした女《ひと》も多いそうです。そうした未亡人を救済するために神様は四人まで妻を持つことを男性に許されたのですが……。経済力の乏《とぼ》しい男性には複数の妻を持つことは出来ません。ですから、寡婦となったままの者も多いのです」

二十年前の戦とは、ガズニ朝のマフムードが攻め入り、ユヌスの父が殺されたあの戦のことだった。病気も貧しさも、それだけでは存在しない。それらをおこす社会というものが、必ず背後にあることを、朝海は感じた。

続いて三人は、コレラ患者を出した家を訪ね歩いた。

どの家でも、病気にかかった幼児達は、朝海の指示どおりに手当てされてはいた。ただ、どの家も衛生状況は非常に悪かった。手洗いも満足になく、水瓶にはボウフラが湧いている。これでは伝染病が流行するのも無理はなかった。この状況も改善していかなければと朝海は思ったが、今日はとにかくコレラの感染源を突き止めるのが先だった。

朝海は、コレラ患者を出した家が使っている水がどこのものか尋ねた。果たしてそれは共通の水で、居住区の外れの井戸の水だった。

朝海は、この井戸はこれから使わないようにと彼らに忠告した。しかし意外にも彼らは、それに首を振った。

「それは、できないのです」

「どうして？　このままこの水を使い続ければ、また同じような病気が起こるのですよ!?」

朝海は思わず声を荒げた。朝海はこれ以上人が苦しむのを見たくなかった。

「よその水を使うなど……。できません」

彼らは一様に、じっと地面をみつめたまま言った。その頑《かたくな》な態度が理解できず、朝海は助けを求めるようにジャミールを見上げた。

ジャミールは髭《ひげ》の中の顔に苦悩の色を刻みながら、朝海を見下ろした。

「共同水道の利権は、各居住区ごとに決められているのです。この者達のように貧しい者は、それを得られない。だから自分達で掘った井戸を使っているのです。ですから……」

「では、飲み水を必ず沸かしてから飲むことは出来ますか？」

住民達は戸惑いの色を露《あらわ》にしながら、お互いの顔を見つめたり、首を振ったりしているばかりだった。無理もなかった。この季節は雨が少なく、日中は喉《のど》が渇《かわ》く。いちいち水を沸かして飲まなければならないと言われても、病気でもない者がなぜそんなことをしなければならないのか、彼らには理解できなかったのだ。

コレラにかかった者に、治療として煮沸した水に塩と砂糖を溶かしたものを飲ませる。それは新しい治療法と言われれば納得も出来る。しかし、健康な者までなぜそんなことをしなければならない？　彼らはそう思ったのだ。

それが何のリスクもなしに行えることならまだしも、煮沸には手間と燃料がかかる。

また乾燥したこの国の人々にとって、水の利権は重大な掟《おきて》だった。それを犯してまで、まだ起こってもいない病に備える必要があるのだろうか？

朝海は内心歯軋《はぎし》りした。どうすればいいのだろう。水の利権は支配者によって決められる。では……。

「分かりました。では、館に戻ってユヌス様にお願いしてみます」

決意を固めるように言った朝海に、ジャミールが驚いたように聞き返した。

「ユヌス様に？」

朝海は息を弾《はず》ませて頷《うなず》いた。

「ええ。あの方なら、決してご自分の国の人達が苦しんでいるのを見過ごしたりはなさらないわ。だから」

自分の声に、どこか嬉しげな響きが交じるのに戸惑いながら、朝海は言葉を続けた。

「ユヌス様。お優しい方と聞いている。確かにあの方なら」

子供を抱えた母親が、顔を上げて縋《すが》るように朝海を見つめた。

「さあ、そいつはどうかな」

今度は、若い男が皮肉げな声を上げた。

「しょせん権力者だ。俺達がどんな暮らしをしているかも知らない奴が、何をしてくれるか」

「ユヌス様はそんな方ではないわ！」

朝海は思わず大声を出した。まるで自分のことを侮辱《ぶじょく》されたように、体の芯《しん》にカッと熱い火が点《とも》った。

「アサミ様」

ジャミールが慌《あわ》てて耳打ちした。

「水の利権は大きな問題です。いかにユヌス様といえど、そう簡単には……」

「人の命がかかっているのよ!?」

朝海はぐいとジャミールに向き直った。朝海の常にない激しさに、ジャミールは気圧《けお》されたように押し黙った。

「急いで館に戻ります」

朝海は身を翻《ひるがえ》して館へと駆け出した。朝海の茶色のベールが、頭の上で踊るように舞った。

2　ガズニ王家の使い

館に戻ったのは昼を過ぎていた。館の中に一歩足を踏み入れた瞬間、朝海は辺りの様子がどこか今までと違っているのに気付いた。

穏やかな光の流れる優しい午後の空気はどこにもなく、代わりにガラスのように張り詰めた空気の中を、腰に剣を帯びた男や器をささげ持った少年が忙しげに行き来していた。彼らの表情は、一様に陶器のように固かった。

「何かあったのかしら」

朝海は、眉をひそめて足を止めた。

「分かりません。聞いてみましょう」

ジャミールはそう言うと、足早に朝海とマルジャナの側《そば》を離れていった。二人は、不安げに顔を見合わせ、ジャミールの大きな後ろ姿を目で追った。

ジャミールは、回廊の大きな円柱の側で、腰に剣を帯びた若者と話していた。その頬に時折ピクリと緊張が走るのが、こちらからも見てとれた。

やがてジャミールは、ぐっと目をむき、表情を険しくして二人の所に戻ってきた。

「何かあったの？」

朝海がもどかしげに尋ねると、ジャミールは表情を和《やわ》らげないまま硬い声で答えた。

「ガズニ王家のマスウードからの使者が、着いたそうです」

「ガズニ王家のマスウード？」

どこかで聞いた名だった。朝海は記憶の糸を懸命に手繰《たぐ》り、はっと目を見開いた。ガズニ朝は今このグルバハールを脅《おびや》かしている東の王国、マスウードと言えば、かつてユヌスの父を戦死せしめたマフムードの息子、今のガズニ朝の王の名である。マフムードの名を口にした時の、ユヌスの瞳に浮かんだたぎるような憎悪《ぞうお》の光は、今も朝海の胸に焼き付いている。

答えを求めてジャミールを振り仰ぐと、ジャミールは眉を引き絞《しぼ》って頷《うなず》いた。

「ガズニに都を置く、あの強大なガズニ朝です。そして……」

ジャミールは辺りを見回し、声をひそめた。

「マスウードは、ユヌス様にとっては父上の仇《かたき》の息子です。いや、表面上は服従しているとはいえ、我々にとってガズニ朝は先代の総督《アミール》の仇、憎しみは簡単に忘れ去ることはできませぬ」

ジャミールの目が、ギラリと光った。そう言えば、ジャミールの父も戦で記憶をなくしたと言っていたが……。それは二十年前のあのガズニ朝との戦だったのだろうか。それに伴うジャミールの苦労も、容易に察せられる。そうだとしたら、ガズニ朝は確かにジャミールにとっても、苦しみの根源であるに違いなかった。

「そのガズニ朝が、何の用で使者をよこしたの？」

朝海は、胸の底から大きな不安がせり上がってくるのを感じながら尋ねた。まさか戦など、起こらねばよいが。

ジャミールは首を横に振った。

「分かりません。しかし、ガズニ朝は二十年来、時折使者をよこします。国境の様子はどうだとか、バーミヤンに動きはあるかと尋ねたり、あるいは国境の警備を増やせと命じてくることもあります。特に最近は、西方からセルジューク朝が力を伸ばしてきておりますからな。大方そういった類《たぐい》のことでしょう。会見はこれからですが」

「会見はこれから」

ジャミールの言葉を何となく舌の上で転がしながら、朝海はある一つのことに思い当たってジャミールを振り仰いだ。

「ユヌス様も、それに出席なさるの？」

「もちろん。ガズニ王家との関係はグルバハールの将来を左右するもの、サイード家の主だった方々は全員出席なさるが……どちらへ行かれる？」

「アサミ様!?」

ジャミールの言葉を最後まで聞き終えず、朝海は駆《か》け出していた。マルジャナとジャミールの驚いた声が背後で聞こえたが、朝海は振り返らなかった。

会見が始まる前に、急いでユヌスに会わなければ。その一心で朝海は館中を走り回った。こうしている間にも、あの井戸の水を飲んでコレラに感染する人々は出ているに違いない。私が甘かった。昨日の時点では、水を煮沸せねばならないことも理解してもらえたと思っていたのだが……。細菌の発見以前のこの時代に、感染予防という概念が根付いているはずもないことに気付かなかった自分の甘さを、朝海は呪った。

すれ違う人々が、新しく客として迎えられたばかりの異国の娘が取り乱したように走り回るのを、不思議そうに見ていく。しかし、朝海はその視線にすら気付かなかった。ユヌス、ユヌス……。朝海は祈るような思いでユヌスを探し回った。しかし、行き来する人々の中に、哀しい気品を湛《たた》えたユヌスの姿はなかった。焦燥《しょうそう》がじりじりと胸を焼き、朝海は絶望的な思いで虚空《きょくう》を睨《ね》めつけた。

と、その時、朝海のいる回廊と中庭を挟《はさ》んで反対側の回廊に、突然ユヌスの姿が現れた。

「ユ…ヌス様……!」

朝海は安堵《あんど》に膝が崩れ落ちそうになるのをこらえながら、喘《あえ》ぐような吐息《といき》を洩《も》らした。

しかし、走り続けたためにかすれた声はすぐ空に散り、朝海は必死の思いで中庭を突っ切り、ユヌスの元へと駆《か》け寄ろうとした。

が、回廊を歩くユヌスの横顔がはっきりと目に映ったとたん、朝海は射られたように足を止めた。

ユヌスの表情はいつもと変わらず静かなままだったが、その両の瞳からはいつもの湖のような静けさが消えうせ、激しい憎しみと怒りとが、ぶつかり合って火花を散らしている。表情が静かなだけにその荒れ狂う光は一層鮮やかだった。その憎しみの色は、ユヌスが一昨晩に、父を殺された時の話を朝海にした時の色と同じだった。それを見て朝海は、ユヌスが父の仇の国の使者を迎えて、胸のうちに蘇《よみがえ》る激情を繰り返し繰り返し鎮《しず》めようとしながらも鎮めきれないでいるのを悟《さと》り、声をかけることが出来なかったのだった。

だが、幸いなことに、ユヌスは朝海の前を通りすぎる前に、何かに吸い寄せられるように朝海のほうに首を巡《めぐ》らせ、大きく目を見開いた。

「アサ…ミ……?」

朝海の姿を認めたとたん、ユヌスの瞳から燃え上がる炎が瞬《またた》く間に弱まり、代わりに夜を見守る蝋燭《ろうそく》の炎のような温かな光が現れた。

「どうした？　何かあったのか？」

問い掛ける声はひどく優しく、朝海は胸が一杯になった。激しい感情のうねりの中で自分を必死に支えながらも、なお朝海のことを気遣《きづか》ってくれる優しさが、ユヌスの全身に溢《あふ》れていたのだ。

「ごめんなさい、こんな時に……」

朝海は乱れる息を懸命に整えながら言った。

「でも急ぎの用なんです。お願いします。街の共同水道を、水道の利権を持っていない人達にも、使わせてあげるように出来ないでしょうか？」

ユヌスは軽く眉を寄せた。

「どういうことだ？」

そこで朝海は、今までの経緯をかいつまんで話した。貧しい人々が使っている井戸水からコレラが発生したこと、この水は危険だから使わないように注意したが、共同水道の利権のない彼らはそれを承知してくれなかったこと、水を煮沸して飲むように言ったが、それは理解されなかったこと……。ユヌスは時折頷《うなず》きながらその話を聞いていたが、朝海が話し終わるのを待って、やおら口を開いた。

「確かに、それは何とかしなければならないな。しかし、すぐにという訳にはいかない。水の利権は、雨の少ないこの国では、最も重要なことに属するのだ。私の一存では、変えるわけにはいかない。もちろん、出来るだけ早く官僚達《ウラマー》に相談してはみるが、それよりも」

「人の命がかかっているのにですか？」

朝海は悲鳴のような声で叫んだ。一刻も待てない状況であることをユヌスは理解してくれないのかと、朝海は裏切られたような思いになった。

「まあ、待て」

ユヌスは、今にもユヌスに食ってかかろうとするかのように肩を震わせている朝海を、手で制した。

「幸い、このグルバハールが共同水道を引いているパンシェール川は、都市《ミスル》からそう遠くない。飲み水が必要な者には、私が通門許可証を出す。その者達が共同水道を使えるようになるまで、パンシェール川を直接使わせてはどうだろうか。せいぜい一週間ほどのことだが」

「その川は、ここから近いのでしょうか？」

朝海は、胸に微《かす》かな不安が霧のように流れるのを感じて、ユヌスを見上げた。

もしその川が遠いのであれば、彼らはわざわざそこまで水を汲《く》みに行くだろうか。井戸水が危険だということを、彼らがどれほど理解してくれているかにもよるが。そう遠くないとユヌスは言ったが、水汲みが苦にならないほど近いのだろうか。

「心配ない」

ユヌスは柔らかな眼差しで朝海を包んだ。

「徒歩でも半時間もあれば十分だ。この国は人の出入りは厳しく監視しているが、私の許可証があれば簡単に都市《ミスル》の外に出られるはずだ。許可証はすぐに届けさせる。部屋で待っていてくれ」

朝海は頷いて、姿勢を正してユヌスを見上げた。

「ありがとうございます。こんな大変なときに、厄介《やっかい》なことをお願いしてごめんなさい」

ユヌスは一瞬目を丸くし、哀しげな笑みを唇に刻んだ。

「おまえこそ……。たった一人でこの国にやって来て、帰る方法も分からないと言うのに、なぜそんなに、他人のために必死になれる？　おまえの方が、私などよりよほど……」

ユヌスの柔らかな眼差しに、一瞬、熱いものが流れた。それは、朝海の胸に何の抵抗もなく入り込み、朝海の心の奥底の「何か」を呼び起こし、結び合った。

朝海の心臓が、大きく鳴った。

朝海がためらいがちに唇を開いたとき、柱の陰から、すっと一つの影が現れた。

「私……」

「ユヌス様」

二人は同時に、ピクリと肩を震わせた。

声の主は、ユヌスの従者《じゅうしゃ》の一人のウマルだった。ウマルの小さく鋭い光を放つ目が視界に入った途端、朝海は反射的に身を硬くした。初めて会った時に朝海を館に連れ帰ることに反対し、ダウド達の前で朝海が他国の間者《かんじゃ》であるかのような言葉を放ったウマルに、朝海は警戒心を捨てきれなかったのだ。

ウマルは目の端で朝海を睨《ね》めつけるようにしながら、ユヌスに向かって一礼した。

「使者の方々との会見が、あと一時間ほどで始まります。どうぞお支度を」

『使者の方々』という言葉がウマルの口から発せられた途端、ユヌスの瞳に、再び荒々しい炎が燃え立った。しかし、それを素早く押さえ、ユヌスは口を開いた。

「分かった。すぐ行く」

そしてユヌスは朝海に向き直り、

「部屋に戻っていてくれ。さっきのものはあとでジャミールに届けさせる」

「はい」

自分に突き刺さるウマルの視線が痛く、朝海は一刻も早くそれから逃れたくて、すぐに頷いた。だが同時に、国の命運と自分の中に荒れ狂う憎悪という、二つの大きな重荷を背負って会見に赴《おもむ》くユヌスのことも気がかりだった。

「では。ユヌス様もどうぞ気をつけて」

朝海は、精一杯の思いをこめてそう言った。

苦難のただなかにいるユヌスに、少しでも労《いたわ》りの言葉をかけてやりたかった。しかし、ユヌスの立場も、ユヌスの苦しさも、そしてユヌスがそれから逃げることは出来ないことも分かるだけに、「気をつけて」という一言しか言えなかったのだ。

「ああ」

ユヌスはじっと朝海を見下ろして頷いた。

二人の間に一陣の風が吹き、二人はそれぞれの方向へと歩いていった。ウマルはじっと、朝海の姿をよく光る目で追っていたが、やがて身を翻《ひるがえ》して、館の中へ消えた。


程なくして、ジャミールがユヌスの通門許可証を持って現れた。ユヌスからいいつかったらしく、出かけるなら供《とも》をすると言ってきた。朝海は頷き、マルジャナも連れて休む間もなく街へ出かけた。

朝海は、件《くだん》の井戸を使っている人々の家を一軒一軒訪ね、パンシェール川まで飲用水を汲みに行くよう説得した。

しかし……。

朝海の不安は的中した。若く屈強《くっきょう》な男のいる家はともかく、幼い子供を抱えた寡婦《かふ》や体の不自由な者は、片道半時間歩いて水を汲みに行くことは出来ないと言うのだった。

水を汲んで歩くのはかなりの重労働である。その日の糧《かて》を得るのが精一杯の人々には、余分な労働をする余裕などなかったのだ。

朝海は、唇を噛《か》みきりそうなほど強く噛んだ。ジャミールとマルジャナが、やりきれなさそうな吐息《といき》をつく。一体どうすれば彼らがコレラ菌に侵《おか》されていない安全な水を手に入れることができるだろうか。

朝海はしばらく思案に暮れていたが、やがてある一つの決心を胸に固め、ジャミールを仰いだ。

「パンシェール川まで案内して下さる?」

「?」

ジャミールは唖然《あぜん》として朝海の顔を見つめ返した。朝海は静かに微笑んだ。

「水を汲みに行けない人の代わりに、私が水を汲みに行こうと思うの。私なら十分時間があるわ」

「アサ…ミ様…、そこまで……?」

「共同水道をあの人達が使えるようになるまでのことだわ。せいぜい一週間ほどだどユヌス様もおっしゃっていたし」

「分かりました。では参りましょう」

水汲みはかなりの重労働になると思われたので、朝海はマルジャナを先に帰し、ジャミールと二人である寡婦の家から水壺を借り、パンシェール川へ向かった。

パンシェール川は、パンシェール谷から流れ出し、平地に出て急速にその川幅を広げている。パンシェール谷の入り口にあるのがグルバハールである。

街から川そのものまでは、ほんのわずかな距離である。しかし、飲用のきれいな水を得るには、それから半時間ほど上流へ歩かなければならなかった。

川面《かわも》には、午後の光のかけらがちりばめられ、細波に弄《もてあそ》ばれてきらきらと輝いていた。

二人は水壺に水を汲み、それを担いで歩き出した。しかし、それは思った以上に重く、朝海は大きくよろけ、危うく水壺をひっくり返しそうになった。

「アサミ様!」

「大丈夫、大丈夫よ!」

朝海は必死で壺を支えた。一歩歩くごとに手に水の重みが食い込むようだ。しかし、その度に朝海は、あの疲れきった寡婦の顔やぐったりした幼児を眼裏《まなうら》に蘇《よみがえ》らせ、歯を食いしばった。私が出来ることはこれしかないのだ。

「アサミ様！」

ジャミールが見ていられないと言うように叫んだ。

「なぜあなたは、他人のためにそこまでされるのですか。ご自分の国に帰ることも出来ず、自分が何者かも覚えていないというのに、どうして他人のために一生懸命になるのです？」

「ジャミール！」

朝海はほとんど無意識のうちに答えていた。

「私、こうしている方が幸せなの、きっと……。元の世界にいるよりもずっと」

「アサミ様？　記憶が？」

ジャミールの声に、朝海ははっと我に返った。しかし……。

「ごめんなさい。まだ記憶は少ししか戻っていないの。でも何となくそんな気がして。それに誰かがずっと、私にこう言っているの。私がここに来た理由は私の中にあって、その答えを探すのは私自身だって。だからきっと、私は自分の行動を通して、それを見つけていかなきゃいけないんだわ」

ジャミールは、よく理解できないようだったが、朝海は水壺を運びながら、一人考えに耽《ふけ》っていた。ここに来たのが必然なら、ここで出会う全てには意味があるはずだ。だから自分はそれに対して心の命ずるままに行動し、逆にその行動を通して自分の心に隠されていたものを見つけていかなければ。

しかし、そう思う一方で、体を動かし続けていれば、自分の心の中のあの暗い深淵《しんえん》から遠ざかっていられるのも事実だった。暗い孤独、街で出会ったあの癩者《らいしゃ》。

「違う、今のは嘘よ」

朝海は、半ばうわ言のように呟《つぶや》いた。

「私きっと、自分の心を見たくないんだわ。元の世界では辛いことばかりだった気がするの。動き続けていれば、それを見ずに済むから。いいえ、どちらも本当よ……」

朝海の頬に、すーっと一筋の涙が流れた。

ひんやりした風が朝海の目頭の涙を運び去り、水辺の葦を揺らした。一斉に騒《さわ》ぐ草達が、あの懐かしい海の旋律《せんりつ》を、優しく奏《かな》でていた。

翌日から、水汲みが朝海の日課となった。ジャミールが手伝ってくれたが、十数世帯の家の飲み水を運ぶためには、何度も往復しなければならなかった。片道半時間とはいっても、水を満たした壺を持っていればその倍はかかる。水汲みの仕事だけで、日が暮れかかる頃になるのだった。

最初は好奇の目で遠巻きに朝海を眺めていた人々も、朝海の熱心さに引かれ、少しずつ協力を申し出てくるようになった。さらに三、四日して、川の水を使った家ではお腹をこわす者が減ったという噂《うわさ》が広がり始めると、さらに協力者は増えた。また、朝海の話を聞いたサイード家の主治医が住民を説得に回ったこともあって、五日目には朝海の助けが必要な家は、ほんの一、二世帯となった。

一週間後にはユヌスの尽力で共同水道の利権がこの地区の人々にも配分されることになり、朝海は胸を撫《な》で下ろした。しかし、水の心配はなくなったが、貧しい人々の住む地区の衛生状態は悪く、いつ伝染病が発生してもおかしくなかった。そこで朝海は、医師の勧《すす》めもあり、朝海に信頼を寄せ始めた住民と協力して衛生状態の改善に取り組むことにした。

食事前に手を洗うことを勧めたり、蚊の発生を防いだりすることだけでも、伝染病の発生はかなり防げるものなのである。

一方、サイード家にやって来たガズニ王家からの使者は、一週間ほど館に滞在した。ジャミールの言ったとおり、例によって近隣諸国に怪しい動きはないかとか、国境の様子に変化がないかとか尋《たず》ねるのが主な目的らしかった。いつもと違ったことと言えば、使者は「ここ最近人の出入りに怪しい動きはなかったか」とやけにしつこく尋ねたそうで、何か周辺諸国との関係にまずい事態が生じたのかと、皆が首を傾《かし》げたそうである。

とは言っても、使者の目的はサイード家の監視と周辺諸国の情報収集に過ぎなかった。彼らはガズニ王家の威光をかさに最高の待遇《たいぐう》を要求し、別荘地にやって来たかのように一週間を過ごした挙句《あげく》、ガズニ王家との盟約、つまりガズニ王家に万一のことが起きた時には協力を惜しまぬ約束を幾度も繰り返して戻って行ったそうである。

朝海は、父の仇《かたき》に頭を下げねばならないユヌスの悔しさを思って、一人涙を流した。何か慰《なぐさ》めの言葉でもかけてやりたかったが、使者達の饗応《きょうおう》に忙しいユヌスには、使者達の滞在中に会うことは出来なかった。

使者達が帰った直後にユヌスは共同水道のことを官僚達にかけあってくれたらしく、許可が出たのは使者達が帰った翌日だった。朝海はユヌスに礼を述べに行ったが、使者達の帰った後は数日間会議が繰り返されており、他の人々の前で礼を述べることしかできなかった。

朝海の身の回りの世話はマルジャナがしてくれ、外出の時はユヌスの命を受けたジャミールが必ずついてきてくれたので、生活に不自由はなかった。ラーベアも時折夜にはホスローを連れて訪ねて来てくれたし、この世界の人々は朝海が思っていたよりずっと温かく優しく、朝海がイスラム教徒に持っていたイメージを大きく覆《くつがえ》した。ただ、昼間街の貧しい人達のところで働いた後、じっと一人部屋で月を見上げる晩には、底知れぬ淋《さび》しさの淵に引き込まれそうになるのだった。それはたった一人遙か過去の遠い国にいることから生じるものなのか、それとも元の世界にいた時から、心の内にぽっかりと穴を開けていたあの孤独感なのか、朝海には分からなかった。

そんな時、朝海が淡い月明かりの中に描くのは、月光のように柔らかく、哀しく、美しいユヌスの面影《おもかげ》だった。思い出の国をその住人と共になくしてしまった朝海の心にとって、安らぎを求めて寄り添っていける面影は、自分を助けてくれたユヌスのものしかなかったのだった。

それに、朝海はもっとユヌスと語り合いたかった。ホスローの寝室でユヌスと語り合った夜、朝海はユヌスの心に、自分と同じ感性を見たと思った。それは、元の世界では、周囲の誰に求めても得られなかったものだと、朝海は直感していた。元の世界で朝海の心に大きな傷口を作った孤独もそこに起因し、その傷口をユヌスが優しく埋《う》めてくれるような気がしていたのだった。ユヌスと話し合えば、苦痛を感じることなく、自分がここにやって来た理由も、帰る方法も見つかるかもしれない。そんな期待さえ朝海の胸に芽生《めば》え始めた。

遠い異国の物語を朝海にねだるホスローを膝《ひざ》に乗せて、朝海の話に微笑して耳を傾《かたむ》けるラーベアを見る時でさえ、朝海の心を悲しみの風と共に横切るのは、ユヌスの面影だった。この女《ひと》はユヌスの母でもあるのだ。しかし、彼女の母としての愛情を受けることは、ユヌスにはできなかったのだ。幸せそうな微笑を浮かべるラーベアとホスローを見ていると、朝海の心はユヌスの淋しさを思って切られるように痛んだ。何かの話の際にユヌスの名が出ると、朝海の心は痛みに耐えるためにうずくまり、ラーベアの月のように美しい表情に辛そうな影が落ちるのには気付かなかった。

そして再び一人になると、窓から忍び込む風が微《かす》かに星明りを揺《ゆ》らすだけの真の闇の中、朝海の瞼《まぶた》には毎夜ユヌスの面影が浮かんでは消えていくのだった。

3　訪問者

急激に深まりゆく秋と共に、夜は日一日と長くなっていった。もともと湿気の少ないこの国では、空気がますます澄みわたり、切れるように冷ややかな闇はその濃さを増していく。朝海は日が短くなった分早く館に戻るようになった。そして日没後の一、二時間は、サイード家の主治医の求めに応じて彼に西洋医学の知識を教えたり、逆に彼らの使っている薬や治療法を学んだりして過ごすのが常となった。それが終わると、早々と自室に戻り、長い夜を一人過ごすのだった。

そんなある夜、久々にファティマが朝海の部屋を訪れた。

朝海が戸惑《とまど》いながら彼女を部屋に通すと、ファティマはうつむき加減に部屋のあちこちに視線を走らせ、朝海にこう尋ねた。

「あの……ユヌスはこちらに来ていない？」

「ユヌス様が？」

朝海は呆気《あっけ》に取られ、ファティマの顔を見つめ返した。ファティマの華やかな顔には翳《かげ》がさし、そのふっくらしていた頬も心なしか引き締まったように思えた。

「いいえ。ユヌス様がこちらに来られるようなことはないと思いますが」

朝海が答えると、ファティマは何となくほっとしたような吐息《といき》を洩《も》らした。

「ごめんなさい。姿が見えないから、ひょっとしたらここじゃないかと思ったのよ。でもいないならいいの。夜遅くにごめんなさいね」

ファティマはそう言って出て行きかけたが、ふと足を止めた。

「ところで、あなたの記憶は戻ったの？」

「いいえ。まだ……」

朝海は、胸に走った切られるような痛みを嚙《か》み締めながら、目を伏せて首を振った。

「そう」

ファティマは、眉を微《かす》かに曇らせた。

「街で病人を診たりなさっていると聞いたから、もう記憶が戻ったのかと思っていたのだけれど」

ファティマの声には、隠しようのない失望の響《ひび》きが含まれていた。

「それは残念だわ。早く記憶が戻ればいいわね。あなたも早く、自分の国に帰りたいでしょう？」

「え、ええ」

朝海は曖昧《あいまい》に答えた。朝海は、記憶を取り戻したところで、元の世界に帰れる保証はないのだ。もっとも、あの夢の中の声が告げたように、ここに来た理由が朝海の中にあるのならば、記憶と共に帰る方法も見つかるのかもしれなかったが……。だが、その方法が見つかったところで、朝海の中にあの暗い孤独を産みつけた元の世界に、帰りたいと思うだろうか？　朝海には分からなくなっていた。

「少しずつでもいいから、頑張って思い出してちょうだいね。私にできることならいくらでも手伝うわ」

ファティマは、朝海の顔色を上目遣《づか》いに窺《うかが》うようにしながら言った。そんな仕草は、朝海がここに来たばかりの頃には見られなかったものだった。

ユヌスと何かあったのだろうか、と朝海は思った。朝海はファティマがユヌスを慕《した》っていることを感じていたし、最初にファティマがユヌスのことを朝海に尋《たず》ねたので、ひょっとしたらファティマはユヌスのことで何か朝海に話したいことがあったのではないかと思ったのだ。しかし、ファティマがユヌスに片思いしていることに気付いていると示すのは、彼女を傷つけるのではないかと思い、朝海はこう尋ねた。

「あの……何かあったのですか？　私のことを気遣って下さるのは嬉しいのですが、あなたの方が、お元気がないようですが……」

ファティマは弾《はじ》かれたように唇に手を当て、しばし視線を部屋に漂《ただよ》う闇の中に走らせたが、やがて悲しげに首を振った。

「何でもないわ。ごめんなさい」

そう言ってファティマは、朝海の視線を払うように身を翻《ひるがえ》し、部屋から出て行ってしまった。その背中は切なさと悲しみに満ちていたが、同時に強い拒絶《きょぜつ》を光らせてもいた。

総督《アミール》の長女として生まれ、伸びやかに美しく成長したファティマが、愛してはならない男を愛してしまったために、今こんなに苦しんでいると思うと、朝海は胸が詰まり、かけるべき言葉も見つけられず、ただその後姿を見送るしか出来なかった。

ファティマの姿が墨のように濃い闇の中へ溶けると同時に、やるせなさが吐息となって朝海の唇から洩れた。

窓の外を見やると、水のように澄んだ冷たい闇を押しのけるように、生温かな風が流れ込んで来た。それは決して心地良いものではなく、何か不吉な予感を運ぶような、恐ろしい獣の息遣いを思わせるような、そんな温かさだった。

翌朝朝海が目覚めると、この季節には珍しい雨音が、朝海の鼓膜《こまく》を絶え間なく叩き始めた。起き上がると、窓の外は薄いシルクのような雨のスクリーンに覆われ、そこからむっとするような湿気が部屋に押し寄せてきた。

朝海はこころもち眉をひそめると、寝台から下りて衣服を身につけた。湿気と熱っぽさを含んだ空気は、朝の凛《りん》とした冷ややかさとは程遠く、さりとて暖かいといえるものでもなく、どこか心をかき乱すような不穏《ふおん》さに満ちていた。

館の隣のモスクから、夜明け前の祈りを勧《すす》める詠唱《アザーン》が流れてくる。毎朝のそれには朝海はもうすっかり慣れていたが、雨音に濡れた今朝の詠唱《アザーン》はいつもとは違ったうねりを帯び、時に高く響いたり、また急激に低く唸《うな》ったりし、妙に生温かい空気とあいまって、朝海の心に得体の知れない不安を呼び起こすのだった。

朝海がいつものように部屋で朝食を摂《と》った後、窓から雨にうち震える木々を眺《なが》めながら、街に出かけるべきか否か迷っていると、誰かが風のように音もなく静かに朝海の部屋に滑《すべ》り込んで来た。

気配に気付いて朝海が振り向いて見ると、弾む息を懸命に押さえながら、立っていたのはファティマだった。

朝海はかすかに首を傾げた。ファティマの表情は、昨日とはうって変わって明るく、灰色の朝の中で不自然なほど輝いていたからだ。

「アサミ、良い知らせがあるの」

朝海が声を発するより早く、ファティマが弾んだ声で言った。ファティマの両の瞳は喜びの光を泉のように湛《たた》えてキラキラと輝いていた。しかし以前よりややこけた頬や落ち窪んだ目元に対してその輝きはどこか不調和で、異様な印象を与えた。また、瞳に湛えられた光の中にもどことなく後ろめたそうな影が見え隠れし、ファティマの良い知らせがあるという言葉にも拘《かかわ》らず、朝海の心には期待よりも不安の方が呼び起こされた。

そんな朝海の心中を知ってか知らずか、ファティマは一呼吸つく間も惜しいというように言葉を続けたが、その言葉はやはり、朝海の心に少なからず動揺《どうよう》を与えるものだった。

「あなたを知ってるって人が、訪ねて来たの」

「……！」

朝海は息を呑《の》み、両の瞳をはちきれんばかりに見開いてファティマを見つめ返した。異変を予感した心臓が、胸の中で暴れ出す。

自分を知っている人など、この遙か過去の国にいるはずなどなかった。では一体、誰が何のために朝海を訪ねて来たというのだろうか。あるいはファティマが……。

しかしファティマは、朝海に考える隙《すき》を与えなかった。

「さあ、早く、こちらよ」

ファティマは朝海を引きずらんばかりの勢いで急《せ》き立てた。朝海はその勢いに圧《お》され、胸に渦《うず》巻き始めた不安をなす術《すべ》もなく抱えたまま、彼女の後に従うしかなかった。

ファティマは、時々振り返って朝海を急き立てる他は朝海と目を合わそうとせず、足早に回廊を歩いていく。雨のせいか、薄暗い廊下に人影はほとんどなく、辺りの風景はその輪郭《りんかく》を銀のスクリーンにぼんやりと滲《にじ》ませていた。

「私を知っている人というのは、一体……」

黙っていると、胸の底から突き上がって来る重苦しさが喉《のど》を塞《ふさ》ぎ、呼吸さえ奪《うば》われるような気がして、朝海は恐る恐る声を発した。

その声は、自分の声とは思えないほど乾き切り、ざらついていた。

「もうすぐ会えるわ」

ファティマは振り向きもせずに早口に答えると、再び黙って歩みを進める。

絶え間ない雨音が朝海の心臓を叩き、薄寒い湿気が肌を嬲《なぶ》る。歩みを進める毎《ごと》に、足に重い鉛《なまり》が次々とのしかかって来るようだ。

朝海は唇を噛んでぐっと全身に力を込め、懸命に体を奮《ふる》い立たせながらファティマの後に続いた。何故かは分からないが、今から何か大きなものに立ち向かわねばならず、しかもそれが並々ならぬ困難を伴《ともな》うものであると、何かに囁《ささや》かれた気がしたのだった。

ファティマは中庭に沿った廊下をぐるりとまわり、徐々に女性の居住区から離れて行く。朝海は、ファティマが館の入り口の方に向かうだろうかと思ったが、それに反してファティマは、館の正面入り口からは逆に遠ざかり、朝海が今まで入ったことのない領域へと朝海を導《みちび》いて行った。

その辺りは台所や使用人部屋の密集している場所らしく、造りも簡素でどことなく薄暗い。もっとも、薄暗いのは雨のせいかもしれなかったが……。

そこを過ぎると、表玄関とは比べ物にならないほど小さな入り口がひとつ、ぽっかりと口を開いており、絹糸のような雨の筋が、カーテンのようにかかっていた。

そこでようやくファティマは振り返った。

「さあ、こちらの方よ」

「え?」

朝海は一瞬戸惑った。通用門らしきその入り口のまわりには、人影らしいものは見当たらないように思えたからだ。

しかし、よくよく目を凝《こ》らしてみると、入り口のすぐ脇、壁に貼り付くようにして一つの人影がうずくまっている。

全身をだぶだぶの衣で覆い、深くベールを被ったその姿は……。重い闇の衣を纏《まと》ってうずくまる、その姿は……。

「!」

朝海の喉を裂かんばかりの勢いで迸《ほとばし》るかと思われた悲鳴は、しかし声にはならず、朝海の全身を落雷のように貫《つらぬ》き通した。指一本動かない。先程目の前のものに立ち向かおうと奮い立たせたはずの心は、脆《もろ》くも力を奪われて行く。これは……。

そう、入り口にうずくまっていたのは、いつか夕暮れの道で出会った、あの癩者《らいしゃ》であったからだ。

「それじゃあ、私は戻るわ」

ファティマの声に、朝海ははっと我に返った。その声が幸か不幸か朝海の金縛《かなしば》りを解いた。

「あ……」

朝海の喉の奥からしゃがれた声が洩《も》れた。

同時に冷や汗が背中を伝う感覚が、生々しく蘇《よみがえ》る。

その目に、朝海から視線を逸《そ》らせ、立ち去って行くファティマの彫りの深い横顔が映った。

「あ……」

再び朝海の唇から、絶望とも溜《た》め息ともつかぬ声が洩れた。深い闇からの使者のようなこの癩者と二人きりにされる恐怖が、じわじわと酸のように体にしみ込んでいく。

ファティマは一瞬、かすかに眉を震わせた。が、それも束《つか》の間、足早に来た道を戻って行ってしまった。

朝海の強張《こわば》った唇は彼女を呼びとめることも出来ず、ただ声にならない空気の 塊《かたまり》を虚《むな》しく転がすだけだった。

朝海は、ぎこちなく首だけを動かして、恐る恐る癩者の方を盗み見た。深くベールで顔を覆っているため表情は見えず、男とも女とも判別しがたい。銀色に輝く雨の紗幕《しゃばく》を背に、その姿はいよいよ暗く、黒く見える。

朝海はゴクリと唾《つば》を呑んだ。いつの間にか激しくなっていた雨音も、朝海の胸の中で息苦しいほど打ち続ける心臓の音に掻《か》き消され、朝海の耳には届かなかった。

「あなたは……」

朝海は再び生唾を呑んだ。最早逃げるわけにはいかなかった。朝海は、ともすれば恐怖の渦《うず》に巻き込まれて粉々に砕け散ってしまいそうになる意志の力を必死で呼び集めると、乾いた唇を開きかけた。

発した声は、自分のものとは思えないほどしゃがれている。自分の喉《のど》から出て来ているはずの声が、別人のもののように奇妙な響きを伴う。

「あなたは……私を知っているというの？」

癩者は微動《びどう》だにせず、ただ闇を纏《まと》ってうずくまっている。

その沈黙が、朝海の心の中に、今度はふつふつと怒りを掻《か》き立てた。この国に、自分を知っている者など、そう、いるはずがないのだ。あの夕暮れ見たと思った、癩者の顔も、聞こえた声も、悪夢に脅《おびや》かされた心が生んだ幻でなかったと、どうして言えよう？　なぜこの癩者は、ようやくこの国の生活に慣れ始めた自分を邪魔するのか。朝海

2001.5

の中では、自分の過去を知りたいという気持ちと、もう忘れたい、この世界に埋没してしまいたいという気持ちが常に葛藤《かっとう》を繰り返していたが、今、朝海の問いに沈黙する癩者に向かっていると、後者の気持ちが次第に心の大部分を占め始めた。

朝海は思わず恐怖を忘れ、眼差《まなざ》しを険しくして癩者に向き直った。

「本当に、本当にあなたは、私を知っているのですか？　私は確かに記憶を失っていますが、少なくともここからずっと遠くの国から来たことは分かっています。生まれてこの方、この国に一度も来たことなどないことも……。なのに何故、あなたは私を知っているなどと言うのですか？　ようやくここに慣れ始めた私を、何故、そっとしておいてくれないのです⁉」

朝海は知らず知らずのうちに声を荒げていた。全身がカッと熱くなり、朝海は息を切らして目の前の癩者を睨《にら》み付けた。

「知って、いますよ……」

じっと沈黙を守っていた癩者が、その時初めて声を発した。

瞬間、朝海の全身は再び凍りついた。やはり、あの声だった。今度こそ幻聴《げんちょう》などではない。夢の中で聞いた、地の底から湧きいづるようなあの声、そして夕暮れの路地で、朝海の心を恐怖の爪で握り潰《つぶ》したあの声……。

今、再び朝海はその爪に捕らえられた。指一本動かすことは叶《かな》わない。そんな朝海をさらに茨《いばら》で鞭《むち》打つように、癩者は続けた。

「おまえが、遙か時の彼方からやって来たことも、おまえがこの国に来るべくしてきたということも……」

癩者のゆっくりとした一言一言が、じわじわと朝海の体を侵食し、力を奪《うば》う。反面、感覚はますます鋭敏《えいびん》になり、背を伝う冷や汗の感覚と胸を塞《ふさ》ぐ息苦しさが、妙に生々しく感じられる。

朝海の膝《ひざ》が、がくりと崩《くず》れ落ちた。

やはり、朝海はこの癩者から逃げることは出来ないのだ。自分が記憶の淵に沈めた、あの暗く深い孤独へと、再び自分を導くこの癩者から。

人間は、過去から逃れることはできない。今こうして、苦痛と恐怖の網に捕らえられ、過去との対峙《たいじ》に否応《いやおう》なしに引きずられていくのは、逃れられるはずのない過去から逃れようとした者の宿命なのだろうか。

気が付くと、先程までうずくまっていた癩者が、立ち上がって、朝海の前に擦《す》り切れて指のなくなった手を差し伸べていた。

「ついて……来るがよい」

朝海は操り人形のようにふらふらと立ち上がった。癩者はそれを見届けると、ゆっくりと踵《きびす》を返し、全身をすっぽり覆った衣服ごと体をひきずるように、激しいしぶきをあげる幾千の雨の筋の中へと、身を沈めて行く。

朝海は、前を歩く癩者の背の布の暗さをぼんやりと瞳に映したまま、川で溺《おぼ》れた人がもがいた末に力を失って川の流れに身を任すように、ふらふらと癩者の後に続いた。

二人の姿は、天から降りる水の紗幕《しゃばく》の中に、溶けるように消えて行く。

「あれは?」

厩《うまや》からの帰り、たまたま庭に出ていたジャミールは、見慣れない後姿を目にし、雨に濡《ぬ》れるのも構わず立ち止まった。額《ひたい》から滴《したた》り落ちて視界を塞《ふさ》ぐ雨水を懸命に太い親指で拭《ぬぐ》っては目を凝らす。今、雨の紗幕の向こうに消えたあの二人は……。ジャミールの目にその残像が焼きついた。

異変にジャミールは息を呑んだ。あの二人は!

「ユヌス様!」

ジャミールは思わず声に出してユヌスの名を呼ぶと、身を翻《ひるがえ》して館の内へと姿を消した。

生き物の気配の絶えた庭では、何事もなかったかのように、相変わらず大きな雨粒が大地を叩き続けていた。

第五章　水底《みなそこ》の炎

1　癩者《らいしゃ》の村

剥《む》き出しの岩山を背にしたその村は、灰色の雨に廃墟《はいきょ》のように沈み、うち震えていた。どの家も壁や柱が半ば崩れ、家の周囲にはどんよりと濁《にご》った汚水が溜《た》まっている。近づくにつれ、家畜小屋のような臭気と何とも言えない腐臭《ふしゅう》が鼻をついた。

館を出てから小一時間。朝海は癩者《らいしゃ》の操る今にも壊れそうな一頭立ての馬車《タンガ》に乗せられ、人々の住む地域から遠く離れた所までやって来ていた。指の二本しか残されていない手に器用に手綱《たづな》を巻きつけて馬車を操る癩者はその間一言も口を利《き》かず、顔をすっぽり覆ったベールのため、その表情を窺《うかが》い知ることも出来なかった。

一方朝海《あさみ》の方も、突然現実に侵入してきて自分を捕《と》らえた悪夢を自分に認識させるだけで精一杯で、とても癩者に質問を発するどころではなかった。もっとも、何を聞いたところでこの得体の知れない癩者から、朝海を安心させてくれるような答えが得られるとも思えなかったが。

馬車は、汚水の混じった雨水を音を立てて撥《は》ね上げながら、崩れかけた家々の間を縫《ぬ》うように走る曲がりくねった小道を辿《たど》って行く。馬車の上に被《かぶ》せられた雨よけのお陰で朝海の体は辛うじて濡《ぬ》れるのを免《まぬが》れていたが、屋根の破れた周囲の家々は、恐らくこの雨で少なからぬ害を被《こうむ》っていることだろう、と朝海は思った。

雨の音に交《ま》じって、時折家の中から物音がしなかったら、誰もこのような崩れ果てた家々に人が住んでいるとは思うまい。

いや、この村に廃墟のような退廃《たいはい》的な空気を与えているのは、家々のみすぼらしさだけではなかった。朝海が診ている街の貧しい人々の家も、この村の家々に劣《おと》らずみすぼらしい。だが、そこには貧しくとも、いや貧しさゆえにいっそう生々しく感じられる生への執着、それから生まれる生命の躍動《やくどう》があった。しかし、この村にはそれがない。決して雨の運ぶ重い空気のためだけではなく、この村には息づいた人の生気というものがまったく感じられなかったのである。

人の気配は確かにする。しかし、それに生命のリズムを与える活気の炎はなく、代わりに死の臭いのする静寂《せいじゃく》が、巨大な灰色の鳥の翼のように村全体を覆っている。その不気味な静寂と悪臭に息が詰まりそうになり、朝海は不安げに辺りを見渡した。

その時、不意に一軒の家の扉が開き、小柄な人物が現れた。朝海を連れてきた癩者《らいしゃ》と同じく暗い色の布で全身をすっぽり覆っているが、顔だけは覆っていないようだ。馬車の音に気付いて、その人物がふとこちらへ顔を向けた。

朝海の喉《のど》を悲鳴が引き裂いた。

抜け落ちてなくなった眉、赤く充血《じゅうけつ》した眼、歪《ゆが》んで引きつった唇。肌は奇妙な光沢を持って薄い光を撥《は》ね返している。この人物も間違いなく癩者だった。

自分自身の悲鳴が、半ば虚脱《きょだつ》状態に陥《おちい》っていた朝海を、一挙に現実に引き戻した。と同時に、朝海はこの村がどういうところなのかを悟《さと》ったのである。

ここは癩者の村だ。醜《みにく》く変形した外見ゆえに忌《い》み嫌われた癩者達が、癩者どうしで共同体を形成し、生活を共にするといったことは歴史の中でも幾つも例の見られることだ。有名なハリウッド映画にも、癩者が外の世界と完全に隔離《かくり》されて暮らす「癩者の谷」が登場する。癩《らい》が治る病気となったのは二十世紀の話だから、偏見の強い時代に癩に罹《かか》った人々は、死ぬまでこういった人里離れた場所で生活せざるを得なかったのである。

朝海は大きく慄《おのの》いた。こういった癩者の村についての話を初めて聞いた時には、彼らに対する深い同情を禁じ得なかった。しかし、今、目的も分からないまま癩者の村の奥へ奥へと導かれていると、同情よりも全身を駆け抜ける恐怖の方が先に立った。

「何故、私をここに？」

朝海は、館を出て初めて癩者に向かって唇を開いた。虚脱《きょだつ》状態からようやく脱した耳に、自分の声が妙に生々しく響く。

癩者はしばらく無言だった。馬車の車輪のガラガラいう音と、天から流れ落ちる雨音だけが聴覚を支配する。やがて癩者は車輪を軋《きし》ませて馬車を止め、ゆっくりと朝海の方を向いた。といっても、深く被ったベールのため、表情は分からない。

固唾《かたず》を呑んで見守る朝海の前で、癩者のベールの下から、くぐもった声が這い上がってきた。

「答えを、教えてやろう……」

その岩のように重い声は、一気に朝海の鼓膜《こまく》を貫き、臓腑《ぞうふ》へと落ち込んでいった。

朝海は思わず両手で唇を覆った。体がみるみるうちに強張《こわば》って行くのが分かる。「答え」とは、癩者がなぜ朝海をここに連れて来たのかという問いに対する答えではない。あの夕暮れの小道で、癩者が朝海に見つかったかと尋ねたあの答え、朝海がなぜこの世界に来ねばならなかったのかという根源的な問いに対する答えなのだ。癩者の声の重さとその口調に含まれた言外の何かが、朝海にそのことを明確に教えていた。

朝海は自分の心臓が、胸を叩き破らんばかりに打つのを感じた。やはり、過去と向き合うことは避けられないのだ。しかも、この得体の知れない癩者によって過去と対峙《たいじ》させられることは、恐ろしいほどの苦痛を伴《ともな》うだろうという予感が、朝海につきまとっては離れなかった。

「ついて、来るがよい」

癩者は馬車から降り、歩き始めた。従うより他に、朝海にとるべき道はなかった。

その場所は、村の最深部に近い、岩肌を間近《まぢか》に仰《あお》ぎ見るあたりであった。周囲の家々から少し離れて、さらにみすぼらしい小屋が一軒、岩肌に接して立っている。立っているというよりは、岩山によりかかって辛うじて形を保っているという風情《ふぜい》だった。

癩者は無言で朝海をその中に誘《いざな》った。

朝海はともすればふらつきそうになる足を懸命に踏みしめながら、癩者の後に続いた。黒い入り口をぽっかり開けた小屋に足を踏み入れる瞬間、朝海は一度足を止め、ぎゅっと目を閉じた。死地に赴《おもむ》かんとする兵士が、優しい思い出と訣別《けつべつ》するように。

（ユヌス様……）

朝海はユヌスの柔らかな微笑が胸を切る痛みに、じっと耐えた。過去の刃が自分の心に刻み込んだ深い傷、それをユヌスが苦痛なしに癒《いや》してくれるのではないかという淡い望みは叶《かな》わなかった。今こうして朝海は、目の前に突きつけられた過去の剣の前に、一人立つことを余儀《よぎ》なくされている。

朝海はゆっくりと目を開き、戸口に足を踏み入れた。中の空気は冷たく、湿気が肌にまといつく。

小屋の中は暗かったが、目が慣れるに従い、次第に中の様子が明らかになってきた。

その小屋は、小屋というよりは岩山に開いた洞穴に戸口を取りつけたものだった。よくよく見ると、奥の方の壁は剥《む》き出しの岩肌で、闇を透《す》かして岩の表面の凹凸が見て取れた。

目を凝《こ》らすと、洞穴が思ったよりずっと奥行きが深いことが分かった。入り口はさほど広くないが、洞穴は深く岩山の奥へと伸びており、その先は見えなかった。

不意に辺りが薄暗くなった。見ると、癩者が小さな灯《あか》りを点し、それを手に洞穴の奥へと歩を進め始めるところだった。

「こちらへ……」

深くくぐもった声でそれだけ言うと、癩者は静かに奥の闇へと足を進めて行く。朝海はその闇の深さと不気味さに、ゴクリと唾を呑んだ。

洞穴の床は思ったより滑《なめ》らかで、凹凸はあまりなかった。外の雨音は既《すで》に聞こえない。時折、地下水だろうか、ピチャリと水の滴《したた》る音がする。それ以外は、朝海と癩者の足音の他に静寂《せいじゃく》を損なうものはない。

奇妙なことに、この外界から隔絶《かくぜつ》された洞窟の空気を、朝海はどこかで感じたことのあるような気がしていた。昔、元の世界で似たような場所を知っていたのだろうか、と頭の隅でちらりと思ったが、朝海はすぐさまその考えを否定した。この洞窟の持つ空気は、観光地の鍾乳洞《しょうにゅうどう》で得られるような、あの冒険心を誘う明るさを感じさせない。もっと深く、魂の暗い部分に呼びかけ、体もろとも深い淵へと引きずり込むような不気味さに満ちている。朝海は息を詰め、癩者の後に続いてただひたすら歩きつづけた。

癩者が立ち止まったのは、洞穴の行き止まりの直前だった。そこは部屋のように少し広くなっており、絶え間ないかすかな水音が静寂を揺らしていた。

癩者が灯りを高く掲《かか》げた。目の前の光景がぼんやりと照らし出される。

絶え間ない水音は、少し広くなった洞穴の中央辺りに湧き出している泉から発せられているものだった。天井は小さな灯りでは届かないほど高く、夜空のような闇が広がっている。

泉の周囲には、大きさのほぼ均一な石が整然と並べられており、人工的に整えられたものと思われた。よく見ると、並べられた石は一層ではなく、四～五層に隙間《すきま》無く積み上げられ、泉の水面は地面より数十センチ高くなっている。

その広間のような空間に足を踏み入れると、朝海のこの場所を知っているという気持ちはますます強くなった。それとともに、たとえようもない恐怖が体を蝕《むしば》み始める。洞窟の中の広間、その中央に輝く泉、これは……。

癩者はその泉の方へためらうことなく近づいて行った。揺れる灯りが水面に映り、微かな細波に乱されて歪《ゆが》む。

突如として、泉が癩者の灯りとは別に、それ自身が生命を得たように輝き始めた。それは周囲の闇を払い、月のような白さを持って輝く。真珠のように柔らかくもあり、水晶のように硬くもある光。

朝海はその光に打たれたように立ち尽くした。朝海の中の何かが、その光に呼応するように膨《ふく》らみ、うねり、今にもはじけそうになる。この光、この輝きを、朝海は確かに知っていた。

その瞬間、泉の水面を雑然と埋め尽くしていた光のかけらは一挙に整然と並び、一枚の大きな光の鏡のようになって泉にガラスのような透明さを与え始めた。一滴たりともその透明さを濁す水はなく、泉の深い底までが手に取るように見える。

この世のものとは思えない変化を見せつづける泉の姿に、朝海は恐怖さえも忘れ、眼を奪われていた。

今度は、泉の深い底に、先ほどとは全く違う橙《だいだい》色の光がゆらりと姿を現した。時には情熱的に赤く、また時には明るく黄色く、一瞬たりとも形を留《とど》めずにうねりつづけ、次第に大きくなっていくその光、それは、炎だった。

水の中で炎が燃えている。まさか、そのようなことが！

しかし、その現実にあるはずのない光景は、魂を貫《つらぬ》く美しさに満ちていた。水晶のように澄み切り、熱い炎を抱いてなお静かな水と、冷たい水に包まれながらなお激しく美しく燃えさかる炎。水と火という対立するはずの二つが互いを侵《おか》すことなく、しかもそれぞれを厳然《げんぜん》と保ちながら調和しているその様は、この世の理屈など超越した神秘的な力を思わせた。朝海はその荘厳《そうごん》な美しさに圧倒され、自分の存在がここにあることさえ忘れそうになった。

が、その瞬間、朝海の心の中で先ほどからはじけそうに膨らんでいた何かが、一挙に心の殻《から》を破り、その姿を露《あらわ》にした。

この洞穴、泉の中で燃える炎、癩者の声。それら全てが指し示すのは……、この国に来て最初に見たあの夢だった。

ああそうだ、あの夢が、全ての始まりだったのだ。

あの夢の中で、この癩者の声は、朝海に全ての答えは朝海の中にあると告げ、この炎を抱いた泉へと朝海を導いた。そして、こう告げた。

『本当のことを……、知りたいか？　私と共に……、来るか？』

そう、そしてその声に引き出されるように泉の中に映った像は……。

気が付くと朝海の足はすっかり力を失い、重い二本の棒のように冷たい岩の上に横たわっていた。泉の水面は今朝海の眼から幾らも離れない所で、様々な像を映し始めた。

水の中で燃えさかる炎。片翼《かたよく》の鳥――二羽がそれぞれの翼を合わせ、今、青く澄んだ空へと羽ばたこうとしている。そして互いの尾を噛《か》み、円を作っている二匹の蛇――白い蛇と黒い蛇、その対照的な姿は、互いが相手の影のようにも見える。

それらは炎、鳥、蛇の順に現われては消え、また消えては現われ、泉の中を巡り行く。

朝海は両目を半開きにしたまま、ぼんやりとその不思議なものたちを眺めていた。これらが何なのかは、まるで見当がつかなかった。

それが癩者の言った『本当のこと』に当たるものなのかどうかも。

癩者は一言も発せず、ただ灯りを掲げて朝海の側に佇《たたず》んでいる。

突如として、再び水面に波が立った。ガラスケースのように不思議なものたちを抱いていた水面は、今、嵐の海のように乱れ、荒れ狂っている。

突然の変化に驚き、朝海は息を詰めて泉を見守った。

2001.6

やがて、荒れ狂う海のような高まりを見せていた水面は、徐々に穏やかになっていった。砕ける波濤《はとう》は少しずつ優しい細波に変わっていき、チャプンと小さな波音一つを残し、再び湖のような静けさを取り戻した。

「ああ……」

朝海の唇から、恐れとも嘆《なげ》きとも、諦《あきら》めともつかぬ深い溜《た》め息が洩《も》れた。

再び鏡の静けさを取り戻した水面に、今度は明らかに別のものが映し出されている。これは……。

水の底にゆらめく炎のように現われた映像が、ゆっくりと水の中を上昇し、水面に達してはっきりとした像を結んだ。

癩者の掲げる小さな灯りだけが唯一の光である洞窟の中で、その映像は今までのものとは違って不自然なほど明るかった。

季節は夏らしい。木々の緑は溢《あふ》れんばかりの陽光に酔《よ》い、時折揺《ゆ》らめいてはアスファルトの道にスポットライトのような木洩《こも》れ日を零《おと》している。

ひときわ堂々と枝を広げた大木の下に、一組の男女の姿があった。背の高い痩身《そうしん》の男と、長く美しい黒髪を持つ娘。朝海の心臓が大きく跳《は》ねた。

この場面、これは明らかにどこかで経験したことがある。しかし、風景の美しさとは裏腹に、これは決して美しい思い出などではなく……！

そこまで考えた瞬間、恐怖が朝海の心を大きく切り裂いた。それと同時に頭をこなごなに砕《くだ》かれるようなすさまじい頭痛が朝海を襲《おそ》った。

「あ…ああっ……！」

泉の水面が再び揺れ、男の顔が映し出される。目鼻立ちは判然としない。声も聞こえないが、激しく責め立てるように唇が動いているのが分かる。誰かは分からないが、これは確かに朝海の知っている誰かだった。

朝海は凄《すさ》まじい頭痛に半《なか》ば気を失いかけながら、必死に心の中でその面影に向かって叫んでいた。差し伸べられた手が虚《むな》しく空を摑《つか》む。

違う、そうじゃない。あなたの考えが分からない。でも、私はあなたを理解したかった。けれど、あなたは……。

朝海は耐えられず泉から顔を背《そむ》けた。その瞬間、強い力が朝海の肩を摑《つか》み、泉の方へと引き戻した。

「……見なければ、駄目だ……お前、自身を……」

癩者だった。

朝海は息を呑んだ。

癩者の姿はすでに癩者ではなく、穏やかな中にも瞳に厳しい光を湛《たた》えた老人の姿に変わっていた。長い銀色の髭《ひげ》に縁取られた引き締まった口元が、身についた気品と威厳を表している。長い年月で魂を磨《みが》き上げた、宗教者のような……。

泉には、絶望に打ちのめされたような朝海自身の姿が映っている。今の朝海のものではないことは、服装から分かった。泉の中の朝海の嘆き、悲しみ、孤独……それらが一気に泉から溢れ出し、黒い渦《うず》となって朝海を襲う。

苦しい。息が出来ない。

誰か助けて！

「ユヌス様！」

朝海は無意識のうちに、来るはずのない人の名を呼んでいた。

その瞬間、

「アサミ！」

力強い声がそれに応えた。

朝海は混濁《こんだく》した意識の中で、肩を摑む癩者の手に逆らい、必死で入り口の方へ顔を向けた。

すると、癩者の手はあっけなく朝海の肩から外れた。だらりと落ちたその手は紛《まぎ》れもなく指の二本しかない癩者の手で、先程見た気品ある老人の姿は、あとかたもなく消え去っていた。

先刻のは一体……。さらなる混乱に、今度こそ意識を奪われかけた朝海の網膜《もうまく》に、朝海の名を叫びながら闇の中を走ってくるユヌスとジャミールの姿が灼《や》きついた。

それを最後に、朝海の意識はついに闇に閉ざされた。

2　嵐

溢《あふ》れる光に浸《ひた》った木々の緑、時折そよぐ風に葉裏の白さが目に眩《まぶ》しい。

泉に映し出された風景は、夢の中まで容赦《ようしゃ》なく朝海を追いかけてきた。

『朝海。おまえはどうして、そう感情でしか物事を考えられないのか……』

……男の声。夢の中で声が聞こえたのは初めてだった。朝海の記憶のどこかに、確かに刻まれたこの声。それは泉に映し出された男のものにちがいないと、何かが朝海に囁《ささや》いた。

『え?』

朝海の戸惑《とまど》ったような、悲しみを含んだ表情が揺れる。

『優しいだけじゃ、どうしようもないことも世の中には多いんだぜ』

それの言葉を聞いた瞬間、朝海の魂が凄《すさ》まじい苦痛の叫びを上げた。

（ああああっ!）

この場面は、紛《まぎ》れもなく朝海の人生の中で、少なからず意味を持つ場面だった。それだけではない。この痛みは……。

再び恐怖の爪が朝海の理性を引き裂《さ》く。何も思い出すな、と警告するように。思い出したくない、誰か……！

朝海の魂が、安息を求めて暗黒の中をさまよう。安らぎを与えてくれる、優しい面影。朝海は胸の奥で幾度も彼の人の名を呼んだ。その叫びは徐々に強くなり……。

「ユヌス様!!」

朝海は、はっと目を開いた。

「アサミ様。気付かれて良かったわ」

聞き覚えのある温かい声に朝海が首を巡《めぐ》らすと安堵《あんど》を湛《たた》えたマルジャナの顔があった。

「マルジャナ……ではここは……」

朝海はゆっくりと周囲を見回し、そこが自分の部屋で、寝台に自分が寝かされていることを知った。辺りにはマルジャナの他には人影はない。

静かな雨音が聞こえる。部屋は雨のせいで薄暗かったが、小さな灯《あか》りが暖かくともっており、何となく朝海をほっとさせた。

「ユヌス様は、つい先刻までここにいらっしゃったのですよ」

朝海が目を見開いてマルジャナを見つめると、彼女は控《ひか》えめに微笑した。

「いいえ。アサミ様が何度もユヌス様の御名を呼ばれるものですから。ユヌス様はこんな雨の中を出かけられてひどく濡《ぬ》れておいででしたから、今着替えに行って頂いたところです。どうしてもアサミ様についているとおっしゃって聞かれなかったのですが……、そのままでは風邪をひかれるからと、ようやく着替えに行って頂いたのですよ。あれほど強情になられるユヌス様は珍しいですね」

ユヌスがどうしても朝海についていると言ってきかなかった。そう聞けば普段の朝海なら、喜びの中にも戸惑《とまど》いを禁じ得ず、あれこれと考え込んでしまうところだっただろう。

しかし、朝から常人の理解を超えた出来事に襲《おそ》われ続け、現状を把握《はあく》するのに精一杯だった朝海にはそこまで考え込む余裕はなかった。

朝海に分かっているのは、ただ自分が今朝あの癩者《らいしゃ》に連れ出されて過去の自分の断片を見せられ、その苦痛に耐《た》えきれず気を失いかけたところをユヌスとジャミールに助けられ、館に連れ帰られたらしいということだけだった。

「ユヌス様が、連れて帰って来て下さったのね」

朝海は寝台に深々と身を静め、大きく息をついた。自分の部屋に戻ってきた安心感が、波のようにひたひたと全身に押し寄せ、海のように心地よく心を満たす。

マルジャナは頷《うなず》いた。

「ええ……。今朝、急にアサミ様がいなくなられて、お探ししていましたらジャミールがこちらに来て、アサミ様が今日どこかへ出かけられると聞いているかと。存じませんと言いましたら、どうもおかしな者に連れ出されたようだから、すぐにユヌス様と一緒に捜《さが》しに行くと。あなたが館を出られるのを、どこかで見ていたようですわね」

そこでマルジャナはほっと溜《た》め息をついた。

「私も随分心配致しましたのよ。ひょっとして街の者に呼ばれたのではないかと街まで捜しに行ったり。でも誰もアサミ様にお会いしたという者はいなくて、本当に途方に暮れて戻って参りましたのよ。気を失われたアサミ様をユヌス様が連れて帰られたときは、本当にびっくりしましたけれど、ほっと致しました。ご無事で、本当に良かったと」

「ええ。心配をかけて本当にごめんなさい」

朝海は力なく微笑《ほほえ》んだ。まだ少し頭痛がする。極限に近い精神の緊張を強《し》いられたためか、体は重く水を吸ったボロ布のように疲れきっていた。

朝海は、いつもよりくすんで見える壁の花模様をぼんやりと目に映しながら、今日の出来事を思い返していた。あの癩者は一体、何者なのだろう。何故あのように、執拗《しつよう》に自分に記憶を取り戻させようとするのだろうか。そして、泉の脇で一瞬確かに見えた、癩者とは似ても似つかぬ、神々《こうごう》しいまでの気品を湛《たた》えた老人の姿は……。あれは一体、何だったのだろう。それに、泉に映し出されたあの不思議なものたち。水の中で燃える炎、片翼の二羽の鳥、そして尾をかみ合う二匹の蛇は。最後に映し出された、あの若い男は……。

「アサミ様、何をお考えですか？」

朝海の思考は、マルジャナの静かな問いに中断された。視線を向けると、彼女はきゅっと眉を寄せ、こころもち身を乗り出すようにして朝海を覗《のぞ》きこんでいた。

「気を失っておられる間も、ひどくうなされておいでしたわ。何度もユヌス様の御名を呼ばれて。今も、ひどくお辛そうに見えます。差し出がましいようですが、一体、何があったのですか？」

「マルジャナ……」

その時、急に部屋の外で乱れた足音がし、誰かが朝海の部屋に駆《か》け込んで来た。

「まあ、ザヘル様！」

息を切らして朝海の部屋に駆け込んで来たザヘルを見て、マルジャナが半《なか》ば呆《あき》れたような驚きの声を上げた。

「一体どうなさったのです？　女性の部屋に何の断りもなしにいきなり入って来るなんて、立派な殿方のなさることとは思えませんことよ」

しかしザヘルはマルジャナの言葉も耳に入らなかったのように、呆気《あっけ》にとられてザヘルを見上げている朝海の寝台の方へ近づき、朝海の枕元にかがみ込んだ。

ザヘルの表情にはいつもの自信溢れる微笑も泰然《たいぜん》とした余裕もなく、ただ厳《きび》しいまでの真摯《しんし》さだけがあった。

朝海は驚きのあまり言葉を失い、両目を張り裂けんばかりに見開いて、ただただザヘルを見つめ返すしかなかった。

そんな朝海の表情を見て、ザヘルの口元から、打ち寄せる波のような優しい安堵の笑みが広がった。

「無事で……良かった」

ザヘルの口調にも態度にも、以前のような朝海をからかうような様子も皮肉な調子もなかった。ただ我を忘れるほど朝海を気遣《きづか》う、ひたむきな優しさだけがあった。

朝海の心臓が、我知らず鼓動《こどう》を速めていた。今までユヌスとザヘルは対照的だと思っていたが、こうして心の鎧《よろい》を脱ぎ捨てた素顔のザヘルは、従兄《いとこ》だけあって驚くほどユヌスによく似ている。深く澄んだ夜の瞳も、育ちの良さを思わせる顔立ちの繊細さも。

朝海は、いつかのザヘルの自分に対する無礼な振る舞いも忘れ、両の瞳を見開いたまま、呆然《ぼうぜん》とザヘルの顔を見つめ返した。

「行方知れずになられたと聞いて、どれほど心配したか。私は……」

ザヘルは一度長い睫毛《まつげ》を伏せ、ためらいがちに唇を開こうとした。瞳の縁に甘く熱い光が滲《にじ》む。朝海は少なからず狼狽《ろうばい》し、視線をかすかに揺らした。その時、

「マルジャナ、入ってもいいか？」

と、部屋の外から声がした。あれは、ユヌスの声だ。

それに気付くと、ザヘルはくっと唇を噛《か》み、さりげなく朝海の枕元から離れた。今のは一体、何だったのだろう。

朝海は、まだよく回らない頭で考えながら首を傾《かし》げ、いつかの医師の言葉を思い出した。

『ザヘル様はあなたに惹かれていらっしゃる』

本当なのだろうか、そのようなことが。

小国とはいえ一国の当主の長男が、流れ者に過ぎない私を？

しかし、マルジャナがユヌスに応え、ユヌスが部屋の中に入って来たため、朝海の思考はまたもや中断された。

「おお、気が付いたか」

ユヌスは朝海が眼を開けているのに気付くと、嬉しげに朝海の方へ歩み寄ってきた。が、朝海の枕元に跪《ひざまず》いているザヘルに気付くと、微《かす》かに眉を寄せた。

心なしか、外の雨音が強まったようだ。雨粒が大地を叩き、水溜《たま》りに波を呼んでいる。

「ザヘル。何故お前がここにいる？」

「何故とはご挨拶だな、ユヌス」

ザヘルはユヌスの姿を認めると、その瞳にいつもの強い光を蘇《よみがえ》らせ、ゆっくりと立ち上がった。こうして見ると、先ほどあれほど似ていると思ったのが嘘《うそ》のように、二人は好対照をなしている。水のように穏やかで物静かなユヌスと、炎のように力強く活力に溢れるザヘル。

長身のザヘルはユヌスを見下ろすようにしながら、唇を開いた。

「弟の命の恩人が、危ない目に遭《あ》われたと聞いたのだ。心配するのは当然だろう」

ザヘルはそこで一度言葉を切り、両の瞳に刃《やいば》のように鋭い光を閃《ひらめ》かせた。

「第一、ユヌス、おまえがこの方を預かっていながら、この館から拉致《らち》されるとは何事だ。大切な客人に万一のことがあったら、おまえは父上に何と申し開きをするつもりだったのだ？　もうよい、ユヌス。この方は今後私が預からせて頂く。いいな？」

ザヘルの突然の宣言に、朝海は全身からさあっと血の気の引くのを感じた。今ユヌスから引き離されるのは嫌だった。ユヌスと語り合った夜から、朝海の心はユヌスの中に見つけた自分と同じ感性を、求めて止まなかった。そしてそれから泉のように湧き出だす、元の世界では決して得られなかった安らぎを。

朝海は息を詰めて、縋《すが》るようにユヌスを見上げた。

ユヌスはしばし唇を噛み、床に視線を落としていたが、やがて静かながらも揺るがぬ意志をその瞳にきらめかせながら、じっとザヘルを見上げた。

「それは、断る」

ユヌスの口調は静かだったが、その中には石のように揺るぎない断固たる決意が込められていた。

ザヘルはユヌスの勢いに一瞬たじろいだが、すぐに眼差しを険しくしてユヌスを睨《にら》み付けた。

「何だと？　お前がこの方を預かっていたところに、このようなことが起きたのだぞ。私ならこのようなことはさせない。この方を再びお前に預けて、また同じようなことが起きたら、どうするつもりだ!?」

「そのようなことはさせぬ」

「ユヌス！」

雨音は次第に激しくなり、風を巻き込んで唸《うな》り声を立てる。

一歩も引かずに互いを睨み合う二人の間に、朝海は何とか割って入ろうと身を起こしかけた。

すると、朝海の枕元に座っていたマルジャナが、軽く朝海の肩を押さえ、お任せ下さいと言うように頷《うなず》いて見せた。

「マルジャナ……」

何か言いかけた朝海を手で制すと、マルジャナは朝海の肩に手を置いたまま、困ったような表情を作ってユヌスとザヘルを見上げた。

「ユヌス様、ザヘル様、お止め下さい。朝海様はまだご気分が悪くていらっしゃるのですよ」

二人ははっとしたように睨み合うの止め、ばつが悪そうな表情を見せた。それぞれが朝海を気遣わしげに見やる。

マルジャナはそこにたたみかけるように、

「アサミ様はサイード家の大切なお客様です。ユヌス様が個人的にお世話をされているわけではありません。それに、直接のお世話をさせて頂いているのはこのマルジャナでございます。落ち度はユヌス様ではなく私にございます。御咎《とが》めなら私がいくらでもお受けしますが、このような奥向きのことに殿方が口を出されるのは……」

「マルジャナ！」

朝海は慌《あわ》ててマルジャナの手を払いのけ、半身を起こした。彼女には何の落ち度もない。自分のために彼女を咎めさせるわけにはいかなかった。頭がまだズキリと痛んだが、構《かま》ってはいられない。

朝海は二人に向き直り、

「マルジャナが悪いのではありません。私を知っている人が訪《たず》ねて来たと言われて、よく確かめもせず黙って出掛けてしまったのは私の責任です。マルジャナが悪いのではありません。ましてやユヌス様の責任でもありません。本当に、ごめんなさい」

そう言って朝海は、深々と頭を下げた。

ユヌスとザヘルは、毒気を抜かれ、戸惑ったようにしばらく朝海を見つめていた。

そのうち、ふとユヌスが首を傾《かし》げ、朝海の枕元にかがみこんで目の高さを合わせると、朝海に問いかけた。

「お前を連れ出したあの者は……、お前を知っていると言ったのか？」

朝海は、唇を噛んで頷いた。

ユヌスは薄暗い部屋の中で、顎《あご》に手を当ててしばし考える仕草をした。眉間《みけん》に微《かす》かに寄せられた皺《しわ》を薄い光が照らし、ユヌスの顔の彫《ほ》りの深さを一層際立《きわだ》たせる。

「何だと？　どういうことだ？」

ザヘルが眉をひそめて話に割り込んできた。

「その者は、アサミ殿を知っていると偽《いつわ》ってアサミ殿を連れ出したと言うのか？　それとも、本当にアサミ殿を知っていて危害を加えようとしたというのか？」

「あの……」

朝海は言葉に詰まり、何と答えるべきかしばし考えを巡《めぐ》らした。

無理もなかった。朝海自身にも、あの癩者が何故自分を知っているのかも、何のために朝海を連れ出し、朝海の記憶を取り戻させようとしたのかも皆目見当がつかなかったからである。

朝海が俯《うつむ》いて視線を床にさまよわせていると、黙っていたユヌスが口を開いた。

「アサミ……。おまえと一緒にいたあの癩者だがな……、お前が気を失った後、ジャミールと二人で何故お前を連れ出したのかと問い詰めたのだが……」

ユヌスはそこまで言うと歯切れ悪く語尾を濁《にご》した。いつものユヌスらしからぬその様子は、いつも冷静で頭の切れるユヌスでさえも、状況を摑《つか》みかねていることを示していた。

「何だ、ユヌス。お前は何か知っているのか？」

ザヘルがユヌスを睨みつけながら、苛々《いらいら》した調子で先を促した。朝海も常にないユヌスの困惑ぶりに驚き、思わず顔を上げてユヌスを見つめた。

ユヌスは言うべきかどうか迷っているのか、しばし唇を嚙んで自分の鼻先を見つめるようにしていたが、三人が息を詰めてユヌスの言葉を待っているのを見ると、意を決したように唇を開き、いつものてきぱきとした口調に戻った。

「あの者は、何も覚えていなかったのだ」

「えっ!?」

「何だと!?　どういうことだ!?」

朝海とザヘルは同時に声を上げげた。朝海はユヌスの言葉の意味がまるで摑めなかった。それはザヘルも同じらしく、精悍《せいかん》な顔に困惑を露《あらわ》にし、ユヌスの口元を見つめていた。

ユヌスはほっとひとつ息をつくと、すぐに先を続けた。

「自分は癲に侵《おか》されて以来、ずっとこの村で暮らしているが、もう何年と街へ出かけたことはない。自分が何故あの場所でアサミと一緒にいたのかも、何をしていたのかも全く分からないと言っていたのだ。総督《アミール》の客人をかどわかすなどという恐ろしいことを自分がしたなどとは信じられない、何かに取り憑《つ》かれていたに違いないと、恐れおののいてな……」

ユヌスの言葉が、水面《みなも》をわたる風のように心に波を立てながら、朝海の体の中を吹き過ぎていく。では、あの癲者を動かしていたのは、あの夢の中の不思議な声の主なのだろうか。あの夢の中の声の主が癲者を動かしたのだとすれば、それはとても人間に出来る業《わざ》ではない。ならば今度はどういった形で朝海の前にそれが現われるのかは、予測は不可能である。いずれにしても、あの癲者が何も覚えていないと言った時点で、朝海に執拗《しつよう》に過去を見せつけようとする何者かの正体を探ることは、どう望んでも出来ないこととなったのだが。様々な思いが心の中で渦《うず》を巻き、朝海はそれをどうすることも出来ず、ただ虚空《きょくう》の一点を瞳に映しているだけであった。

「魔物《ジン》の類か……?」

ザヘルが太い腕を組み、顎鬚《あごひげ》を指に絡《から》ませながらポツリと言った。

「おお、恐ろしい……」

マルジャナがザヘルの言葉に、大袈裟《おおげさ》なくらい恐ろしそうに口元を両手で覆った。

「ザヘル、まさか、今時そのようなことはあるまい」

マルジャナが恐ろしそうに身を竦《すく》めているのを見て、ユヌスはザヘルに批判的な視線を向けたが、ユヌスとて今日の事件に関してそれ以外に明確な回答を与えられるわけではなく、その言葉にも眼差《まなざ》しにも今一つ力はこもらなかった。

朝海もこの場で言うべき言葉を見つけられず、ただ黙ってユヌスとザヘルを交互に見つめているだけだった。

「まあ、いずれにしても、だ」

重苦しくなったその場の雰囲気を振り払うように、ザヘルが腕を解いてぽんと両手を打った。

「魔物《ジン》だろうが悪魔《シャイターン》だろうが、あなたのことは我がサイード家が全力でお守り致す。安心されるがよい、アサミ殿」

ザヘルが真昼の太陽のように明るい笑顔を朝海に向けて、軽く片目をつむって見せた。

その明るさはさわやかな五月の風のように、朝海の心の暗雲を不思議なほどに吹き飛ばしてくれた。ユヌスに対してはは皮肉な態度をとることの多いザヘルだが、やはり彼は基本的には明るい好人物らしい。朝海はつられて思わず微笑んだ。

ザヘルはそれに応えるように、大きく頷いて見せた。

そんな二人を見て、ユヌスが一瞬苦く口元を歪《ゆが》めたが、朝海は気付かなかった。

「それにしても」

先程から恐ろしそうに身を竦めていたマルジャナがふと何かに気付いたように顔を上げて口を開いたので、三人は何事かと彼女に視線を集めた。

その視線の先で、マルジャナはゆっくりと首を傾げながら、朝海の顔をじっと見つめた。

「アサミ様へご用の方は、たいていは私がお取次ぎしておりますのに。まして外部の者なら必ず誰かを通さねばアサミ様にはお会いできないはずですのに。アサミ様を連れ出したのが魔物《ジン》の類であろうがなかろうが、一体どうやって館に入りこんだのでしょう」

朝海が唇を開くより早く、ユヌスが厳しい眼差しで朝海に向き直った。

「アサミ。お前にあの者を取り次いだのは誰だ」

朝海は視線を揺らした。話が思いもかけぬ方向へ発展し、朝海にはまだ二人の疑問の意味がわからなかった。冷静に考えれば、朝海の一番近くにいるマルジャナが、自分の何も知らないうちに朝海に誰かが接触したことに対して疑問を持つのは当然だった。それに誰を通して癩者が朝海に接触したのかが分かれば何故サイード家が朝海を守れなかったかも分かり、同じ事態を防ぐことが出来るだろうとユヌスが考えるのもまた必然であった。しかし、今朝からの出来事でまだ頭のすっきりしない朝海には、状況がよく摑めなかったのだ。

朝海は何かよく分からないままに、切れ切れに言葉をつないだ。

「ええと、ファティマ様が今朝来られて……。私を知っている人が訪ねて来たからと仰《おっしゃ》って……」

「何だと？　ファティマが？」

「ファティマ様が？」

ザヘルとマルジャナが同時に声を上げた。

その一方、ユヌスはぎゅっときつく眉根を寄せると、厳しい眼差しを朝海に向け、短く先を促《うなが》した。

「それで？」

ユヌスが朝海に対してこれほど鋭い眼差しを向けたのは初めてだった。朝海は一瞬叱《しか》られるのかと身を縮めたが、ユヌスはそれ以上何も言わず、朝海の言葉を待っていた。

朝海はおずおずとユヌスの顔色を上目遣《づか》いに伺《うかが》いながら、口を開いた。

「ええ、あの……。ファティマ様がお一人で来られて、私を知っている人が訪ねて来たからと……。部屋を開けるならマルジャナに知らせなければと思ったんですけど、随分お急ぎのご様子でしたから、そのままついていってしまったんです。そうしたら、あの、裏口のようなところにあの人が待っていて……。それからすぐにファティマ様は帰られてしまって……。それで、あの……」

ユヌスは一言も口を差し挟《はさ》まずに聞いていたが、その顔色がみるみる変わるのが朝海には分かった。ガラスのように動かないその表情は、今にも堰《せき》を切って溢れ出しそうな感情の濁流を映して、蒼ざめた輝きを放っている。引き締められた唇が微かに震えているのが、薄明かりに照らし出される。

「マルジャナ、今日はファティマに会ったか？」

ザヘルが考え込むように顎に手を当てながら、ゆっくりと首を巡らしてマルジャナの方を向いた。視線を向けられた彼女は、困惑を露に、ぎこちなく頷いた。

「ええ……。アサミ様がいなくなられて、館の中をお探ししていましたら、廊下で。そういえばご様子がいつもと違っていたようでしたわ。だからつい、アサミ様のことも聞きそびれて」

「ファティマはお前にアサミのことは何も言わなかったというのだな？」

ユヌスが早口に尋ねた。不自然なほどに表情のないその声は、溢れ出す激情の波を抑えているためか、微かに震《ふる》えていた。

朝海は寝台の上に半身を起こした姿勢のまま、自分の存在さえ忘れたかのように呆然とユヌスを見上げていた。こんな昏《くら》い、冷たささえ感じさせる感情の波を見せるユヌスは初めてだ。

朝海の横で、マルジャナが頷く気配がした。

「ファティマをここへ呼べ」

ユヌスが、噛み殺したような低く鋭い声で投げつけるように言った。

「ユヌス様？」

いつも物柔らかなユヌスの、常にないきつい口調に驚いて、マルジャナの呆然とした表情の中の唇から声が零《こぼ》れた。

「何をしている、早く！」

ユヌスの黒い瞳に、嵐のように荒々しい光が炎のように躍《おど》り上がり、マルジャナはその勢いに恐れをなしたのか、慌てて立ち上がると足早に部屋を出て行った。

「ユヌス、一体どうしたというのだ、お前らしくもない」

マルジャナの消えた出口をまだ執拗《しつよう》に睨み付け、血の気の失せた唇を震わせているユヌスに、ザヘルが顔をしかめて問いかけた。

朝海もユヌスが一体何に対してこれほどまでに苛立《いらだ》っているのかまるで分からず、恐る恐る上目遣いに、ユヌスの蒼ざめて震える顔を盗み見た。

ユヌスはザヘルの声が聞こえなかったかのように、ただ薄暗い虚空の一点を睨み付け、白くなった拳を震わせている。

「おい、ユヌス！」

ザヘルがユヌスの正面につかつかと歩み寄り、肩を摑んで揺さぶった。

「しっかりしろ、一体何をそんなに苛々しているのだ。お前まで魔物《ジン》にとりつかれでもしたのか」

しかしユヌスは、ザヘルに肩を摑まれていることにも気付いているのかいないのか、人形のように表情を変えないまま、ザヘルに揺さぶられている。

「ユヌス！」

雨が責め立てるように大地を打つ——。

朝海は二人の間に割って入るべきか否か判断がつかず、二人の顔を交互に見比べては一人気を揉《も》んでいた。常軌《じょうき》を逸《いっ》したかに見えるユヌスのことは気がかりでたまらなかったが、ユヌスが何故このように動揺しているのかも分からなかったし、正直に言うとどうしたらいいのか分からなかったのだ。

何を言っても無反応なユヌスに、ザヘルは諦めたようにユヌスの肩を放した。

放り出されたユヌスは、しかしそれさえも気付かぬように、相変わらず空を凝視《ぎょうし》している。

ザヘルはそんなユヌスを見ると軽く溜め息をついて、朝海の寝台の脇に屈《かが》み込んだ。

「一体何があったのだ、アサ……」

その時、今まで人形のように動かなかったユヌスが、突然命を吹き込まれたように首を巡らしたので、ザヘルはぎょっとしたように立ち上がった。

「ユヌス」

朝海も驚いてユヌスの視線の先を追いかけた。すると、部屋の入り口に、強張《こわば》った表情のマルジャナが、その背に隠れるようにしたファティマと共に姿を現したところだった。

二人の姿を認めるや否や、ユヌスの瞳がギラリと光り、ユヌスは二人に向き直って唇を開こうとした。が、ユヌスが声を発するより一瞬早く、マルジャナの肩越しに恐る恐る部屋の中を覗いたファティマが、悲鳴のような小さな叫びを上げた。

「アサミっ……！」

その声は、この場に似つかわしくない悲痛な響きを伴っていた。驚いて朝海がファティマの方を見やると、彼女の顔は紙のように白くなっていた。

「アサミ、どうして……」

ファティマはそれきり絶句した。目を見開いたファティマと朝海の目が合った。するとファティマは慌てて目を逸《そ》らし、チラリとユヌスの顔を盗み見たかと思うと、ぎゅっと唇を噛んで俯《うつむ》いてしまった。

「ファティマ」

ユヌスに名を呼ばれると、ファティマは俯いたまま、ビクリと肩を震わせた。

「アサミに会いに来た者を取り次いだのはお前だな」

ユヌスの声は、感情を殺しているために、信じられないほど無表情だった。

その場にいる誰もが、ファティマ以外は息を殺してユヌスの口元を見つめている。

「何故、本当にアサミの知り合いかどうかも分からぬ者に、アサミを連れ出させるような真似をした？　それに、何故アサミを訪ねて来た者がいると、誰にも言わなかったのだ？　ジャミールが、アサミが出て行くところを見ていたから良かったようなものだ。そうでなければ、アサミはあのまま行方知れずになるところだったのだぞ」

ユヌスの言葉で、朝海はユヌスがファティマに対して怒りの感情を抑えていたことを、その怒りの理由と共にようやく理解した。ユヌスは、ファティマの一連の行動が朝海の身を危険に晒《さら》したことに苛立っているのだ。ファティマが朝海の行方を知っていながら誰にも告げなかったことや、朝海を訪ねてきた者をよく確かめもせずに朝海の身を預けたことに、ユヌスは怒りと不審を抱いていたのだった。

普段の優しい光を完全に追い払い、冷たいまでに厳しく光るユヌスの瞳の真正面に立たされたファティマは、見る見るうちに瞳に涙を浮かべた。

「そんな……。私はただ、アサミを知っている人が訪ねてきたから、嬉しくなって……。あの、アサミがようやくこれで家に帰れると思って……」

ファティマの語尾が煙のようにか細く揺れながら、薄寒い空気に消えるのを待って、ユヌスは再び唇を開いた。

「ファティマ」

ファティマが再び、鞭で打たれたようにビクリと身を震わせる。

「本当にそれだけか？」

「本当にそれだけかって……」

ファティマは尖《とが》らせた唇を微かに震わせたが、言葉は嗚咽《おえつ》を押さえる喘《あえ》ぎに飲み込まれ、声にはならなかった。

マルジャナが心配そうにファティマの顔を覗《のぞ》き込み、庇《かば》うようにその肩を抱いた。

ユヌスは容赦なく言葉を続けた。

「たとえ本当にその者がアサミの知り合いだったとしても、なぜ誰にも知らせずにこっそり連れ出させる必要がある？　まずマルジャナなり私なりに知らせるのが普通ではないか？」

ユヌスの言葉が、徐々にファティマを追い詰めて行くのが、朝海には分かった。唇だけでなく全身が小刻みに震え、一杯に見開かれた大きな瞳の上では、小さな灯りを跳ね返す涙が、今にも溢《あふ》れ出しそうに波打っている。

その時、ようやくユヌスの苛立ちの理由を悟ったザヘルが、ユヌスと同じ疑問を抱いたらしく、ゆっくりと首を傾げながらファティマにこう問うた。

「ファティマ、お前には、アサミ殿を訪ねて来た者が本当にアサミ殿の知り合いだという確信があったのか？ん？」

ザヘルの口調はユヌスのそれに比べれば遙かに柔らかかったが、その問いの内容はさらにファティマから逃げ場を奪うものであった。

稲光が、一瞬、薄暗い部屋を鮮やかに白い光の中に浮かび上がらせた。ファティマの血の気の失《う》せた頬が、その白い光を跳ね返して、不気味なほどに輝いて見える。

朝海もマルジャナも、息を詰めてその場を見守っていた。二人とも敢《あ》えてユヌスを止めなかったのは、ユヌスと同じ疑問を抱いたからだ。何故ファティマは、朝海を誰かが訪ねて来、朝海がその者に連れ去られたことを誰にも話さなかったのか。朝海がいなくなったという騒ぎが、彼女の耳に届かなかったはずはない。しかも彼女はマルジャナに会っているのだ。本当にあの癩者が朝海の知り合いであると確信していたとしても、朝海が知り合いと一緒に出て行ったと、隠す必要はないはずだ。

朝海はさらに、三人とは別の疑問も抱いていた。ファティマは今朝、なぜあれほどまでに急いで朝海を癩者に会わせようとしたのか。

まるで朝海が出かけるところを見られるのを恐れるように。

四人が四人とも、同じ疑問を抱いたそれぞれの眼差しで、ファティマの答えを待っていた。

遙《はる》か遠くで、大地を貫《つらぬ》き通すような落雷の音がする。

誰も自分の味方をしてくれないと知るや、ファティマはその大きな両眼に、闇に光る猫の目のような光を煌《きらめ》かせて、ザヘルを睨み付けた。

「そんな……。ようやくアサミを知っているって言う人が現われたのよ。喜んであげるのが当然じゃないの。ザヘル兄様もユヌスも変だわ。まるでアサミを家に帰すまいとしているみたいよ！」

ファティマの声は上ずり、今にも崩れそうに震えていた。再び稲光が部屋を照らす。

その中で稲妻よりも鋭く、触れる物全てを切り裂こうとするようなファティマの瞳の光をまともに受け、ザヘルは表情を止めて軽く息を呑《の》み込んだ。

一方、ユヌスはその眼差しを怯《ひる》むことなく受け止めると、先程と変わらず表情のない声で一言、こう言った。

「そう言うお前は、まるでアサミを早くここから出て行かせたがっているように見えるぞ」

雨が狂気のように大地を責める。

ファティマの喉《のど》が、雨音を貫いて大きくヒクリと鳴った。

「ユヌ…ス……。そんな、ひどい……」

その後もかすかに震えるように唇が動いたが、荒れ狂う雨音に掻《か》き消され、人の耳には届かなかった。ファティマの胸が大きく揺れ、両目からは大きな涙の粒が玉となって迸《ほとばし》った。

「おいユヌス、いくらなんでもそれはちょっと言い過ぎではないか」

ファティマの涙を見て、さすがに彼女が気の毒になったのか、ザヘルがユヌスにそう言ったが、その声には今ひとつ力がこもっていなかった。

ファティマの目から流れる涙の透明さが、はっと朝海を我に返らせた。

今まではファティマの行動の不審さばかりに囚《とら》われて、ユヌスがファティマを問い詰めるままにさせていたが、このままではユヌスとファティマの間に修復不可能な亀裂が生じてしまう。それではファティマがあまりに気の毒だった。マルジャナがファティマの肩を抱きながら、縋《すが》るように朝海の方を見ている。ファティマの行動のために一番被害を受けたのが朝海だから、マルジャナも朝海の前で自分からファティマを庇《かば》うことが出来ないでいるのだった。

朝海はまだくらくらする頭を必死で支えながら、寝台から身を乗り出した。

「ユヌス様、もういいんです。私もユヌス様のお陰でこうして無事でしたし、ファティマ様も悪意でされたこととは思いません。ですから……」

「もうやめて！」

朝海の言葉に反応したのは、ユヌスではなくファティマだった。皆が驚いてファティマに視線を戻す。それほどファティマの声は、断末魔《だんまつま》にも似た悲痛の響きを帯びていたのだった。

ファティマは美しい顔を苦痛に歪め、その中から投げつけるような視線で朝海を睨み付けた。

「あなたなんかに、そんなこと言われる筋合いはないわ」

朝海はその視線に射《い》すくめられたように動けなくなった。ファティマがここまで露骨な敵意を朝海に向けたのは初めてだった。朝海は、自分の言葉がファティマの誇りを深く傷つけてしまったことを悟った。無邪気な明るさに隠されてはいても、生まれの高貴さと卑《いや》しからぬ育ちに育まれた自尊心は、わずかな瑕瑾《きず》さえも許さないのだった。

「おい、もうよさないか」

場の収拾がつかなくなりかけたのを見て、ザヘルがユヌスを押しのけてファティマの前に立った。

「ファティマ、お前がどうしてアサミ殿を危険に陥らせるような行動をとってしまったのかは知らんが、悪意ではないのだろう？　だが、アサミ殿はサイード家の大切な客人だ。身の回りには注意して差し上げてくれ。今日はもう部屋に戻って休め」

しかし、手負いの獣のような目をしたファティマは、その視線を今度はザヘルに斬《き》りつけた。

「何よ、兄様だって、私がわざとアサミを追い出そうとしたって思ってるくせに！」

胸の底を絞《しぼ》り上げるようにそう絶叫すると、ファティマは上半身を大きく揺らして荒い息を繰り返した。

再び落雷が天地を揺るがし、聴覚の全てを奪う。

落雷の音が去った後、叩きつける雨音を背景に、ファティマの荒い苦しげな息が、部屋に響《ひび》き渡った。

「ファティマ！」

差し伸べた手を跳ねつけられる形になったザヘルが、咎めるようにファティマの名を呼んだ。

ファティマは涙の一杯に溜まった眼でザヘルを睨み付けたまま、浅く速い呼吸を繰り返している。

稲妻が、それぞれの心を裁《さば》くように容赦なく、部屋を照らす。

それが去ると、ファティマの瞳から放たれていた荒々しい光は、夜明けの星のように力を失い始め、変わって苦悩の影が顔を覆い始めた。ザヘルを見上げて精一杯に伸ばされていた首も、徐々に床へと落ちて行く。

「苦しい」

そう言うなり、ファティマは胸を押さえ、牡丹の花が手折られでもするように、床に膝をついた。マルジャナが慌ててファティマを抱き起こす。

「おいファティマ、大丈夫か？」

ザヘルが慌てて二人の側に膝をついた。ファティマの薄く開かれた唇からは浅い息がますます速度を増しながら洩《も》れ、眉は苦しげに引き絞られて行く。

ユヌスもさすがに動揺を隠せず、朝海の方へ視線を向けた。

「アサミ……」

朝海は頷いて寝台を下りた。とたんにズキリと頭に痛みが走り、足元が揺れる。ユヌスが慌てて手を差し伸べたが、幸い足元はすぐに落ち着き、朝海はファティマの側に歩み寄った。

朝海の頭はまだ冴《さ》えているとは言い難かったが、実は最初にファティマが倒れた時から、おおよその見当はついていた。過換気症候群だ。若い女性に多く、心理的な要因が引き金になって発症することが多い。速く浅い呼吸を繰り返すため、呼吸の過剰状態に陥るのである。

ファティマの四肢は硬直し、その先が微かに震えている。意識も半ば朦朧《もうろう》とし、朝海が手を取っても反応しない。間違いなかった。

「アサミ殿、どうしたのだ、ファティマは……」

ザヘルが朝海の顔色を窺《うかが》うように、俯いた朝海の顔を覗き込んだ。

朝海はザヘルを安心させるように微笑んだ。

「大丈夫、たいしたことはありません」

朝海はマルジャナを振り返り、

「何か袋を持って来て下さる？　なるべく空気の洩れないものを……」

マルジャナはファティマの身を朝海に預けると急いで立ち上がり、ものの二、三分と経たないうちに丈夫そうな革袋《かわ》を持って来た。

朝海はそれを受け取ると、大きさを確かめてから、おもむろにその袋の口をファティマの鼻と口にあてがった。

「アサミ殿、何をする。息ができなくなるではないか」

ザヘルが驚愕《きょうがく》に眼を見開き、朝海の腕に手を掛けようとした。

朝海は、それを確信に満ちた視線で制した。

「大丈夫。すぐに回復します。私に任せて下さい」

ホスローのコレラとは違い、過換気症候群は二十世紀の日本でも割合よく見かける疾患だったし、すぐに命に関わるような病気ではない。しばらく酸素濃度の薄い自分の呼気を吸わせていれば症状は回復する。その確信が、朝海に落ち着きと自信を与えていた。

朝海は袋の口をきつくファティマの鼻と口にあてがいながら、彼女の耳元で静かに囁《ささや》いた。

「そう。ゆっくり、大きく息をして……」

朝海は片手で袋を押さえながら、もう片方の手でファティマの手首の脈を見た。荒れ狂うように打っていた脈は、少しずつおさまってきている。先ほどまで忙《せわ》しなかった浅い呼吸も、深くゆっくりしたものに変わってきている。

ファティマの呼吸がゆっくりと落ち着いたものに変わったのを見届けると、朝海はそっと革袋を離した。

ファティマはまだぐったりとしていたが、ザヘルがそっと名を呼ぶと、薄く眼を開けた。

しかし、まだ精神的な打撃からは立ち直れないらしく、ぼんやりと空に視線を泳がせていた。

朝海はマルジャナの方を向き、静かに言った。

「ファティマ様を休ませて差し上げて。しばらくあまり興奮させないようにしてあげて。これは精神的に参っている時に起こりやすいから」

朝海はそっとファティマの肩を抱え上げたが、自分の方もまだ頭が半ばぼんやりしている状態である。足がもつれ、ファティマごと倒れそうになる。

ザヘルが腕を伸ばして、慌ててそんな朝海を支えた。

「よい、アサミ殿、私が連れて行く」

ザヘルは逞《たくま》しい腕にファティマの体を軽々と抱き上げ、部屋を出て行った。マルジャナが慌てて後を追った。ザヘルは部屋を出て行く直前、一瞬振り返って朝海とユヌスに視線を走らせた。が、それも束《つか》の間、大きな足音を立てて姿を消した。

気が付くと、狂ったように大地を苛《さいな》んでいた雨は穏やかな表情に変わり、優しい旋律で大地を潤《うるお》し始めていた。

部屋には朝海とユヌスの二人だけが残された。

朝海の全身から、吸い取られるように力が抜けて行った。と同時に、胸の底から津波のように様々な感情が溢れだし、心を飲み込んで激情の沖へと攫《さら》っていく。

朝海の過去を知る、癩者《らいしゃ》の形を借りて現われた、得体の知れない何者か。ユヌスの常ならぬ昏《くら》い怒り。ファティマの朝海に向けられた敵意……。

朝海はぎゅっと眼を閉じて息を止め、その渦に黙って耐えた。

「アサミ」

三日月を弓に譬《たと》えるならば、それに張られた弦《げん》のように張り詰めた響きの声が、朝海の名を呼んだ。

続いてカツンと小さな足音を一つ立てて、ユヌスが一歩、こちらに歩み寄ってくる気配がした。

朝海は恐れるようにそっと、そちらへ顔を向けた。ユヌスの顔からはもう荒々しい怒りは失せていたが、代って単なる優しさとも違う、もっと魂の奥底から朝海を見つめるような、不思議な表情が浮かんでいた。

「お前が無事で、本当に良かった」

その溜め息のような柔らかな声を聞いた瞬間、朝海は自分がその声の中に霧のように吸い込まれ、溶けていくような感覚に襲われた。今にも弾《はじ》け飛んでしまいそうに張り詰めていた心の糸がみるみるうちに緩《ゆる》み、意識が心地よい波の中で揺れ始める。

「アサミ、私は……」

ユヌスの声が、次第に遠くなる。異変を感じたユヌスが何度も朝海の名を呼んでいる。

しかし精神を襲ったあまりに多くの出来事に耐えきれなかった朝海は、自分の名を呼ぶユヌスの声を遠くに聞きながら、遂に意識を手放した。

3 愛の訪れ

今度の眠りは、閉ざされた夜のように深く黒かった。時折、難破船のかけらのように、泉に映し出された映像たちが意識の海を浮き沈みする。水の底で燃えさかっていた美しい炎、翼を合わせて羽ばたく片翼の二羽の鳥、互いに尾をかみ合う二匹の蛇。その三つだけが眠りの波に打ち寄せられてはまた飲み込まれ、姿を隠したかと思うとまた現われる。

しかしそれらは決して悪夢ではなく、何か不思議な旋律を伴っては歌うように意識の波間を躍《おど》り、囁《ささや》くのだった。そう、あれほど恐ろしいと思っていたあの癩者《らいしゃ》が一瞬見せた、不思議な老人の姿のように……。

それらはやがて、遠く遠く意識の彼方へと運び去られ、再び眠りの海が朝海を満たす。

そんなことを繰り返しているうちに、夜が明けるように眠りは白くなり、薄くなり……朝海はぼんやりと目を開いた。

「アサミ、気が付いたか」

朝靄《もや》に閉ざされたようにぼんやりとしていた視界が、徐々に晴れてくる。最初に目に映ったのは、自分の顔を覗き込む、ユヌスの顔だった。

ユヌスの顔は、朝海の枕もとに置かれた小さな灯《あか》りを映して濃い陰影を躍らせ、部屋の隅には墨汁のような夜が溜《た》まっていた。

「ユヌス様」

朝海は、まだ意識を半《なか》ば眠りに任せたまま、ふわりとユヌスの名を呼んだ。

「アサミ、大丈夫か？」

ユヌスが壊れ物に触れるように、小さな声で尋《たず》ねて来る。朝海はそっと頷《うなず》いた。

「もう一度、眠るか？」

朝海はゆるゆると意識を掻《か》き回した。なぜ、眠っていた自分のところにユヌスがいるのだろう。それに、私は……。

突然、霧のように揺れていた意識が、一瞬にして磨《みが》き上げられた鏡のようにはっきりと先程までの状況を映し出し、朝海は思わず身を起こした。

「いいえ、ユヌス様」

「アサミ……」

急に強い口調でユヌスの問いに答えた朝海に、ユヌスは目を見開いた。しかしそれに構《かま》わず、朝海はのめり込むようにユヌスを見つめ、軽く息を吸い込んで深々と頭を下げた。

「ごめんなさい……」

「アサ……ミ……？」

「私のせいで、皆さんにご心配かけて……。それに、ファティマ様にも、不愉快な思いをさせてしまいました。あの、ファティマ様は……」

「おまえのおかげでもう大丈夫だ。心配することはない」

ユヌスが朝海を遮《さえぎ》るように早口で言ったので、朝海は驚いてまじまじとユヌスの顔を見つめた。

「ユヌス様……」

ユヌスは朝海の視線に気付くと、はっとしたように息を整え、いつもの穏《おだ》やかな表情に戻った。

「すまない。ファティマのことはお前が悪いのではない」

「でも……」

「分かっている、ファティマだけが悪いのでもない……。私が……」

ユヌスが一瞬苦しげに顔を歪《ゆが》め、搾《しぼ》り出すような声を洩《も》らした。

が、それも束《つか》の間、ユヌスは再び穏やかさで顔を覆《おお》った。しかし、その唇は先程の苦しみを残して、かすかに震《ふる》えていた。

朝海は息を詰めてユヌスの顔を見守った。ユヌスは、ファティマの不審な言動の原因に、何か心当たりがあるのだろうか。先程皆の前でユヌスが見せた、ファティマへの怒りには尋常ならざるものがあった。そして今度は、まるで自分を責めるように苦しげな表情を見せる。ファティマがユヌスを想っていることと、何か関わりがあるのだろうか。

ユヌスは軽く息をつくと、夜を溶《と》かしたような深い瞳で、朝海の顔をじっと覗《のぞ》き込んだ。

「今日のことは、謝《あやま》るのは私の方だ。お前を……守ってやることが、出来なかった。それに、先ほどは嫌な思いをさせてしまった。ただ、おまえを失っていたかもしれないと思うと……、目の前が真っ暗になって、抑《おさ》えきれなかったのだ」

「ユヌス様」

朝海は、夜のような安らぎを湛《たた》えたユヌスの瞳に、自分の体が吸い込まれ、溶けていくような感覚に、しばし襲《おそ》われた。ユヌスの瞳には、限りない宇宙の広がりのような、不思議な輝きが宿っている。

朝海は自らを取り戻すように、そっと首を振った。水の流れのような黒髪が、かすかに揺れる。

「いいえ、ユヌス様。自分の身を守れなかったのは私自身の不注意です。ユヌス様のせいではありません」

「アサミ」

ユヌスが噛《か》み締めるような声で朝海の名を呼んだので、朝海は釣り込まれるようにユヌスの顔を見上げた。

「私は、お前を守りたいのだ。今日のようなことが、二度とあってはたまらない。私は……」

ユヌスの長い睫毛《まつげ》が、ためらうように震えた。瞬く星のようなその姿に、朝海はしばし目を奪われた。

が、ユヌスは何かを振り払うように軽く首を振り、瞳に強い意志の力を甦《よみがえ》らせて、朝海の顔をじっと見つめた。

「いや、その前に、私はまだ、お前に謝らなければならないことがある。前から、お前と話がしたかった。少し話してもいいか？」

短時間の内に様々な感情を揺れる波のように見せるユヌスに、朝海は戸惑《とまど》いながら頷《うなず》いた。しかし、その一方で、ずっと語り合いたいと思っていたユヌスと話せる機会を思いがけなく得られた喜びが、胸の底に湖のようにゆっくりと広がっていった。

ユヌスは静かに視線を滑《すべ》らせると、朝海と向き合う形で絨毯《じゅうたん》の上に座り直した。

「この間は済まなかった」

ユヌスは、淡いランプの灯りに浮かび上がる絨毯の幾何学模様を見つめるようにしながら、そう口を切った。

「街の者達のために、毎日苦労して水汲《く》みに行ってくれたそうだな。つい軽い考えで、川まで水を汲みに行ったらどうだなどと言ってしまった私が愚《おろ》かだったのだ」

そう言うとユヌスは顔を上げ、真率《しんそつ》な眼差《まなざ》しで朝海を見つめた。

朝海は胸が一杯になり、懸命に首を振った。

「そんな。ユヌス様こそ、使者を迎えて大変な時に、私達のために面倒なことをして下さって……。お陰であの人達も共同水道を使えるようになって、本当に助かりました」

ユヌスはかすかに目を細めた。

「アサミ。おまえはなぜ、そう他人のことばかりに心を痛めるのだ？　たった一人で、時も空間も遙かに隔《へだ》てられた国にやって来て、帰ることも出来ないというのに。いやそればかりではない、おまえは……」

ユヌスは睫毛を伏せてしばし逡巡《しゅんじゅん》していたが、やがて顔を上げ、朝海の心を覗き込むように朝海の双眸《そうぼう》に視線を据《す》えた。

「何かとてつもなく大きな苦しみを抱えているように私には思える。今日のことも、単に人攫《ひとさら》いに襲われたというようなものではないようだ。おまえは記憶をなくしたと言っていたが、何か辛いことがあったということは覚えているのではないか？　それとも、記憶が戻ったのか？」

ユヌスの表情は穏やかだったが、語尾は朝海が記憶を取り戻すのを恐れるように、かすかに震えていた。

「ユヌス様」

朝海は、胸に逆巻き喉《のど》にせり上がってくるとりとめのない感情の渦《うず》を、じっと目でこらえた。魂に刻印された得体の知れない深い孤独、夢の中の声、癩者、泉に映し出される不思議な光景、優しい波音――帰りたい。いや、帰りたくない。ユヌスの中に見た自分と同じ感性、ひょっとしたらユヌスが、朝海がここに来た理由を見つけ、苦痛なしにそれを解決してくれるかもしれないという期待。それは今にもあふれ出しそうに押し寄せてくるくせに、唇の上では一向に言葉を紡《つむ》がないのだった。

朝海の沈黙を、記憶が戻ったためと思ったのか、ユヌスが低く尋ねた。

「やはり……国に帰りたいか？」

ユヌスの声に、朝海は俄《にわ》かに現実に引き戻された。夢から覚めたようにユヌスを見つめ返すと、夜の中でユヌスの瞳は闇に濡《ぬ》れたように光っていた。

朝海はかすかに首を横に振った。それは、ユヌスの問いに対する否定の答えでもあり、理性を食い尽くしそうになる感情の波を払いのけるためでもあった。

「いいえ。私の記憶は、まだほとんど戻っていないのです。ただ、何だか、自分がずっと一人ぼっちだったような気がするのです。周囲の誰にも、心の通い合う相手がいなかったような気がして」

言って朝海は、再び言葉に詰まった。闇の中に、夢の中の映像が一瞬鮮やかに蘇《よみがえ》る。初夏の青い美しい空、滴《したた》る街路樹の緑、私の声は、届かない。

ユヌスは痛々しそうに眉を寄せた。

「そうか。では、記憶を取り戻さぬ方が、おまえにとっては幸せなのかもしれないな」

朝海は唇の端に、小さく曖昧《あいまい》な笑みを刻んだ。

「ええ、そうかもしれません。今こうして街の人達と働いていると、毎日がとても充実したものに感じられるんです。多分、元の世界にいるよりもずっと。大変なこともありますが、皆が喜んでくれるときは嬉しいし、何よりも生きる張り合いがあるんです」

朝海は顔をこころもち上げ、ユヌスに微笑みかけた。すると、泉にこぼれ落ちた一滴の夜露《よつゆ》が静かに波紋を作るように、ユヌスの顔に柔らかい喜びの表情が広がった。

朝海はそれをいつまでも見つめていたい衝動にかられたが、胸のうちに入り混じる別の不安に耐えられず、ユヌスから目を逸《そ》らした。

「でも……。今でも時々声が聞こえるんです。私がここに来た理由も、帰る方法も、全ての答えは私自身の中にあるって。今日私を連れ出したあの人も、そう言っていたんです。あの人が何者なのかは、私にも分からないんです。ただ、その声が聞こえると、何かは分からないけれど、恐くてたまらなくて。でも、その答えが私自身の中にあるのなら、目を逸らしてはいけないとも思うんです。けれど……」

ランプの灯りが、身をよじるように揺らめいた。その灯りが届かない部屋の隅に溜まった闇は濃く深く、それを見つめていると、朝海は自分の心の深淵《しんえん》を覗き込むような恐怖に襲われ、身を震わせた。朝海は思わず両手で顔を覆った。

「もういい、何も思い出すな」

ユヌスが悲鳴のような声で叫び、立ち上がって朝海の肩を摑《つか》んだ。ユヌスが朝海に触れて来たのは、初めて会った時に朝海を馬に乗せてくれた時以来だった。いつにないその荒々しさに驚いて、朝海は呆然《ぼうぜん》とユヌスを見上げた。そんな朝海の表情に、ユヌスは我に返ったように朝海から手を離し、やりきれなさそうに床に視線を落とした。

「すまなかった。しかしおまえが苦しんでいるのを見るのはたまらない。何か私に出来ることはないか？」

ユヌスはそう言うと、包むように朝海を見下ろした。その眼差《まなざ》しは語りかけるようでもあり、また朝海の心に耳を澄ますようでもあったが、いずれにしても静かに朝海の心に寄り添いながら、朝海の心を安らぎの国へといざなった。

「以前おまえは、私に会うためにここにやって来たのかもしれないと言ってくれたな」

ユヌスが再び、静かに口を開いた。その声は、夢の中で聞いた波音のように懐かしい響きを持って、朝海の心に打ち寄せた。

朝海は、ホスローの部屋でユヌスと語り合ったあの夜を鮮やかに心に蘇らせながら、ゆっくりと頷いた。朝海がユヌスの中に見た、自分と同じ感性。元の世界では探し続けながらも決して見つけられなかったものにようやく巡り合えたような、そんな感覚。

「ならば私にも、何か出来ることがあるはずではないか？」

ユヌスは、朝海の心にそっと踏み込むように、そう尋ねた。朝海が釣り込まれるようにユヌスを見上げると、ユヌスの深く澄んだ黒い瞳には、冬の凍《い》てついた闇を溶かす暖炉の炎のような、温かく熱い光が点《とも》っていた。

朝海は自分の心がその光に包まれ、溶かされていくような恍惚《こうこつ》とした気分になり、ほとんど無意識のうちに唇を動かしていた。

「私の側にいて下さい、ユヌス様。私、あなたと話していると、前の世界にいた時に感じていた辛さや悲しさが、癒《いや》されるような気がするんです。だから、あなたといれば、私が元の世界で感じていた悲しみの正体が、分かるかもしれません。そして私がここに来た理由も。だから、どうか私の側《そば》にいて下さい」

自分の声が、他人の口から語り出されるように耳に入るのを朝海は感じた。その言葉が耳に届いて初めてその意味が分かり、朝海は自分がユヌスに向かって側にいて欲しいと繰り返し訴《うった》えていることに気付いて、急に頬が熱くなった。朝海はユヌスが驚き戸惑《とまど》っているのではないかと思い、なかなかユヌスの顔を見る勇気が出せなかった。

しかし、ユヌスが戸惑いの問いを発するだろうという朝海の予想に反して、ユヌスはじっと沈黙を守っていた。心配になって朝海がそっとユヌスの表情をうかがうと、ユヌスはぎゅっと眉を寄せ、唇を噛んで、部屋の隅に澱《よど》んだ闇を見つめていた。

灯りの芯がじりじりと焦《こ》げる音が、かすかに静寂《せいじゃく》を揺らした。

朝海はユヌスの意外な反応に狼狽《ろうばい》し、何とかその場を取り繕《つくろ》おうと唇を開きかけた。

その時、やっとユヌスが顔を上げ、真っ直ぐに朝海の顔に視線を合わせた。

「ここに来た理由が分かれば、おまえは行ってしまうのか？」

朝海は、釘《くぎ》付けにされたように動けなくなった。ユヌスの顔にはもともと悲しみの翳《かげ》があったが、それが闇と争うように濃く深くなり、黒い瞳には切られるように切なげな光がきらめいていた。

朝海は一瞬言葉に詰まった。帰る方法がもし見つかったとしたら、私は帰るだろうか。自分がもともといた世界への懐かしさが、心に残っていないことはなかった。しかしその世界が、朝海にあの底知れない孤独を植え付けたのだ。今この世界で、私は充実した生活を送っているではないか。帰る必要があるのだろうか。しかし夢の中の声が告げたように、私は自分で答えを見つけなければならないのだとしたら……。

「どうしても、ここに来た答えを見つけなければならないか？」

ユヌスが再び問うた。

「理由が分からなくても、おまえはここにやって来て、そして今ここで生きている。それだけで十分だ。少なくとも今の私には……」

朝海は小さく息を呑んだ。ユヌスの眼差しは、嘆《なげ》くように、縋《すが》るように、慟哭《どうこく》するように、熱く朝海に向けられていた。

ユヌスの右手が、恐れるようにそっと、朝海の頬に伸ばされた。触れた指先から、波のうねりのようなひたむきな熱さが朝海の体に流れ込み、朝海の心をわしづかみにした。その熱さに呼応するように、どうしようもなく高まる胸の鼓動に、朝海は酔わされたように目を潤《うる》ませて、ユヌスを見つめ返した。

「……これから先も、ずっと私のそばにいてくれるか?」

ユヌスがかすれた声で囁《ささや》いた。

朝海は、滑《なめ》らかな仕草で首を縦に振った。

優しく誠実で美しいユヌス。辛い過去と苦悩を背負いながら、味わった辛さの分だけ人への優しさを身につけた典型のようなユヌス。遙かな時と空間を超えて巡り合った、もし元の世界に生きていたならば出会うことさえなかった、イスラムの青年。そう、この世界に来た理由を見つけるなど、口実に過ぎなかった。朝海は自分でも気付かないうちに強く深く、ユヌスに惹《ひ》かれていたのだから。

「私でよければ、そばにいます。これからもずっと。いえ、いさせて下さい」

朝海は訴えかけるようにユヌスを見上げた。新しい幸福の予感に、瞬《また》く星のように胸をうち震わせながら……。

「ありがとう」

ユヌスは軽く目頭を押さえ、声を詰まらせると、壊れ物に触れるように朝海の両肩に触れ、それからしっかりと朝海を胸の中に抱きしめた。

「……おまえを、愛している……」

魂を搾《しぼ》るように囁《ささや》くと、ユヌスは腕に力を込めた。初めて出会った時、他の誰よりも華奢《きゃしゃ》に見えたユヌスだったが、服を通して伝わる筋肉の感じは思ったよりずっと逞《たくま》しく、その腕は朝海の全てを奪うように力強かった。

「ユヌス様……私もです」

朝海は、うわ言のように夢中で呟《つぶや》いた。

「私はどこにも行きません。私はここにいます……あなたが私を必要としてくれる限り」

「私にはおまえが必要だ。これからもずっと」

その時突然、朝海の頭の底に割れるような痛みが走った。その割れ目から、誰かの面影が現れる。恐ろしいほどの甘さと残酷さを伴ったこの面影は、確かに朝海の知っているものだった。しかし思い出せない。

朝海はぎゅっと眉をよせ、ユヌスにしがみついた。もう何も思い出したくない。やっと手に入れた目の前の幸福が、何かを思い出したとたんに、砂の城のように崩れ去ってしまうような気がしたのだった。

「どうした？　アサミ、どうしたのだ？」

ユヌスが異変に気付き、心配げに朝海を覗き込んだ。朝海は必死で、ユヌスのぬくもりを確かめるようにその胸に顔を埋《うず》めた。

「何かを、誰かをまた、思い出しそうになったんです。でももう、何も思い出したくない。あなたがいてくれれば、私は……」

「私はここにいる」

ユヌスは再び朝海を抱きしめ、なだめるように朝海の背を撫《な》でた。ユヌスの手は大きく、温かかった。

「私はここにいる。だから安心するがいい。おまえは何も思い出さなくていい」

ユヌスの低く穏やかな声に、朝海は次第に落ち着きを取り戻し、ほっと溜め息をついた。

「明日、一日空けられるか？」

朝海が落ち着くのを待って、ユヌスがそっと尋ねた。

朝海はユヌスの腕の中で、小さく頷いた。

次の日はイスラムの安息日の金曜日だった。安息日にはよほどの事がない限り働くのはよくないとされているので、朝海も特に差し迫った仕事がなければ街へは出かけないことにしていた。

「雪が来る前に、グルバハールをおまえに見せてやりたい」

ユヌスはそう言った。朝海がこの地を、愛する故郷として感じることが出来るようになるようにと……。

「明日、夜明けの祈りの前に、迎えに来る」

ユヌスはそう言うと、名残惜《なごり》しそうに朝海から体を離した。互いの体が離れると、研《と》ぎ澄まされた刃のように冷ややかな夜の風が、肌に忍び込む。

その時、突然ユヌスが、はっとしたように再び朝海の肩を摑んだ。朝海は驚いてユヌスを見上げた。

「ユヌ……」

「静かに！」

低く押し殺した鋭い声に、朝海は身を硬くした。ユヌスは全身を感覚にして、何かをじっと窺《うかが》っている。

「……部屋の外に、誰かいる」

ユヌスが、朝海の耳元に押し殺した声で囁いた。

「誰が？　いったい」

「分からない」

語尾に余韻《よいん》を残さず言いきると、ユヌスは朝海を腕の中に庇《かば》いながら、そっと入り口側の壁に身を寄せた。朝海は息を殺してユヌスの胸にぴったりと身を寄せた。すると確かに、入り口のすぐ側に、誰かの気配が感じられた。

見上げると、ユヌスは表情を硬くしながら、しなやかな身のこなしでじりじりと入り口の方に近づいていく。壁側に押しやられた闇の中で、その姿は野生の獣のようだった。

が、入り口まであと一歩という所で、突然入り口の外の気配は乱れ、慌ただしい足音と共に消え去った。ユヌスは入り口に飛びついて廊下を見渡したが、既にその姿は夜陰《やいん》に紛《まぎ》れ、煙のように消え去っていた。

「……逃げられたか」

ユヌスは苦々しさを噛み締めるように呟いた。朝海は得体の知れない人物に様子を窺われていたと言う不気味さにおののき、ユヌスを縋るように見上げた。

「ユヌス様」

「心配することはない」

朝海を安心させるように、穏やかな口調でユヌスは言った。

「気付かれたと悟ったなら、今夜はもうやって来ることはないだろう。それにおそらく、おまえをまだ他国の間者《かんじゃ》と思っている家中の者だろう。しかし……」

ユヌスはやや表情を引き締め、

「断定はできない。おまえに何かあってはいけない。明日になったら館の中を調べさせるが、今夜は、ここにいさせてくれ」

朝海は気圧《けお》されたように頷いた。何も考えずに男性を部屋に泊めるような年齢でもなかったが、ユヌスのあまりに真剣な眼差しは、余計なことなど考える隙を与えなかった。それに、朝海自身、誰が何のために自分の様子を窺っているのかわからないまま、一人で夜を過ごすのは不安だった。

「風が出てきた。中に入ろう」

ユヌスの声に、朝海は小さく頷いた。

ユヌスは部屋の入り口のすぐ側に横になると、朝海を見上げた。

「大丈夫だ。何かあっても私がいる。安心して休め」

朝海は頷いて、灯りを消して寝台に横になった。

静謐《せいひつ》と闇とが、手を携《たずさ》えて部屋を支配した。

やがて中天にさしかかった白い月が、生まれたばかりのような柔らかな光を、部屋に注ぎ始めた。二人は一つになった心をその月光と共に抱きしめるように、別々の眠りへと落ちていった。

第六章　天地を織る風

1　万物をつなぐもの

包むように押し寄せる夜と夢が、限りない安らぎとなって夜もすがら朝海《あさみ》を揺らし続けていた。夢のように遠い魂の奥底に、陽炎《かげろう》のようにゆらゆらと像を結ぶ、幼い日の揺り籠《かご》のように、母の膝《ひざ》のように。そしてまた、その安らぎとは別の、光のような恍惚《こうこつ》感も、朝海を静かに浸《ひた》していた。

眠りの海を流れるように漂う朝海の白い頬は、藍色の闇の中に真珠のように浮かんでいた。

その頬に、そっと温かい指先が触れた。

触れた指先から、熱い感覚が全身に広がるのを感じながら、朝海は静かに目を開いた。

眠りから覚めても、長い旅の果てにやっと巡り合った幸福が、夢と共に手からすり抜けてしまうことはないと知っていたから。

目を開くと、胸の内に思い描いていたのと寸分違わぬユヌスの深い眼差しがあった。朝海はふわりと微笑《ほほえ》んだ。

ユヌスも、水のように静かな微笑を浮かべた。

「よく眠れたか？」

深い響きのある声で、ユヌスが尋ねた。

朝海は頷《うなず》いた。

「ええ」

「もうしばらくしたら、皆が起き始める。そろそろ出かけよう」

まだ深い藍色の闇の中、二人は部屋を出て、館の外へ向かった。途中ユヌスはジャミールの寝起きしている部屋へ寄って彼に事情を話し、今日一日館を留守にすると告げた。

ジャミールは何事かと驚いたが、ユヌスから事情を聞くと、力強く頷いた。

「この方のお人柄は、私も保証致します。美しいだけでなく深い教養も備え、しかも優しいお心をお持ちです。やはりユヌス様の目に狂いはない。この方がこれからもこの国にいて下さるなら、私も頼もしく思います」

ユヌスが後を頼むと言うと、ジャミールは任せてくれと言うように豪放に笑った。

ユヌスは自分の馬を連れて来ると、朝海を自分の体の前に乗せ、そっと館を後にした。

まだ闇は深く澱《よど》み、見上げる空には小さな星がまたたいていた。

寝静まった街を起こさぬように静かに、二人は馬を歩かせて、城門をくぐった。門には寝ずの門番が立っていたが、ユヌスを認めると何も言わずに門を開いた。

門から出、しばらく馬を走らせると、パンシェール川のせせらぎが、闇を縫《ぬ》って聞こえてきた。夜が次第に明け始める。と同時に、闇は一枚の大きな布のようにゆらゆら揺れながら、次第に薄く透明になってゆき、代わって磨き上げた鏡のように凛《りん》と張り詰めた朝が、すぐ足元へやって来ていた。気が付くと今まで黒と白の無彩色の世界に沈んでいた世界が、一斉に色彩の中に立ち上がり、山の端から昇る大きな朝日を迎えようとしていた。パンシェール川の細波は朝日にきらめき、地の果てへ続く草原は輝く朝風にざわめきを繰り返す。

限りなく広大な大地に降り立った朝の荘厳《そうごん》さに、朝海は圧倒された。天と地が一体となって朝海に覆《おお》い被《かぶ》さり、その中で朝海は自分が小さな小さな点となり、天地に吸われて溶けていくような錯覚に陥《おちい》った。

気が付くと、ユヌスは馬を止め、馬から落ちそうに身を乗り出して食い入るように朝を見つめている朝海の体を、静かに支えていた。

朝海は慌てて身を起こし、ユヌスを振り返った。

「ごめんなさい。私、つい……」

「ここに来るといつも、この世界を織り上げている風が、私を吹きすぎていくように感じるのだ」

不意にユヌスが、謎のような言葉を発した。

「え?」

聞き返した朝海に、ユヌスは草原を渡る風に髪を洗わせながら、静かに微笑《ほほえ》んだ。

「天地に生きる万物一切のものが、どこかでつながり織り合わされて、この世界を形成している……ひょっとして、これが真理というものかもしれないと、そう思えてくるのだ」

半ば自分に言い聞かせるように言うと、ユヌスは深い色の瞳を細め、どこか遠い目をした。その目は朝海を見ていながら見ておらず、朝海を突き抜けて別の世界を探しているように思えた。そんなユヌスが、すぐそばにいながら、まるで薄い布を隔てた次元の違う世界の住人のように思えて、朝海は急に不安になった。かすかに色褪《いろあ》せ始めた草の波を渡る風が、その布を一息のもとに運び去れば、ユヌスも瞬《また》く間に消え去ってしまうのではないか、そんな不安にかられた朝海は、我知らずユヌスの袖《そで》を握り締めていた。

それに気付いたユヌスは、天高く流れる白い雲のような、柔らかな微笑を朝海に投げかけた。

「すまない。わけのわからないことを言ったな」

言ってユヌスは、風に嬲《なぶ》られる朝海の長い黒髪に、愛《いと》しそうに指を絡《から》ませた。

「だがおまえなら、分かってくれるかもしれない。聞いてくれるか？　私の話を」

朝海が頷くと、ユヌスは嬉しそうに頷き返し、唇を開いた。

「この世のものは、何一つとしてそれだけでは存在できないということだ。例えば」

ユヌスはそこで一度言葉を切り、眠たげに首を振っている馬の首を優しく撫《な》でた。

「この馬にしてもそうだ。この馬がここで私達のために働いてくれているのも、この馬を生んだ母馬があり、この馬が糧《かて》とした草があり、水があるからだ。さらにはその水を与えた川があり、草を育んだ太陽があり……。だからこの馬はここに生きているのだ。しかしそれは、この馬を見ただけでは分からない」

朝海は曖昧《あいまい》に頷いた。ユヌスの言葉の意味は理解できるし、言われてみれば確かにそのとおりだった。しかしそれが、「万物一切のものを織り上げる風が見える」こととどう関係するのか、朝海にはよく分からなかった。

「生きている物が存在するためには、それを生んだ親があり、それを生かす大地がある。それ自身単独で存在できる物など、この世にないのだよ」

朝海は黙ってじっとユヌスの言葉を聞いていた。ユヌスの言いたいことはまだよく分からなかったが、朝海はユヌスの言葉を理解しようと、懸命だった。

「だから、この世のあらゆるものは、実はどこかでつながっている。たとえそれが憎みあい、戦いあう敵同士であったとしてもな。そのつながりが、ありとあらゆるものを結び合わせ、この世を存在させている。馬も木も草も人も。そのつながりによって生かされている。それが、天地を織るものなのだ。だから……」

ユヌスは一度天を仰いだ。高く澄んだ空に、白く刷《は》かれた雲が流れている。

「人と人とが滅ぼし合うなど愚かなことなのだ。自分と対立しているものを敵とみなして滅ぼせば、いつかは必ず自分をも滅ぼすことになる。どんなものでも、目に見えぬところでつながっているということに気付かずに」

その言葉を聞いた瞬間、朝海の中で断片となって渦を巻いていたユヌスの言葉の切れ端が一挙に整然と並び、あ

2001.5

る一つのイメージを作り上げた。木も草も馬もユヌスも、互いにどこかで生かし生かされあっている。一見対立しているものの、目に見えないつながり。生き物を育み育てている自然のもつ、目に見えないつながり。それらが経《たて》糸緯糸《いとよこいと》となりこの世を織り上げている。この世のあらゆるものを結び合わせ、もっと深いところから全てものを生かす、「何か」――天地を織るもの。

あらゆるものはその天地を織るものの中から生まれ、またそこに還《かえ》って行くのではないか。ひょっとしてそれは、朝海がさっき雄大な朝の中で感じた、自分が天地と溶けてひとつになっていくような感覚と、同じものなのだろうか。

朝海が自分の考えをユヌスに告げると、ユヌスは大きく頷いた。

「そのとおりだ。万物を結び合わせ生かしているもの……それから全ては生まれ、そこに還って行く。そういった意味ではあらゆる物は同じなのだ。馬も花も鳥も私もおまえも。やはりおまえは、分かってくれたな」

そう言うとユヌスは、そっと朝海の頬に触れた。温かい。

「私達ムスリム（イスラム教徒）は、その天地を織るものに神という名をつけているだけだ。私達を生かしている大いなるその力を感じることが出来るのは、ムスリムだけではない。ここにも、一人いる」

ユヌスは大きな温かい手で、朝海の頬を押し包んだ。

「おまえならきっと分かってくれると思っていた。神を信じることで人は謙虚《けんきょ》になれるとおまえは言ったな」

朝海は頷いた。ユヌスと初めて語り合った夜、朝海は確かにそう言った。

「ええ、そのとおりです。でも、私の言う『神』というのは、イスラム教の神様のように人格を持った神様ではなくて、ユヌス様の言われる『天地を織るもの』そのもののような気がします。全ての人が生かされていることを知れば、自然に謙虚さが生まれ、人にも優しくなれる。そんな気がしたんです」

宗教を持つというのは別に特別なことではない。怪しげな新興宗教のように信仰すれば病気が治るなどと現世的な利益を求めるなど論外である。結局は自分が生かされていることを知ること。それに尽きるのだ。

話しながら朝海は、自分の中で漠然と抱いていた思いが、はっきりと言葉になって表れてくるのに驚いた。おそらくそれは、ユヌスの言葉に、朝海の中に眠っていた思いが呼び起こされ、生命を吹き込まれたからに違いなかった。

ユヌスは眼差《まなざ》しを熱くして朝海を見つめた。

「だからおまえは、人のために懸命に尽くすことができるのだな」

朝海はしばし身じろぎを止めた。そうかもしれなかった。自分が何者かに生かされているとはっきり意識したのは初めてだったが、人間が自分一人で生きているという考えには反発を覚える朝海だった。朝海の優しさは、ひょっとしたら心のどこかで『天地を織るもの』を知っていることから始まったのかも知れなかった。

人が人に優しく出来るのは、自分が満ち足りているからではない。不満はあっても今自分がここに生かされていることを知り、周囲の人々ともどこかでつながっていることを知れば、自然に生まれるものなのである。

ユヌスは朝海を深く胸の中に抱き、耳元に熱く囁《ささや》いた。

「お前との出会いも、思えばあの風が、私のもとに運んでくれたのだな」

ユヌスの熱い息が耳に触れ、朝海の胸の奥底が、ざわめくように熱く揺れた。

「不思議なものだ。遙かな時と空間を超えて、お前は私のもとにやって来た。お前がどんなところで生まれたのかも、どんなふうに育ったのかも、私には分からない。しかしお前を育んだもの、お前を導いたものは、お前を私のもとに連れて来た。私は……それに感謝しなければならないな」

「ユヌス様」

朝海の全身を、ユヌスの熱い囁きが海のように満たす。それに呼応して高まる波のような感情のうねりにまかせ、朝海は恍惚《こうこつ》としてユヌスを見上げた。

「私もです。記憶がなくても私には分かります。こんな素晴らしい出会いは、初めてのことです。あなたに会わせてくれたものに、やはり神様と呼ぶべきなのでしょうか……」

朝海はちょっと首を傾げたが、すぐに言葉を続けた。

「そう、ユヌス様の言われる不思議な風に……私は……」

ユヌスがそっと朝海の頬を大きな両手で挟《はさ》み、朝海の顔を自分の方に向けさせたので、朝海は驚いてユヌスを見つめ返した。

ユヌスは溶けるように甘く輝いていた眼差しに、今度はうって変わって、煌《きらめ》く朝露のように汚れなく真摯《しんし》な光を集め、魂をぶつけるように朝海の顔を覗《のぞ》き込んだ。

「アサミ……。私の妻になってくれ」

朝海の胸の底が、火が灯《とも》ったように熱くなり、美酒に酔い痴《し》れるような幸福が染みるように全身に広がった。

ユヌスの瞳は、魂から滲《にじ》み出す悲愴《ひそう》なまでの決意と切望を映し、触れることさえためらわれるほど美しく澄んだ輝きを放っていた。

「私は戦のない国を作りたい。しかしこのグルバハールはあまりに小さく、私はあまりに無力だ。私が現実の刃《やいば》に打ちひしがれぬよう、どうか力を貸してくれ」

朝海は、自分の全存在を注ぎ込むようにユヌスの顔を見つめ返し、しっかりと頷いた。

「ユヌス様、私はあなたと共にいます。いえ、いさせて下さい」

頬に当てられたユヌスの両手が朝海の背に回され、朝海を懐深く抱き込んだ。耳元に熱くかすれた囁《ささや》きが触れる。

「ユヌス様などという呼び方はよせ。ユヌスでよい」

朝海はユヌスの胸に顔をうずめ、ただ至福の思いに身を任せながら目を閉じた。

「ええ、ユヌス」

広大な天地を渡る風が、大地の息吹《いぶき》にも似た音を立てて大きく舞い上がった。天地に生きとし生けるものを、その大いなる腕の中につなぎあわせるように。


その夜、朝海はファティマの見舞いに訪れた。

ファティマが昨日のような行動をとったのは、ユヌスが朝海に惹《ひ》かれていることをファティマなりに感じ、朝海を疎《うと》ましく思ったのだろうということは予想がついたが、昨日の激しい発作を思い出すと、状態が案じられてならなかった。それに、自分がもし逆の立場だったら、自分もファティマと同じことをしなかったとは言いきれない。朝海がユヌスを愛すれば愛するだけ、ファティマの気持ちも痛いほど分かるのだった。

しかし、ファティマの部屋から出てきた侍女は、目を伏せて首を振った。

「ファティマ様は、ご気分がすぐれないと言っておいでです」

朝海は目を見開いた。また、何か体調に変化があったのだろうか。

「また、どこかお具合が悪いのですか？　だったらなおさら私が」

まさか、この間のは過換気症候群《かかんきしょうこうぐん》などではなく、呼吸系か心臓系の病気だったのではないだろうか。不安が暗雲のように朝海の心を覆い始めた。

すると侍女は、困ったように俯《うつむ》いた。

「いえ、そういうわけではないのです、あの……」

侍女の様子から、朝海はファティマが自分に会いたくないと言っているのだと、ようやく悟った。ファティマの気持ちを考えれば無理もなかった。朝海のせいでファティマは、誰よりも慕《した》っているユヌスにひどく責められたのだ。その上ユヌスは朝海を想っている。ファティマにとって朝海は、苦しみの根源でしかなかったのだ。

「そう……ですか」

朝海は溜め息をついた。仕方ないことと分かっていても、自分が誰かを苦しめていることは辛かった。

「では、お大事になさって下さいね」

朝海は精一杯の想いでそう告げると、ファティマの部屋を後にした。水のように冷ややかな秋の夜風が、朝海の胸を吹きすぎて行った。


美しく色づいた木々の葉が北風にさらわれ、凍《い》てついた夜が次第に長くなると、冬の足音はもうすぐそばで聞こえる。

冬が本格的にやって来るまでの一月ほどの間、ユヌスは何度か朝海を連れて、グルバハールのあちこちを見せて歩いた。

西にそびえる、天を突くような山々、大きくうねりながら、地の果てへ続く高原。この国の自然は、人間の小ささを思い知らせるように、何もかもが限りなく雄大だった。

「グルバハールとは、春の花という意味だ」

ユヌスがある時そう言った。

「春になれば、この国は花々が咲き乱れ、一番美しい季節を迎える。春になって、最初の花が咲いたら、一番におまえに見せよう。一年中で一番美しいグルバハールをおまえに見せてやろう」

ユヌスの黒い瞳の中に、泡立つような春の光が煌いて見えた。香《かぐわ》しい色とりどりの花々を包む、柔らかな光と輝く風。それに包まれて馬を駆《か》るユヌスの傍《かたわ》らには自分がいる。

そんな光景が脳裏に鮮やかにきらめいた。いつか来る日の夢を抱いて、朝海は輝くように微笑んだ。

その一方で、朝海は相変わらず毎日街へ出かけ、貧しい人々の暮らしを手伝っていた。

サイード家の主治医から、この国で使われている薬や治療の知識を得ていたおかげで、行える治療の幅も広がり、街の人々も朝海を主治医の助手ではなく一人前の医師とみなすようになっていた。そして毎週月曜には、主治医と朝海が協力して本格的な診療を行った。

そんなある日、月曜の診療の帰り道、主治医がふと朝海に尋ねた。

「アサミ殿。ダウド様は、あなた方のことをご存じなのですか？」

不意を突かれて朝海は狼狽《ろうばい》し、一緒に付いて来ていたジャミールを振り返った。ジャミールは目を丸くし、大げさな仕草で手を体の前で振った。ユヌスと朝海とのことは、近いうちにユヌスがダウドに話すことになっていたが、それまでは一応伏せることにしていたので、ジャミールは私が医師に洩《も》らしたのではないと言いたかったのだ。

二人の狼狽ぶりに、医師は苦笑した。

「いや、誰から聞いたわけでもありませぬ。私が気付いただけのこと。それで、ユヌス様はやはり、結婚を考えておられるのでありましょうな？」

朝海は複雑な思いで頷いた。医師の声の調子から、自分達のことに反対しているわけではないのは分かったが、なぜそんなことを尋ねるのかもわからなかったし、医師が気付いたということは他にも気付いた者がいるのではないかと思ったのだ。

医師はゆっくりと深く頷いた。

「やはり。ユヌス様はそういう方ですな。真面目な方だが、ある意味では不器用な方だ」

医師はしばらく、地面に映った自分の影を見つめるようにしながら、じっと顎鬚《あごひげ》に手を当てて考え込んでいたが、やがて顔を上げた。

「あなたはユヌス様にふさわしい立派な方だ。優しく美しいだけでなく、教養と気高さをお持ちです。しかし、いずれわかることだから申し上げますが、聖書《クラーン》は異教徒との結婚を禁じているのです。おそらくダウド様は、あなた方の結婚をお許しにはなりますまい」

朝海は黙って頷いた。実はそのことは、朝海はユヌスから聞いて知っていた。しかしユヌスは、あの誠実な眼差しで深く朝海を見つめながら、こう言ったのだった。

「確かに聖書《クラーン》は、異教徒との結婚を禁じている。しかしおまえは、ムスリム・異教徒などという区別を超えたもっと深いところでの神の存在を知っている。自分が生かされていることを知り、人のために尽くすことが出来る。そんなおまえが、どうしてムスリムに劣ることがあろう。それに私は、異教徒の中にも神の存在を感じることが出来る者がいることを、皆に知ってもらいたいのだ。皆は必ず私が説得する。だから、私を信じて待っていてくれ」

朝海はユヌスの深い眼差しをそっと胸の内に蘇らせて抱きしめながら、静かに医師を見つめ返した。

「ユヌス様は、皆を説得して下さると言って下さいました。だから私は、ユヌス様を信じます」

医師はよく光る目でじっと朝海の顔を見つめていたが、やがてゆっくりと言った。

「分かりました。あなた方がそのおつもりなら、私は何も言いますまい。皆を説得するには長い時間がかかるでしょうが、私はいつでもあなた方のお味方ですぞ」

「……ありがとう、ございます」

朝海は熱くなった目頭を押さえながら、深く頭を下げた。

2　それぞれの思いは流れて

「もうすぐ断食月《ラマダーン》に入る」

ある夜、冬の足音のように密やかに朝海の部屋を訪れたユヌスが、そう朝海に告げた。

「ラマダーン？」

聞き慣れない言葉に、朝海は小鳥のように小首を傾《かし》げた。

ユヌスは長い指で朝海の髪を優しく掻《か》き上げた。ユヌスの指の間からこぼれ落ちた髪が、さらさらと耳元で鳴る。

「断食月《だんじき》だ。日の出から日の入りまで、一切の飲食が禁じられる月だ。そしてそれが明ければ、イード（断食明けの祭）だ」

一月もの間、日中の飲食が一切禁じられると言う断食月《ラマダーン》……。朝海には、それがどんなものか想像がつかなかった。

「私はイードの際に、おまえとの結婚を皆に発表したいのだ」

朝海の胸の底に、泉のように喜びが湧《わ》きあがり、朝海の瞳に溢れた。ユヌスはそれをやわらかに受け止めるようにしながら、言葉を続けた。

「明日、叔父におまえとのことを話すつもりでいる。夜になったらまたここに来る。だからそのつもりで待っていてくれ」

歓《よろこ》びにあふれていた朝海の胸に、波紋のように不安が広がり始めた。ダウドを説得するのは、簡単にはいかないだろうということは覚悟していたつもりだった。ユヌスを信じて心静かに待つつもりだった。しかし、いざユヌスの口からダウドに話をすると聞かされると、やはり心騒がずにはいられない。

「心配しなくていい、アサミ」

ユヌスは柔らかく包むような声でそう言った。

「私に任せてくれ。時間はかかるかもしれないが、必ず叔父を説得してみせる」

「ユヌス」

朝海の胸の内の不安はなかなか晴れなかったが、いつまでも暗い表情をしているのもユヌスに悪いと思い、朝海はユヌスの手を取って精一杯の微笑を作った。

「分かったわ。私はあなたを信じて待っています、ユヌス。そして私の力が必要な時があったら、いつでも言って下さい」

ユヌスがもう一方の手で朝海を引き寄せて抱きしめた。

「ありがとう。何があろうとも、私は永遠に、おまえのものだ」

「ユヌス」

晩秋の夜の冷たい空気の中で、二人はお互いの体を炎のように熱く感じていた。

しかし、ユヌスはしばらくすると、そっと朝海を引き離した。互いの心を確かめ合ってから一月が経とうとしていたが、ユヌスは決して朝海と夜を共にしようとはしなかった。

ユヌスは、結婚までは一線を越えないというイスラムの戒律を真面目に守りつづけていたのだ。

男女の関係の自由な二十世紀の日本に育った朝海には、それが何となく不自然に感じられなくはなかったが、ユヌスの考え方には従うつもりだった。それに、ユヌスが自分を愛してくれているという幸福だけで、朝海の心は溢《あふ》れるばかりに満たされていたのだ。

その時、部屋の外で、かすかにではあったがはっきりと、人の息を呑《の》む音が聞こえた。朝海とユヌスは同時に顔を見合わせた。一瞬後ユヌスはためらいもなく床を蹴《け》り、部屋の外に飛び出していた。以前、朝海の部屋を窺《うかが》っていた者を逃がしてしまった苦い経験から、ユヌスは今度こそ相手を逃がすまいとしたのである。

闇の中で、一瞬争う音がし、すぐに止んだ。

朝海が心配になってそっと廊下を覗《のぞ》くと、思いもかけない光景が目の中に飛び込んできた。

ユヌスに腕を捕らえられ、唇を震わせて俯《うつむ》いているのは……闇の中に浮かび上がったその顔は……、ユヌスの異父妹のファティマだったのだ。

ユヌスは呆然《ぼうぜん》と彼女を見下ろしている。

「ファティマ、おまえは」

乾いた呟き《つぶや》がユヌスの唇から洩《も》れ、ユヌスの指から力が抜けた。

と同時に、ファティマは部屋の入り口から覗いた朝海の姿を認めるや否や、目の光を険しくしてぐっと唇を嚙《か》み、顔を背《そむ》けるとユヌスの腕を振り切って一気に走り去ろうとした。

「待てファティマ」

しかし、ユヌスの腕に力がこもる方が、一瞬早かった。

ユヌスは、呆然としていた表情に冴《さ》えた光を蘇らせ、ファティマを押さえながら朝海の方に視線を向けた。

「アサミ、悪いが部屋に入っていてくれ。私はファティマに話がある」

月光の刃のように鋭く冴えた眼光をまともに受け、朝海は慌てて部屋に飛び込んだ。しかし、心臓は胸を突き破らんばかりに高鳴り、呼吸の乱れを押さえるのに必死にならなければならなかった。自分とユヌスのことをファティマに知られてしまった。ユヌスを愛しているファティマが、このことを快く思うはずがない。

朝海ははっとした。では、以前朝海の部屋の様子を窺っていたのもファティマだったのだろうか。だとしたら、ダウドも既に二人の仲を知っているのだろうか。

千々《ちぢ》に乱れる心を押さえながら壁に身を預けると、夜の静寂《しじま》を縫って二人の会話が聞こえてきた。

ファティマは泣いているようであった。

ユヌスが穏やかな、しかし苦しさを滲《にじ》ませた声でファティマに何かを告げている。朝海はそっと耳を澄ませた。

「おまえの気持ちは分かっていた。しかし今まで私はおまえに何もしてやれなかった。それどころか、この間は感情に任せてひどいことを言ってしまった。本当に、すまなく思っている」

ファティマの涸《か》れた喉《のど》から搾《しぼ》り出される嗚咽《おえつ》が、ランプの小さな灯りと共に揺れている。

「おまえは私の大切な妹だ。それは永遠に変わらない。しかし」

ユヌスの声がしばし途切れ、何かを決心するかのような声がそれに続いた。

「……私はアサミを愛している」

水のような沈黙が、冷ややかに流れた。

「どうして」

胸を裂かれるように悲痛な声が、嗚咽《おえつ》と共に沈黙を貫《つらぬ》いた。

「あの人は確かに綺麗だわ。でもあの人はこの国の人ではないのよ。いつかは行ってしまうのでしょう？　それに異教徒との結婚なんて、お父様がお許しになるはずはないわ！」

最後の方は悲鳴に近かった。

それに反してユヌスの声は、努めて穏やかだった。

「アサミはこのまま、この国に留《とど》まると言ってくれた。アサミは異教徒だが、私達の神《アッラー》を知る者以上の優しさと慎《つつ》ましさを持っている。叔父上もきっと、分かってくれると信じている」

「ユヌス！」

ユヌスの言葉に割り込むように、ファティマが叫んだ。

「私は十年以上もあなただけを見て生きてきたのよ！　あなたがどう思っていようとあなたは私の憧れの従兄《いとこ》だったわ。いいえ、あなたもずっと、私を可愛がってくれていると思っていたわ。母が同じだと知ってはいたけど、あなたはいつも、従兄としての立場を崩さなかった。だから私は……それなのに……」

「済まなかった、ファティマ……」

ユヌスの声も、血の滲《にじ》むようだった。

幼い日に父を亡くし、母が叔父に嫁いでからは、母と叔父の築く家庭に入れなかったユヌス。非業《ひごう》の死を遂げた父を忘れるにはあまりにも優しすぎたユヌスは、ファティマにもホスローにも、あえて従兄としての立場を保っていたのだ。それが生んだ悲しい結末に、今ユヌスは必死に耐えている。そしてファティマもまた……。二人の胸中を思って、朝海は胸を絞《しぼ》り上げられるほどの切なさを、目を固く閉じて静かにこらえた。

「妹だから……なの……？」

ファティマの声は、今にも壊れてしまいそうに儚《はかな》かった。

「私があなたの妹でなかったら、あなたは私を選んでくれたの？」

今にも闇に消え入りそうな声は、一縷《いちる》の望みに縋《すが》るようにひたむきだった。

冬の初めのすすり泣くような風が、遙か遠くでこだまする。

「おまえがもし、私のただの従妹《いとこ》であったなら……」

朝海は固唾《かたず》を呑んでユヌスの次の言葉を待った。もしファティマがユヌスのただの従妹であったなら、ユヌスはファティマを愛したのだろうか。「もしも」があり得ないことだと分かってはいても、朝海は胸の底がかすかに焦げるような思いから、逃れることはできなかった。

朝海には永遠にも思えた一瞬の沈黙ののち、ユヌスは言葉をつないだ。

「……おまえとの間は、もっと違ったものになったかもしれない。しかしもう、私の心は、アサミから離れることはできないのだ」

朝海の胸に、再び幸福が溶けていく。しかし、ファティマの絶望の淵に落ち込むような悲しい溜《た》め息が、再び朝海を切なくさせた。

「ああ……」

「部屋まで送ろう」

ユヌスの声は、噛みしめられた自責の念を中に閉じ込めながら、なお深い優しさに包まれていた。

二人の気配が次第に遠ざかっていく。朝海は入り混じる思いを闇に吐き出すように、深い溜《た》め息をついた。

自分の幸福、殊《こと》に恋の幸福は、常に誰かを苦しめる危険を孕《はら》んでいることは知っていたつもりだった。自分が誰をも傷つけずに生きているなどというぬぼれた気持ちは、常に戒《いまし》めてきたはずである。

遙かな旅の果てにようやく手に入れた幸福。それさえもが一人の娘の悲しみの上に成り立っている。人とは何と罪深い生き物なのだろうか。恋に関してだけではない。飢えているわけでもないのに奪い合い、時に殺し合いまでするのは人間だけである。しかし、互いを限りなく慈《いつく》しみ合い、相手のために尽くすことが出来るのも同じ人間なのである。

そう思うとき、朝海は闇の中に、ユヌスの言う『天地を織るもの』の姿を思い描くのだった。あらゆる人と人、生き物と生き物を、愛も憎しみも呑み込んだ大いなる絆《きずな》で結び合わせ、生かし合わせる——人知を超えた不可思議な力は、炎のようにとどまることなく形を変えながら、夜の中でうねりつづけているのだった。

朝海はそっと灯《あか》りを消した。ユヌスは今宵《こよい》は戻っては来ないだろう。朝海は一抹《いちまつ》の淋しさを抱いて眠りについた。優しい眼差しが灯りの消えた部屋でそっと朝海の頬に触れ、音もなく立ち去っていったことなど、朝海は知る由《よし》もなかった。


翌日、グルバハールに初めての風花が舞った。

朝海は、いつもより早く館を出て街に向かった。ここのところ急激に寒くなったために街に病人が増えたこともあったが、部屋に一人でいるとユヌスとダウドの話し合いの行方が気掛かりで、何事も手に付かなかったのだ。

館を出ようと朝海が正門に向かっていると、誰かがどこかで朝海の名を呼んだ。

「アサミ殿！」

「え？」

朝海は、人気のない木枯らしの庭をきょろきょろと見渡した。しかし、声はすれども一向に姿は見えない。代って、梢《こずえ》を渡る風が、かさこそと枯葉を嬲《なぶ》る音がした。

風の音だったのか、と朝海は思い、庭を横切って正門へ向かおうとした。正門では、ジャミールとマルジャナが朝海を待っているはずだった。

朝海が、ひときわ堂々と枝を広げた大きな木の下を通り過ぎようとした時、再びさっきの声が朝海を呼んだ。

「アサミ殿」

朝海は立ち止まった。今度こそ空耳ではない。しかもその声は、どこか聞き覚えのある声だった。これは……。

その時、枝がガサリと大きな音を立て、乾ききった枯葉が、幾枚か朝海の上に落ちてきた。目を見開く朝海の前に、派手な音を立てて大きな人影が降り立った。

軽く足を曲げて着地し、伸びやかな長身を余すことなく空のもとに晒《さら》しながら、悪戯《いたずら》っぽく瞳を輝かせているその人は、ユヌスの従兄のザヘルだった。

「ザヘル様」

朝海は呆気《あっけ》にとられてザヘルを見上げた。ザヘルが木の上から飛び降りてきたことは分かったが、全くいい年をして木登りをするなど、周りの者が見たらどう思うかなどと、この人は何も考えていないのだろうか。

呆《あき》れたような朝海の視線にはお構いなく、ザヘルは豪放に笑いかけてきた。

「久しぶりだな、アサミ殿」

「え、ええ」

朝海はためらいがちに返事を返した。

ザヘルのいつかの無礼な振る舞いに対する悪印象はもうほとんど無くなってはいたが、ザヘルが朝海に惹《ひ》かれているといういつかの医師の一言が、心に引っかかっていたのである。

「その後お変わりはないか?」

朝海は頷いた。ザヘルはよく光る黒曜石の鏃《やじり》のような黒い瞳で、じっと朝海の顔を覗き込んでいる。

絡《から》め取るようなその視線に、朝海は息苦しさを感じ、頷きざま俯《うつむ》いて視線を落とした。

「これからどこへ行かれる?」

ザヘルが重ねて聞いてくる。奔放《ほんぽう》で快活だが、情の厚さも滲《にじ》ませるこの青年を朝海は嫌いではなかったが、こうして一対一で見つめられると、どうしようもない圧迫感を感じる。

朝海は早く答えて逃げてしまおうと決め、早口で答えた。

「ええ、街へ……。あの、失礼します」

朝海がザヘルの横をすり抜けて立ち去ろうとすると、ザヘルが朝海を呼び止めた。

「アサミ殿……。いつかのこと、まだ怒っておられるのか?」

どことなく悲しげな響きを帯びたその声に、朝海は思わず後ろめたさを感じて振りかえった。ザヘルは、先程とはうってかわって、打ち捨てられた子供のような視線を朝海の後姿に縋《すが》らせていたのだった。

そんなザヘルを目にすると、朝海は冷たく振り切ることも出来なかった。朝海が困った顔でザヘルの顔の周りに視線を泳がせると、ザヘルはいつになく真摯《しんし》な眼差しで朝海を見つめた。

「いつかは失礼なことを申し上げてすまなかった」

枯れ葉をつけた枝を渡る風が、ザヘルの髪を指先で弄《もてあそ》ぶ。

「別に傷つけるつもりではなかった、ただ、私は……」

「ザヘル様」

朝海は慌てて遮《さえぎ》った。ザヘルが朝海に惹かれているということが本当だとしても、朝海はそれに応えてやることは出来ないのだ。

「あの、私、別に怒っているわけではありません。ザヘル様が悪気があって仰《おっしゃ》ったのではないことは分かっています。ただ、人を待たせていますので」

「そうか」

ザヘルは風の向こうから、じっと朝海にひたむきな視線を注いでいたが、やがてこの季節の木々のように、淋しげな笑みを小さく刻んだ。

「お呼び止めしてすまなかった。街の者たちのために、色々力を尽くして下さっているのだな。礼を言う。何か困ったことがあったら、いつでも言って来てくれ」

朝海が頷くのを見届けると、ザヘルは悲しみを振り切るように明るく笑い、踵《きびす》を返して立ち去っていった。

朝海は罪の意識が刺《とげ》のように胸に刺さる痛みを抱えながら、身を切る風の中を正門へ向かった。


街は細かく白い雪をちりばめた風に吹きつけられ、身を縮ませていた。

朝海はジャミールとマルジャナとともに、いつものように家々を訪ね歩いた。寒さのために風邪や肺炎の患者が増え始め、二人が帰途についたのは薄い冬の光が家々の影を長く伸ばし始めた頃だった。

朝海の足取りは重かった。というのは、今日、ある家のまだ一歳にも満たない赤ん坊が死んだからであった。肺炎であった。病気はまず弱い者、幼い者、老いた者に牙を剥《む》く。朝海は手を尽くしたが、とうとう子供は母親の手の中で静かに息を引き取った。

母親はまだ若く、二十歳にもなっていないかと思われた。

朝海を恨むでもなく、痩《や》せた頬に黙って涙を流した母親の顔が、朝海の胸に楔《くさび》のように突き刺さったまま、どうしても離れなかった。

「いっそ責めでもしてくれた方が、楽だったのに」

朝海はほっと溜め息をついた。二十世紀の日本とは違い、この国で子供が死ぬのは決して珍しいことではない。しかし、こうして目の前で子供に死なれたのは朝海にとっては初めての経験だった。

「え？」

マルジャナが、不意に外国語で話しかけられたように、まじまじと朝海の顔を見た。

その驚きぶりに、却《かえ》って朝海の方が戸惑い、彼女の顔を見つめ返してしまったほどだった。

「何故、何故アサミ様が責められるのです？」

「え？　だって」

朝海は戸惑いながら言葉を紡《つむ》いだ。

「結局助けられなくて。私の力が足りなかったせいで」

朝海はぎゅっと拳を固めた。乳児死亡率が千人に対して十人未満という日本では、乳児の死に対する親の憤《いきどお》りと悲しみはひととおりではない。医師との関係が悪ければ即《そく》訴訟の原因にもなり得るのだ。

だから逆に、今日のように一言も責めもせず黙って悲しみに耐えている母親を見ると、却って痛々しさが増し、余計に自責の念にかられるのだった。

「まあ」

マルジャナがもともと大きな目をさらに見開いた。

「人の生死は神《アッラー》がお決めになることです。私達は受け入れるより仕方ないのですわ。アサミ様がご自分を責められることなど、まるでありませんわ」

「仕方ないって」

一瞬、マルジャナの言葉がひどく冷たく聞こえ、朝海は思わず声がとがるのを禁じ得なかった。

この国の人々は、情深く温かいくせに、時折冷たいと感じさせるほどに悲しみに強い。実際に誰かの死に立ち会ったのはこれが初めてだったが、三日前に肉親を亡くしたばかりの者たちも、今日はそれを忘れたかのように笑っているのだ。

「失われる命もあれば、生まれる命もございます」

ジャミールが岩のように重々しい声で言った。朝海は驚いて彼を見上げた。

「人の生き死には運命《さだめ》にございます。人の力の及ぶものではありませぬ」

朝海は何かに射抜かれたように棒立ちになった。

力強い光を放つ二人の瞳には、ある共通の何かが宿っていたのだった。

それは、ある絶対的な存在を信じ、自分の全てをそれに委《ゆだ》ねた者の強さであった。それに気付いた時、朝海は自分があの子供の生死を握っていたかのように考えていた、自分の傲慢《ごうまん》さに気付いたのである。

「そう、そのとおりね」

呟《つぶや》いて二人を見ると、二人の長く伸びた影の向こうに、大きな風のうねりが見えるような気がした。

それはこの世の生も死も愛も憎しみも全てを包み込み、遙かなる時の彼方に運んでゆく。

この広大な天地を、大いなる懐のもとに織り上げながら。

「帰りましょう、アサミ様」

マルジャナがそっと言った。

「アサミ様がうかないお顔をされていては、ユヌス様がご心配なさいますわ」

「マルジャナ」

朝海は弾《はじ》かれたようにビクリと身を震わせ、彼女を振り返った。気付かれていたとは思わなかった。

彼女は、娘を見守る母親のように、柔らかく温かい微笑を浮かべた。

「ご安心を。誰にも申しませんわ。しかるべき、時が来るまで」

「参りましょう」

ジャミールが促《うなが》し、三人は館への道を急ぎ始めた。雪まじりの風が、追いたてるように路地を駆け抜けた。

3 たちこめる暗雲

ユヌスが朝海の部屋を訪れたのは、夜もかなり更《ふ》け、凍てついた星々が小さな硬い輝きを中天に鏤《ちりば》める頃だった。

部屋の薄い灯《あか》りに照らされたユヌスの顔の翳《かげ》りを一目見て、朝海は話し合いの結果を悟った。

「駄目だったのですね」

「すまない、アサミ」

朝海は落胆しないではなかったが、もともとよそ者で異教徒の自分がすぐにユヌスの伴侶《はんりょ》と認められるとは思ってはいなかった。それに、今は自分のことよりも、ひどく落胆しているユヌスを慰《なぐさ》めてやりたかった。

朝海は軽く背を伸ばして、ユヌスの肩を後ろから包むように抱いた。

「元気を出して。そう簡単にダウド様が私達のことを認めて下さるわけがないのは、分かっていたことでしょう？私も出来るだけダウド様に認めてもらえるよう努力します。まだ始まったばかりではありませんか」

「アサミ」

ユヌスは魂を搾《しぼ》るような声で朝海の名を呼ぶと、肩を抱いていた朝海の体を強い腕で抱き寄せ、朝海が声を上げる間もなく胸の中に抱きしめた。

朝海は驚いて目を見開いた。しかし、ユヌスの胸にぴったりと顔を押し付けられ、見開いた目も何も映し出すことは出来なかった。

ユヌスは朝海の肩に顔を埋《うず》め、愛《いと》しさを噛《か》み締めるように囁《ささや》いた。

「ありがとう、アサミ」

朝海はそれに応えようとしたが、ユヌスの腕はわずかな身動きさえも許さないほど強く朝海の体を抱き竦《すく》めており、声さえも発することは叶《かな》わなかった。

ユヌスはほんのわずか腕の力を緩《ゆる》め、幾分冷静になった声で再び囁《ささや》いた。

「叔父上も、同じことを仰っていた」

「え？」

ユヌスの腕が少し弱まったおかげで声が出せるようになった朝海は、戸惑いの声を上げた。ユヌスの言葉の意味が、よく分からなかったのだ。

ユヌスが小さく笑う気配がすると、ユヌスはそっと朝海の体を引き離した。

朝海は首を傾《かし》げながらユヌスの顔を見上げた。ユヌスの顔はまだ失望の影を残してはいたが、先程よりは落ち着いており、静かな夜に溶けこみそうなほど似つかわしく思えた。

ユヌスは朝海を暖炉のそばに導いて座るように促《うなが》すと自分も腰を下ろし、表情を引き締めた。

「今日の叔父と話したことだが。実はお前のこと以外にも、話しておかねばならないことが出来た。聞いてくれるか？」

朝海は不安にかられたが、ユヌスの顔をしっかりと見て頷《うなず》いた。どんなことがあっても、朝海はユヌスと共に生きていく覚悟だった。それに……ユヌスがいれば、何も怖くない。

ユヌスは一度絨毯《じゅうたん》の幾何学模様に視線を落とし、再び朝海の顔を見つめると、話し始めた。

初めユヌスが朝海との結婚の許可を求めた時、ダウドはまるで聞く耳持たなかったと言う。

『では叔父上は、どうあっても反対と仰《おっしゃ》るのですね』

ユヌスの言葉に、ダウドは声を荒げた。

『確かにあの娘はわしの息子の命を救ってくれた。客人として厚く遇してやりたい。しかし結婚となれば話は別だ。サイード家の跡継《あとつぎ》が、生まれも知れぬ娘と結婚できると思うのか？　ましてあの娘は異教徒ではないか』

『異教徒であることがなぜいけないのですか、叔父上』

ユヌスに単刀直入にそう切り返され、ダウドは一瞬沈黙した。しかしすぐに、怒りを露《あらわ》に、ダウドは激しくユヌスを責めた。

『おまえは聖書《クラーン》の教えに逆らう気か、ユヌス。聖地巡礼まで果たしてきたムスリムの言葉とも思えん。あの娘に魂を抜き取られたか』

『では叔父上は、なぜが異教徒との結婚を禁じたのか、その訳をご存じなのですか？』

『神《アッラー》を信じぬ者に子を産む資格はない』

ダウドは厳然と言い切った。

『自分が神《アッラー》に生かされていることさえ気づかぬ者に、子を産む資格はない。子は神からの授かり物、それさえ知らぬ女に、おまえは自分の子を宿させられるというのか』

ダウドの声は威圧的ではなかったが、揺るがぬ威厳に満ちており、ユヌスを追求していた。

しかし、それに対してユヌスの声は乱されることなく静かだった。

『叔父上、私達ムスリムは、今まで異教徒は神を信じぬ不遜《ふそん》の輩《やから》と決め付けてきました。しかし本当にそうでしょうか。アサミは異教徒ですが、自分が生かされていることを知っております。お耳に入っているかもしれませんが、アサミは街の貧しい者達を診てやったり、生活を助けてやったりしています。神を知らぬ者が、無償で他人のために尽くすことが出来るでしょうか？　人に奉仕できるのは、自分も人間を超えた存在からの無償の愛によって生かされていることを知っているからです。アサミは神と明確に意識せずとも、無意識のうちに自分を生かしてくれるものの存在を知っているのです。それがどうして、ムスリムに劣ることがあるのでしょうか？』

ユヌスの口調は静かではあったが、その言葉の一つ一つには力強い熱が込められていた。

ユヌスの最後の問いは深い余韻《よいん》を含んでおり、しばらくダウドの答えは返らなかった。

「私はそこで、叔父が納得してくれたのかと思った。アサミ、お前が異教徒であっても、我らと同じように神の存在を感じ取ることが出来る者だと。だから、叔父も許してくれるのではないかと……。しかし、やはりそれは甘かったのだ」

ユヌスは己の甘さをあざ笑うように、唇に小さく笑みを刻んだ。夜の中で、暖炉の炎に照らされたユヌスの横顔は、彫《ほ》りの深い顔の陰影がますます際立ち、いつも以上に美しく見えた。

朝海は、それをじっと見つめながら、ユヌスの言葉に耳を傾けた。

ユヌスの問いに対して、ダウドはこんなふうに問い返したのだった。

『ではなぜ、アサミはイスラム教に改宗しない？　神《アッラー》の存在を信じることが出来るというならば、イスラム教に改宗することに異存はあるまい』

朝海は、打たれたように大きく身を震わせ、穴の空くほどユヌスの顔を見つめてしまった。見えない手が突然空中から現れて、自分の背を押して思いがけない方向へ押し出そうとしたのを感じたような、そんな感覚だった。自分がイスラム教徒になる？　他の多くの日本人の若者と同じように、形ばかりの仏教徒で事実上無宗教だった自分が、イスラム教徒に？

　この問いに、ユヌスは何と答えたのだろうか。朝海は息を詰めてユヌスの言葉を待った。

　ユヌスは話を続けた。

『この件に関しては、確かにそれで済みます。

　しかしそれでは、いつまでも異教徒との争いはなくならない。むしろ、アサミが異教徒であるからこそ、アサミが私と同じように神の存在を感じることが出来るということに意味があるのです。なぜ我々ムスリムは異教徒を認めぬのです。彼らとて我々と同じように、どこかで神《アッラー》の存在を感じている。形は違っても、信ずるものは一つだと、なぜ気付かぬのですか！』

『ユヌス！』

　徐々に語気を強めてくるユヌスの言葉を、ダウドの荒々しい声が遮《さえぎ》った。

『おまえは我々の祖先を、侮辱《ぶじょく》するのか！』

『侮辱などしておりません。我々の祖先が神《アッラー》への信仰を貫《つらぬ》き、イスラム教を確立してきたのは偉大なことです。しかしその過程で、多くのムスリムの人命・異教徒の人命が失われた。異教徒をも認め、共に生きていくことが出来れば、我々は我々自身をも我々の信仰をも、さらに高めることが出来るのではありませんか！』

　ユヌスの静かな表情の下に隠されていた熱く確固たる信念に、朝海は驚きと畏怖《いふ》に近い尊敬の念を覚え、胸を震わせた。ユヌスが宗教に関してここまで広く深い考えを持ち、しかもそれを臆《おく》することなく明確な言葉で述べることの出来る人だったとは。

『勇気を出して下さい、叔父上』

　ユヌスは熱っぽく押し殺した声で低く囁《ささや》いた。

『このグルバハールは小国です。大国に挟《はさ》まれ、何かあれば一息に潰されてしまうかもしれない』

ユヌスは苦い口調でそう言った。

ダウドはしばし答えず、ユヌスはさらにたたみかけるように言葉を続けたのだった。

『しかし小国だからこそ、新しく何かを始めることが出来る。この国が、異教徒とも他国とも、争いをなくすためのかすがいになることはできないのでしょうか、叔父上』

『ユヌス』

ダウドがやっと口を開いた。その口調にもはや怒りや荒々しさはなかったが、その声は鉛《なまり》のように重く沈み、苦い苦悩を刻んでいた。

『確かにおまえの考えにも一理ある。しかし、理想を実現するには、やはり力が必要だ。このグルバハールはあまりに小さい。理想の実現の前に、潰される危うさも持っている』

「私は叔父のその言葉の意味を最初は文字どおりに受け取っていた。この国が大国に挟まれ、いつ何が起こってもおかしくない状況にあることを言っているのだとな。しかし実は、事態はもっと差し迫ったものだったのだ」

ユヌスの顔が厳しくなり、夜を湛《たた》えた瞳には水晶のように硬く、鋭い光が宿った。

その様子に、朝海の胸の不安は黒い墨のように広がって行った。朝海は、先程ユヌスが言った、もう一つの話したいことというのがこのことなのだと悟った。もしそれが周辺諸国の動きに関連したものなら、良い知らせであるはずはなかった。

ダウドはユヌスに向け、こう言ったのだった。

『セルジューク朝の動きが不穏だ』

『……!?』

虚をつかれ、ユヌスはしばらく言葉を発することが出来なかった。

それを聞き、覚悟はしていたものの、朝海もしばし思考を奪われた。セルジューク朝の動きが不穏？　セルジューク朝と言えば、ガズニ朝と並ぶ西の大国である。トルコ系のイスラム王朝で、その名は世界史の中にもしばしば登場する。

『ユヌス』

ダウドがユヌスの名を呼んだ。

『これは確かな情報とは言えぬが、セルジューク朝がバクダードに入城する日も、遠くないのではないかという話だ。セルジューク朝は、西に着々と勢力を伸ばしている』


バクダード入城。朝海は懸命に遠い記憶を手繰《たぐ》った。バクダードは、イスラム教の開祖・ムハンマドの代々の後継者・カリフの居城のある、現在のイラクあたりに位置する都市である。カリフはもともと政治的権力を持っていたが、その後軍事政権に政権を奪われ、象徴的な君主にしか過ぎなくなっていた。日本において、もともと政治を行っていた天皇家が、武士に政権を奪われ、政治の中心が武家の支配する幕府に移って、天皇家が形だけの日本の統治者に変わって行ったのに似ている。しかし、それでもカリフという名がイスラム教徒に与える心理的影響は多大であった。つまり、セルジューク朝はバクダードの現在の軍事政権を倒し、自分がその地位を得ようとしているのだった。それが出来れば、全イスラム世界を支配する権限を、カリフから与えられたことになる。鎌倉幕府が室町幕府に代るのと同じ理屈だ。

セルジューク朝と激しく対立しているガズニ朝と同盟関係にあるグルバハールにとって、他人事で済ませられる事態ではないことは、朝海にも分かった。しかも、朝海の記憶が間違っていなければ、セルジューク朝は、いつかバクダード入城を果たしたはずだ。

しかしそれが、歴史の教科書に登場することもないこの小国グルバハールにどのような影響を与えるかは、朝海にも予想がつかなかった。ただ、自分やユヌスの力ではどうしようもない歴史の大きなうねりに、自分達の運命が否応《いやおう》なしに飲みこまれ、いずこともしれぬ未来へ運ばれていくことだけは分かった。

「マスウードが、どう出るか。それによると、私は考えた」

ユヌスの、低く感情を殺した声が、朝海の胸を鉛の矢のように貫いた。その声は、ユヌスの日頃の優しさもマスウードへの憎しみも全て排そうとしているかのように理性的で、冷たくすら感じられた。朝海は、「ユヌス様は頭の切れる方」と言っていたマルジャナの言葉を思い出し、ユヌスが冷静な目で事態を見極めようとしていたのだということを感じた。

「ガズニ朝の注意が西に向いているのを良いことに、多少でも後方の領地を切り取ろうとするか、あるいはいち早くセルジューク朝と同盟して保身を図るか。後者ならよいが、前者なら少々厄介なことになる。だが、マスウードの性格からして、前者を選ぶ可能性も高い。今までセルジューク朝にはかなり痛い目に遭《あ》わされているし、父のマフムードの代のガズニ朝の栄光を取り戻したくないはずはない」

冷静に事態を分析するユヌスが、なぜかひどく遠い人のように思えて、朝海はえも言われぬ心もとなさに襲われた。ユヌスは今までこうして、近隣諸国の動きを観察しながら、ダウドやザヘルと共に政務を執《と》ってきたのだろうか。それは朝海の知らない「為政者」としてのユヌスの顔だった。ユヌスは自分との結婚のことなど、忘れてしまったのだろうか。

「叔父も、同意見だった」

ユヌスは朝海の胸中には気付かぬように、話を続けた。

『私も同意見だ。マスウードはなるべく早く行動を起こそうとするだろう。雪解けと同時か、あるいは……』

『断食月《ラマダーン》が明けたらすぐ、ということも考えられるでしょうか』

『あるいはあるかもしれぬ』

『そしてまず、マスウードが兵を進めるとしたら』

話していたユヌスの声が、不意に不自然に途切れたので、朝海は驚いてユヌスの顔を覗《のぞ》き込んだ。

ユヌスはしばし、死刑の宣告を受ける人のように項垂《うなだ》れ、瞑目《めいもく》していた。朝海は心配になり、そっとユヌスの名を呼んで肩に手をかけた。

「ユヌス」

「あ、ああ、すまない。何でもないのだ。心配しないでくれ」

ユヌスは顔を上げて微笑んだが、その微笑みにはどこか力がなかった。朝海は心配だったが、ユヌスが話の続きを始めたので、やむなく耳を傾けた。

『おそらくは、バーミヤンだな』

ダウドは、そう言った。

『……バーミヤン』

バーミヤンという言葉を口にした時のユヌスの声は、冬の凍《い》てつく空気を貫《つらぬ》き、地の底へ落ち込んでいくように重かった。朝海は、その声の尋常でない暗さがどうしようもなく気になって仕方がなかった。

グルバハールから山一つ越えたところにあるというバーミヤン。仏教国であり、ガズニ朝の支配に激しく抵抗しているというバーミヤン。朝海は、初めてユヌスと共にダウドやザヘルに会った時、ザヘルの口にした「バーミヤン」の一言に常ならぬ動揺を見せたユヌスの姿を思い出した。そして今、再びユヌスが見せた感情の波。一体バーミヤンとは、ユヌスにとってどんな意味を持つのだろうか。それは朝海にとって、大きな謎だった。

ダウドは子供に言い聞かせるようにユヌスに言った。

『おまえにも分かっているはずだ。もしそうなったら、グルバハールがバーミヤン攻めの拠点となることは必至だ』

ダウドの言葉を伝えるユヌスの声はひどく苦しげだった。それは、ダウドの言葉を聞く前から全て予測していて、その事実の重みに必死で耐えているように思われた。

『戦になる可能性も大きい、ということですね。そうならないための策が何かないか、これから考えねばなりませんが』

ユヌスが、胸の底から搾《しぼ》り出すように、そう言った。為政者として冷静な目を持ちながらも、ユヌスの優しさは、やはり戦になることに対しての痛みを感じずにいられないのだった。ユヌスの声の苦しげな響きからそれを悟り、朝海は安堵《あんど》を覚えた。ユヌスはやはり、温かく優しいユヌスなのだ。

ユヌスはさらに続けた。

『そして今は、私が妻を娶《めと》るような時期ではない、と』

朝海の胸は再び安堵で満たされた。ユヌスは自分のことを忘れたわけではなかったのだ。

『この国には、おまえが必要だ』

ダウドが間髪を入れずに言った。

『今後のことも話し合わねばならない。午後にもう一度ザヘルと一緒にここへ来てくれ』

『わかりました、叔父上』

「そう言われて、私は出て行かざるを得なかった。しかし……意外にも叔父が、その時私を呼びとめたのだ」

『ユヌス』

その時、ダウドが深い響きを込めた声で、嚙み締めるようにユヌスの名を呼んだのだった。

『おまえとアサミとのこと、わしの口から許すと言うわけにはいかぬ。このグルバハールはムスリムの国であり、おまえはいつかこの国を継ぐことになるからだ』

ダウドはひと呼吸置くと、さらに続けた。

『だが、おまえがアサミを必要とし、そしてアサミがおまえにふさわしい娘であると皆が認めるようになれば、自然におまえ達が一緒になれる日も来るだろう。それはおまえ達が行動で示していかなければならぬ。長い時がかかるだろう。しかしおまえ達が真実互いを思えるならば、あるいは皆の理解をえられるかもしれぬ。神《アッラー》の思《おぼ》し召しのあるなら』

ユヌスはダウドの言葉を繰り返すと、感極まったように声を詰まらせた。

朝海も、深い感動に胸打たれ、せり上がってくる熱い思いと涙をじっと堪《たた》えた。ダウドは、何と深みのある人物なのだろう。

朝海は、心の中でそっと決意を固めた。ダウドの言葉どおり、ユヌスにふさわしい娘となり、どこまでもユヌスと共に歩いていこうと。朝海にはそれができるはずだった。朝海は、家族とていないこの世界で、ユヌスを愛し、ユヌスと共に一生を終えることを決めたのだから。

「私はどんなことになってもあなたと共に生きていくわ」

朝海は白い頬に赤々と燃える暖炉の火を映しながら、ユヌスを見上げた。

「皆が認めてくれるまで、一緒に頑張りましょう、ユヌス」

ユヌスは、朝海の懸命な眼差しを受け止めると、ゆっくり頷《うなず》いた。

「ありがとう、アサミ」

その声は確かに、朝海と二人であらゆることに立ち向かっていこうというユヌスの静かな決意を秘めていた。ただ、その声にはどこか張り詰めた響きがあった。

朝海は、ユヌスがこれからこの国が迎えるであろう困難を憂《うれ》えていることを悟り、同時に以前から抱いていた疑問を、遂に口にした。

「ユヌス。一つだけ聞いてもいい？　バーミヤンという国は、あなたにとって何なの？」

ユヌスの頬にピクリと緊張が走り、ユヌスは目を一杯に見開いて朝海を見下ろした。

「アサミ……なぜ？」

ユヌスの狼狽《ろうばい》ぶりに、朝海ははっと口を押さえた。

「ごめんなさい」

「いや」

ユヌスは軽くかぶりを振ったが、その瞳は今だ動揺の色濃く、朝海の顔に向けられていた。

しかし、朝海はやはり気になった。ユヌスが話したくないと言えば敢《あ》えて追求するつもりはなかったが、ユヌスの中でここまで重大な意味をもつバーミヤンという国のことを、この機会に尋ねてみたかったのだ。

「あの、前から、バーミヤンという国の名が出ると、いつもあなたが奇妙な反応をするのに気付いて、ずっと気がかりだったの。言いたくなければ別にいいの。ただ……」

パチパチと暖炉の火のはぜる音が、部屋に響いた。

ユヌスはその端正《たんせい》な顔から驚きの色を消し、真剣な眼差しになって朝海を見つめた。

自分の存在の全てを注ぎ込むようなその眼差しに、朝海は体の自由を奪われ、ただユヌスを見つめ返すばかりだった。一体ユヌスは……。

ユヌスは静かに眼差《まなざ》しを伏せると、静かに姿勢を変え、朝海に向き合う形をとった。

「いずれ話すつもりでいた。いい機会だ。では話そう。バーミヤンとは私にとって何なのかを」

闇を切り裂く赤い炎が、一瞬、慟哭《どうこく》するように燃え上がった。

第七章　宇宙《そら》を抱く光

1　バーミヤン

「前にも話したとおり、バーミヤンは交通の要衝《ようしょう》でここから山一つ越えた所の仏教国だ」

ユヌスは、一言ずつ噛《か》み締めるように語り始めた。

「私は二年前、聖地マッカへの巡礼の旅に出た。マッカへの巡礼は、ムスリムならば一生に一度は行いたいと誰もが願う重要な旅だ。

それをこんなに若くして成し遂げられたのは嬉しかった。しかし」

ユヌスは一度言葉を切り、暖炉に目を向けた。揺れる炎が、ユヌスの彫りの深い顔に大きな影を作る。

「しかし、帰りに立ち寄ったバクダードでは、ムスリムの最高位にあるはずのカリフは、軍人達に政権を奪われ、無気力な日々を送っておられた。そしてカリフから政権を奪った軍人達やその配下の者は、聖戦《ジハード》と称して他民族へ侵略を繰り返していた。私はそんな彼らの姿に、失望せざるを得なかったのだ」

ユヌスの横顔に、苦い影が走り抜ける。

「信仰というのは、神の偉大さを知り、自分の小ささを知り、人間同士が労《いたわ》りあえるようにするためにあるものだと、私は思ってきた。決して他者を殺《あや》めるためのものではないはずだ。私は暗い気持ちでグルバハールへの帰途についた。その帰り道に立ち寄ったのが、バーミヤンだった」

ユヌスは、赤々と燃える火を映して輝く顔を、朝海《あさみ》の方へ向けた。炎に彩られた顔が、双眸《そうぼう》にきらめくように蘇《よみがえ》った輝きとあいまって、一瞬荘厳《そうごん》なほどに美しく見えた。

「バーミヤンは、侵入する国に対しては抵抗するが、自ら他国を侵略したり、異教徒を改宗させたりはしない。ムスリムとは正反対のその姿に、私は驚いた。その訳をどうしても知りたくなり、私はバーミヤンのある仏教僧に、教えを乞うたのだ」

朝海はしばし、驚きに呼吸を止めた。しかし、その話を聞くと、ユヌスが異教徒と認め合うことになぜあれほどにこだわったのか、何となく理解できるような気がしてきた。

ユヌスは続けた。

「私は、なぜ自分達の神を認めない異教徒を認めることが出来るのかと訊《たず》ねた。するとその僧は笑って答えた。仏陀は神ではない、真理を悟った人なのだと」

朝海は息を呑んだ。形は仏教徒であったが、朝海はそんなことは今まで知らなかった。

「その真理とは、一言で説明するのは難しい。ただ、様々な文献を読み、教えを乞《こ》い、おぼろげながらもそのイメージを摑《つか》むことは出来たような気がする。いつか二人で、馬で出かけた朝に、私が話したことを覚えているか？」

朝海は、その時のユヌスの言葉を懸命に思い出しながら答えた。

「この世の中のあらゆるものが、互いにつながり合っていて、そのつながりがありとあらゆるものを生かしている。そういった、あらゆるものがそこから生まれ、そこに還《かえ》っていく、天地を織り上げていくものがある……ということ？」

ユヌスは微笑《ほほえ》んで頷《うなず》いた。

「そのとおりだ。その天地を織るものを、人間を超えた大いなる力を知るということが、真理を悟ることに通じるのだ。だから彼らにとっては、信仰の違いなど大した問題ではない。どのような信仰を持っていようと、それが真理を悟ることにつながっていけばよいのだ。それに異教徒であろうと、この世界を形成している大切な一部だという認識がある」

「あなたはその考え方を使って、平和を実現させたいと思ったのね。そしてあなたにそれを教えてくれたのがバーミヤンだから……だからあなたは、バーミヤンを攻めることは出来ないのでしょう?」

今、朝海の中でバーミヤンに関する全ての謎が解けた。ユヌスは辛そうな表情を見せた。

「そのとおりだ。もしガズニ朝がバーミヤンを攻めよと言って来たら、私は反対するつもりだ。何としても戦にならぬ方法を見つけたい。しかし、私はグルバハールの民の命を預かる身でもあるのだ。私一人の個人的な感情で、多くの民の命を危険にさらすわけにはいかない。私は」

ユヌスは声を詰まらせ、組んだ両手を強く額《ひたい》に押し当てた。朝海がユヌスの顔を覗《のぞ》き込むと、ユヌスはぎゅっと目を閉じ、額に深い苦悩を滲《にじ》ませていた。

朝海はそんなユヌスが痛々しくてたまらなくなり、両腕を伸ばしてユヌスの背を抱いた。

「ユヌス、元気を出して。まだガズニ朝がバーミヤンを攻めろと言って来たわけではないわ。それに、たとえそうなったとしても、セルジューク朝と和平を結ぶようにガズニ朝に進言することも出来るのでしょう? まだ悩むのは早いわ。それにどんなことになっても、私はあなたのそばにいます」

「アサミ」

ユヌスは思いの丈《たけ》を全て注ぎ込むように朝海の名を呼ぶと、朝海を強く腕に抱きしめた。朝海の肩にひとつ、熱い滴《しずく》が落ちた。

2　二人の聖戦士《ムジャヒディン》

断食月《ラマダーン》に入ると、館の中の空気は、糸のようにピンと張り詰めた。日中は全ての者が断食《だんじき》の行に服しているせいもあったが、それ以上に緊張した空気を作り上げていたのは、毎日忙《せわ》しなく館を行き来する官僚達《ウラマー》の姿だった。

「本当に落ち着かない断食月《ラマダーン》ですわね」

マルジャナが常になく愚痴を洩《も》らした。

「毎日毎日、会議ばかりで。夜の食事も、いつもは日中食事をしない分、大いに楽しむものなのに……。まるでお葬式ですわ」

朝海は黙って、窓の外を見やった。ここのところますます地上に長く居座るようになった冬の闇は、得体の知れない生き物の口のようにぽっかりと深く、冷たい雪まじりの風を吐き出していた。

街では肺炎や結核の患者が目立ち始め、朝海はその治療に力を尽くしていた。しかし日が短くなったために夕方は早く帰らねばならず、治療は思うに任せなかった。

サイード家の主治医もユヌスも、忙しいのか朝海の部屋を訪れることは稀《まれ》になった。また、朝海とユヌスの仲を知ったファティマは露骨に朝海を避けるようになったので、朝海は長い夜の間、ほとんど自室から出ないようにしていた。ファティマの顔を見るのが辛かったのである。

そんなわけで、朝海は凍《い》てついた冬の夜を、マルジャナ以外に話し相手もなく過ごしていたのである。

「夫から聞いた話ですが、ユヌス様とザヘル様が、ずいぶん意見を異にされているそうですわ」

「え？」

ぼんやりと外を眺《なが》めていた朝海は、驚いて振り返った。マルジャナは意味ありげに頷《うなず》いて見せ、言葉を続けた。

「もしガズニ朝から出兵の要請があったら。ユヌス様はセルジューク朝との和平を進めるよう進言するのがよいというご意見ですが、ザヘル様は出兵すべきだと仰っておられるようです。官僚達《ウラマー》も二手に分かれて、毎日激論が戦わされているそうですわ」

「そんなにまで」

朝海は息を呑んだ。冷たい空気が肺に入り込み、心臓が氷を押し当てられたようにドキリと鳴った。

「もうそこまで具体的に議論が進んでいると言うの？　でも、まだ、ガズニ朝が出兵を求めてきたわけではないのでしょう？」

朝海の問いに、マルジャナは肯定とも否定ともつかぬ動作で、かすかに首を傾《かたむ》けた。

「ええ、まあ。でも、大方の予想ではそうなりそうだということですわ。それに」

そう言うと、マルジャナは声を低くし、

「ガズニ朝から、先触れの使者が、着いたそうです」

「先触れの使者ですって？」

朝海は眉をひそめた。

「どういうことなの？」

「三、四日のうちには正式の使者が来るから、迎える準備をしておけということでしょう。何か重大なことがある時は、いつもそうなのです」

「では……」

朝海は全身から一気に血の気のうせるのを感じた。恐れていたことが、今現実になろうとしている。ベール一枚を隔てていた所で蠢《うごめ》いていた怪物が、今ベールを引き裂いて現れたような、そんな恐怖だった。

「そういうことです」

マルジャナが張り詰めた表情で頷《うなず》いた。朝海は立ち尽くしたまま、双眸《そうぼう》にマルジャナの張り詰めた顔を、ただただ映していた。

窓の外で、唸《うな》るような風に乱されて、木々が騒いだ。


それから三日後、ガズニ朝からの使者が正式にグルバハールを訪問した。ものものしい武装に身を固めたガズニ朝の軍人達が始終館のあちこちに見られるようになり、館の空気はますます固く、ガラスのように張り詰めていった。

女や子供達はほとんど自分達の居住区から出ることなく、事の成り行きを固唾《かたず》を呑んで見守っていた。

朝海も街へ出かけるのをやめ、一日中部屋でじっとしていた。時折窓から外の様子を窺《うかが》うと、中庭に鋼鉄のような表情をしたガズニ朝の兵士達が直立不動しているのが見えた。しかし、会見の様子を女性の居住区から知ることは不可能で、辺りは不気味なほどに静まり返っていた。

「嵐の前の静けさだわ」

他に誰もいない部屋で、朝海は独りごちた。

誰も聞いていないと知りつつ、口に出さねば重苦しい沈黙に胸を潰《つぶ》されそうだったのだ。

夜になれば、またマルジャナが何か情報を持ってきてくれるだろうが、今は何一つ知ることが出来なかった。冬の短い日が、こんなに長く感じられたのは初めてだった。

朝海は、広い部屋の中央にうずくまったまま、じっと考えを巡らした。もちろん朝海は、この国が戦乱に巻き込まれるのは嫌だったし、ユヌスがバーミヤンに出兵せざるを得ないような事態になるのも避けたかった。そのためには、ユヌスが主張していたとおり、ガズニ朝にセルジューク朝との和平を進めるよう進言するしか道はなさそうだった。しかし、その進言が受け入れられる保証がなければ、ダウドもザヘルも、その案を受け入れるとは思えない。それは当然だろう。もしマスウードの怒りに触れれば、このグルバハールの方が潰される可能性もあるからだ。

朝海は、いっそセルジューク朝が、さっさとバクダードに入城してくれればいいのにと思った。セルジューク朝がバクダード入城を果たしてイスラム世界の支配権を手に入れれば、簡単に刃向かうわけにはいかなくなってくる。しかし、それは一体、いつのことになるのだろう。

朝海はじっと額《ひたい》に手を当てて、深い記憶を掘り起こそうとした。今はイスラム暦の四四五年だと、確かジャミールは言った。それは西暦で言えば何年なのだろう。

イスラム暦は、確か七世紀の初め頃を元年としているはずだ。そして、セルジューク朝がバクダード入城を果したのは……。朝海はぎゅっと目を閉じた。あれは確か、十一世紀の半ばだっただろうか。だとすれば、セルジューク朝は間違いなく近いうちにバクダード入城を果たすはずだ。

しかし、世界史の中では、たとえ「二、三年のうち」だとしても「近いうち」だが、今の朝海にとっては「二、三年も先のこと」になってしまうのだ。二、三年もあれば、バーミヤンに兵を進めるのには十分だろう。

「人の存在なんて……。歴史の中ではちっぽけなものなのね。おかしいわ、歴史を作るのも人なのに、ね」

朝海は呟《つぶや》いて、声だけで笑った。かすれた笑いが一瞬泡のように広い部屋の空気に浮かび、凍てついた空気に砕かれて散っていった。

ガズニ朝からの使者がやはりバーミヤン出兵への協力要請であったということをマルジャナが告げに来たのは、その夜遅くなってからだった。

覚悟はしていたものの、その話を聞いた朝海は、全身の熱が周囲の冷たい大気に奪われていくような気がした。石のように立ち尽くす自分の体に、歴史の闇から運命の手がそっと伸び、長い爪で自分を捉《とら》えようとしているようだった。

「断食明けの祭《イード》が終わったら、もう一度使者が来るそうですわ。グルバハールが協力するかどうかの返事を聞きに……」

マルジャナは、身動き一つせず立ち尽くしている朝海をじっと見つめたまま、低い調子の声でそう言った。

「返事を聞きに来ると言っても」

朝海は唾を飲んで懸命に渇《かわ》いた喉《のど》を潤《うるお》しながら、やっとのことで声を絞《しぼ》り出した。

「協力しなければ、ガズニ朝との友好関係は崩れるのでしょう?」

朝海は目だけを動かしてマルジャナを見つめた。マルジャナは辛そうに目を伏せた。

「私達は誰も戦乱を望んではいません。戦にならない道があるのなら、それに縋《すが》りたい思いです。しかし……」

マルジャナは呟《つぶや》いて、一呼吸置いた。

「アサミ様、一番辛い思いをなさっているのはあなたでしょう?　家族もいない国で、ユヌス様お一人を頼りになさっているのに、そのユヌス様が戦に出てしまわれたら……。あなたはいつも辛いことを一人で抱え込んでしまわれる方のように私には見えますわ。辛いときは辛いと正直に仰ってください。私に出来ることならいくらでもしますわ」

「マルジャナ」

マルジャナの温かい眼差《まなざ》しを受け、朝海は凍りついた全身の血が溶けていくような気がした。朝海のユヌスへの思いやりもユヌスが戦に出て行くことへの不安も全て分かってくれ、朝海を包もうとしているその思いやりに、朝海の胸の底に熱いものがこみ上げた。

それは熱い涙となって両眼にほとばしった。

朝海はマルジャナの肩に額を押し当て、静かに涙をこぼした。

翌日ガズニ朝からの使者は、断食明けの祭《イード》が過ぎたら再びやってくると言って去った。断食月《ラマダーン》のせいもあろうが、以前のように長く居座ることもしない使者の態度は、ガズニ朝の方も緊迫した情勢にあることを示していた。

グルバハールでも、使者が帰ってからはダウド、ユヌス、ザヘルを始めとした官僚達《ウラマー》の間では、毎日激論が交わされていた。剣のように膚《はだ》を刺す冬の空気は、緊迫感によってますます鋭く磨かれ、館全体をその中に閉じ込めていた。女達はその緊迫した空気を揺らすのを恐れるようにひそひそ声で噂をし合い、官僚達《ウラマー》の話し合いの行く末に気を揉《も》む。

話し合いは依然、ユヌスを中心とする和平派と、ザヘルを中心とする出兵派の二派に分かれたまま結論を見ない様子だった。ユヌスの主張は、ガズニ朝にセルジューク朝との和平を進言するというもので、その根拠は、セルジューク朝はこれからますます力を得ていくことが予想され、もしセルジューク朝が東に刃《やいば》を向ければ矢面《やおもて》に立つのは地理的に見てガズニ朝よりグルバハールだからだということであった。一方ザヘルは、先のことを考えるよりも、今ガズニ朝の怒りを買えばセルジューク朝より先にガズニ朝がグルバハールを潰しに来かねないので、とりあえずは従うべきだと主張していたのである。

短い昼と長い夜が、幾つも過ぎた。

断食明けが日一日と近づき、女たちは祭《イード》の準備を始めたが、祭の前のあの華やいだ活気は、館のどこにも見られなかった。

朝海は不安と焦燥《しょうそう》に眠れない夜を過ごすことが多かった。それに、時折誰かに見張られているような気がすることもしばしばあり、思った以上に自分が神経をすり減らしていると感じるのだった。

断食明けが三日後に迫ったその夜、朝海は久しぶりに夢を見た。

それは、今まで見たことがなかったほど鮮明な夢だった。そして、最後の夢だった。

照明を落としたワンムールマンションのソファ。そこに腰掛けて小首を傾《かし》げているのは朝海だった。隣に座っているのは朝海と同い年くらいの若者だった。Tシャツにジーンズという服装まではっきり見えたが、顔だけはよく見えない。

『ヒトゲノム計画?』

『そう、朝海だって知ってるだろう?　人類の全遺伝子を解読するプロジェクトだよ。とうとう、全てが明らかにされたんだ』

『それがどうしたの?』

朝海の興味なさそうな声に、男は少し笑って、朝海の肩を抱いた。

『人間の全てが明らかになる。脳のシステムもどんどん解明が進んでいる。俺達が今まで感情とか直感とか呼んでいたものも、全て科学の力で明らかにされる日が来るさ。すごいことだと思わないか?』

『人間の感情まで……』

朝海はかすかに眉をひそめた。こういった考え方は、朝海はあまり好きではなかった。

『じゃあ、愛も?　人が人を愛することも、理性で説明がつくというの?』

『愛だって脳の電気信号の一つだよ』

そう言った唇で、男は朝海の唇を追った。朝海は反射的に顔を背けた。

『おい、朝海』

戸惑《とまど》いと、ほんの少しの怒りを含んだ声が、朝海の肩越しに投げかけられたが、朝海は振り返らなかった。そんな考えで、自分に触れて欲しくなかった。愛は人間のちっぽけな理屈など超えたところにあり、だからこそ尊いのだと信じさせて欲しかった。

『今夜は、帰るわ』

朝海の呟きが、ポツンと薄暗い床に落ちた。

『おい、一体何を拗《す》ねてるんだよ』

男がソファから立ち上がり、朝海の肩を摑《つか》んで無理やり自分の方に向けた。

『一体何がそんなに気に入らないんだ。俺と付き合ってるのが嫌なのか？』

朝海は首を振った。

朝海は確かに彼を愛していた。しかし、彼は付き合い始めてから一度も、愛の言葉を口にしたことがなかった。そして今、愛は脳の電気信号に過ぎないと言う。彼が本当に朝海を愛しているのかどうか、朝海には分からなくなっていたのだ。

朝海は心を振り絞るようにして、唇を開いた。

『ねえ、一つだけ聞いてもいい？　あなたは私を本当に思ってくれているの？』

すると彼は、何故そんなことを聞かれるのか分からないというように、あからさまな戸惑いを示した。

『俺はお前と付き合って楽しいからそうしてるだけだよ。お前は楽しくないのか？』

『楽しくないとか、そういうことじゃないの、私は……』

朝海は瞳の光を揺らした。世の中とは、そういうものなのだろうか。ただお互い楽しければそれでいい、そういったものなのだろうか。真実の愛など、存在しないのだろうか。

その時、どこからか、不思議な声が響いた。この世の全てを背負っているかのような重々しい声だった。

『本当のことを、知りたいか？』

朝海は、はっと身を震わせた。今の声は、一体何だ。耳にではなく、直接魂の奥底に、響き渡るような声だった。

『だったら、いいじゃないか』

気が付くと、男が、残酷なほどに甘い視線を、朝海の体に絡《から》ませていた。そのまま朝海の華奢《きゃしゃ》な体をソファに押し倒す。

朝海ははっと我に返った。嫌だった。朝海は、愛もないままに体を委《ゆだ》ねるなど、耐えられなかったのだ。

『いや、離して！』

逆転する視界の中で、朝海が悲鳴を上げる。

再び不思議な声が魂を貫く。

『この世の真実を、知りたいのか……？　私と共に、来るか……？』

逃れようともがいた腕がソファの横のスタンドを倒した。

ガシャーン！

割れたガラスの破片が、朝海の腕に突き刺さった。痛い！

流れる霧のように意識が閉ざされて行く中、朝海は無意識のうちに声に答えていた。

行きます……。

『私と共に……、来るか？』

『ええ、行きます！』

その瞬間、夢は覚めた。

朝海は弾《はじ》かれたように上半身を起こした。冬だというのに全身は燃えるように熱く、心臓が胸を突き破らんばかりに激しく鼓動《こどう》している。

朝海は荒い息を何度もつきながら、部屋を見渡した。当然のことながら、部屋には誰もいない。夢だったのだとようやく悟り、朝海は大きく息をついた。

現実よりも生々しい夢だった。摑まれた肩の痛さ、のしかかる男の重さ、男の冷たい声……。五感の全てに夢の感覚がこびりついて消えていかない。いや、あれは夢ではない？　現実にこの身に起こったこ…と……？

朝海が大きく身を震わせた瞬間、部屋の外でガサッと音がした。朝海は手負いの獣のように身構えて息を殺した。

誰？

音はすぐに止んだ。しかし、朝海は腋《わき》の下がじっとりと汗ばむのを感じた。見張られていると感じたのは、やはり気のせいではなかったのだ。一体誰が、何の目的で？

ファティマだろうか、と頭の隅でちらりと朝海は思ったが、すぐさま否定した。ファティマは朝海とユヌスの関係をすでに知ってしまっている。二人のことを確かめようとしてファティマが朝海の部屋を窺《うかが》っていたこともあったが、知ってしまった今となってはそうする理由はないはずだ。

朝海はそっと起き上がり、寝床から滑《すべ》り出した。廊下側の壁に体を押し当て、全身を神経にして向こうの気配を窺う。

闇夜を裂いて、夜鳴鶯《ナイチンゲール》が鋭く鳴いた。

確かに、誰かいる。

朝海は壁に沿って静かに体を滑らせた。冷たい壁の感触が、逆に体の熱を高めるようだ。

喉にせり上がってくる心臓の高鳴りを、腹に力を込めてぐっとこらえると、朝海は一気に入り口に近づき、横向きに入り口に体を押し付けると廊下を覗《のぞ》き見た。

が、それよりほんの一瞬早く慌ただしい足音がして、気配は風のように消え去った。

朝海は弾かれたように廊下に飛び出した。

逃げられた。いや、あれは何だ。十数メートル向こうの廊下の角に、何かが飛び込んだ。

一瞬だったが、闇に慣れた朝海の目には、その残像がはっきりと焼きついた。

さほど大柄な人物ではなかった。しかし、あの肩幅、あの体格は断じて女のものではない。紛れもなく男だ。一体誰が……。

見張られていると感じたのは、やはり気のせいではなかった。しかし、一体なぜ、朝海を見張るのだろうか。朝海を他国の間者と疑うサイード家の者か、あるいは。

そこまで考えて、朝海ははっと口に手を当てた。今は連日国の将来に関わる話し合いがなされているのだ。本物の他国の間者《かんじゃ》が、その様子を知ろうと潜入しているのでは？

全身が冷水を浴びたように冷たくなり、体の表面を震えが駆《か》け巡る。だとしたら、一刻も早くユヌスに知らせなければ……！

朝海は左右を見渡し、人の気配がないのを確かめると、ユヌスの部屋に向かって駆け出した。パタパタという軽い足音が、次々に闇に溶けていく。

夜気が頬を切り、夜風が服の裾《すそ》を乱す。灯りのついている部屋はほとんどない。時折遠くで夜鳴鶯《ナイチンゲール》の声がする他は、館は深い森の奥の泉のように静まり返っている。

が、ユヌスの部屋に近づくにつれ、細波のようにその静寂は揺れ始め、ぼんやりと小さな灯りが闇を溶かし始めた。

ユヌスはまだ起きているらしかった。しかも、ユヌスの部屋には、他に誰か人がいるらしく、話し声が微《かす》かに聞こえて来る。

朝海は邪魔になってはいけないと思い、そっと足音をひそめてユヌスの部屋に近づいた。

「臆病風に吹かれたか、ユヌス」

激しくユヌスを詰《なじ》る声に、朝海はビクリとして足を止めた。あれは、ザヘルの声だ。

「そんなに戦に出るのが怖いのか。バーミヤンは異教徒の国ではないか。そこに聖戦《ジハード》を行うのがなぜ悪い。おまえはイスラムの聖戦士《ムジャヒディン》ではないのか」

ザヘルは語気荒くユヌスに詰め寄っている。それに対してユヌスの口調は、川の流れのように滑らかで静かだった。

「落ち着け、ザヘル。セルジューク朝は十五年前に興《おこ》ったばかりで、今が日の出の勢いだ。これからも間違いなく力を増していくだろう。今、ガズニ朝がセルジューク朝に敵対するように西に兵を進めれば、必ずいつか反撃を食らう。そうなったら、セルジューク朝がまず攻め入るのはガズニではなく、セルジューク朝の領土に近いこのグルバハールなのだぞ」

「しかしガズニ朝の要請を拒めば、セルジューク朝より先にガズニ朝がこのグルバハールに攻め入るぞ」

ザヘルはすかさず切り返した。朝海は呼吸を噛《か》み殺すようにしながら、二人のやりとりに耳を傾けた。

「ガズニ朝にセルジューク朝との和平を進めるよう進言することは、挑戦してみる価値はある」

ユヌスの口調は穏やかなままだったが、その根底には強い意志の力が感じられた。

「ほう、どのようにだ？　マスウードはガズニ朝には何度も痛い目に遭《あ》わされている。雪辱の機会を虎視《こし》眈々《たんたん》と狙っていた奴を、どうすれば止められると言うのだ？」

ザヘルの声は、あからさまな反発とかすかな侮蔑《ぶべつ》を含んでいた。ユヌスは逆に口調をさらに柔らかくした。

「マスウードの一番の目的は領土回復だ。父の代のガズニ帝国の栄光を取り戻すことが、マスウードにとっては悲願のはずだ。それにマスウードとて馬鹿ではない。セルジューク朝の恐ろしさは多少なりとも分かっているはずだ。だとすれば、セルジューク朝が東に兵を進める余裕のない今は、戦わずして領土を広げる絶好の機会だ。今なら、ガズニ朝により有利な条件で平和条約を結ぶことが出来る。兵を出して多大な犠牲を払うより、その方がずっと得策だし、いざとなれば兵を出せると言う切り札があるから、和平を提案してもガズニ朝の威信が傷つくこともない。

それに武力で領土を切り取れば後で必ず反撃を食らうが、条約を結んでおけばその心配もない」

朝海はユヌスの頭の良さに感心した。自分の考えを納得させるために、自分にとってだけでなく相手にとってのメリットを十分に知り尽くしてそれを提示して見せる。これならば十分に、マスウードを納得させられるだろうと、朝海は思った。

ザヘルはしばし沈黙した。朝海はザヘルがユヌスの考えに納得したのかと思って緊張を緩めた。が、次に発せられたザヘルの言葉は、朝海の予想を裏切るものだった。

「マスウードが納得するとは私には思えん。それにユヌス、おまえはそう言って、本当はバーミヤンを攻めたくないだけではないのか？」

ユヌスが息を呑む音が、夜気を貫《つらぬ》いてはっきり聞こえた。朝海も心臓に刃を突き立てられたような気がした。

「おまえが巡礼の帰りにバーミヤンへ立ち寄ったとは聞いている。おまえが出兵を拒むのは、そのせいではないのか？」

「確かにそれもある」

ユヌスは観念したような吐息《といき》と共に言った。

「なぜだ、ユヌス。バーミヤンがイスラム化し、ガズニ朝に恭順《きょうじゅん》の意を示せば、戦は避けられるのだ。神の存在を知らぬ異教徒に神の存在を教える聖戦《ジハード》を行うのがなぜ悪い？」

「ザヘル、考えてみたことがあるか？」

ユヌスが穏やかに問いかけた。

「異教徒は本当に、神を知らぬ傲岸《ごうがん》不遜《ふそん》の輩《やから》だと思うか？　彼らは彼らなりのやり方で神の存在を知り、畏怖《いふ》と感謝を捧げているのだ。それは私達と何ら変わることがない。血を流してまで私達のやり方を押し付けるより、互いの信仰が本質的には同じだと知り、理解し合うことの方が大事ではないのか？」

「ユヌス！」

ザヘルは怒りを露《あらわ》にして怒鳴った。

「おまえの考えは神《アッラー》への侮辱だ。アッラーの存在を異教徒に教えるのはムスリムの義務だ。それを行う者がイスラムの聖戦士《ムジャヒディン》と認められるのだ。ユヌス、おまえは聖戦士《ムジャヒディン》ではない。おまえを見損なったぞ」

ザヘルは吐き捨てるようにそう言うと、大きな足音を立てて入り口の方へ近づいて来た。

朝海は慌てて物陰に身を潜《ひそ》めた。

ザヘルは、怒り心頭に達したという様子で部屋から出て来た。濃い眉は吊り上り、端正《たんせい》な顔は怒りに歪《ゆが》んでいる。朝海は見つかりはしないかと心配だったが、怒りに身を任せたザヘルは幸い朝海には気付かず、いつも以上に大きな歩幅で床を蹴るように立ち去った。

ザヘルの姿が見えなくなると、朝海はそっと入り口から声をかけてユヌスを呼んだ。

「アサミ？」

ユヌスはすぐに出て来て、朝海を招じ入れた。

「どうしたのだ、こんな夜中に」

ユヌスは朝海の手を取ると、暖炉のそばへ導いた。

「手が冷え切っている。こっちへおいで」

ユヌスの手は温かかった。春の陽溜《だま》りのような優しい幸福感が朝海を包む。

朝海はユヌスに、誰かが自分の様子を窺っていたことを話した。何のためかは分からないが、他国の間者がこの国を窺っているかも知れないから、十分注意して欲しいと。

ユヌスは、かすかに眉をひそめた。

「そうか。以前おまえの部屋を窺っていた者がいたが、あれもまさか間者ではあるまいな。あの後調べさせた時には不審な者は見当たらなかったから、てっきりおまえを疑った家中の者と思っていたが。ではもう一度、館の中に不審な者がいないか調べさせよう。不安な思いをさせたな」

ユヌスは手を伸ばして朝海の頬を包んだ。

朝海の心臓が甘く鳴った。

「長い間一人にさせたな。済まなかった」

朝海は首を横に振った。

「私のことならいいの。それよりあなたの方が大変なのでしょう？　ザヘル様がなかなか、あなたの意見に賛成してくれなくて」

「ああ、聞いていたのか」

ユヌスは軽く唇を噛んだが、朝海を安心させるように明るく笑った。

「大丈夫だ。明日の会議で結論を出すことになっているが、何とか皆を説得できそうだ。誰も戦は望んでいない。ザヘルとて、皆が私に賛成すれば、引き下がらざるを得ないだろう。……それより、おまえの方こそ、何か他に困ったことはないか？」

明るく言ってはいたが、暖炉の火に照らされたユヌスの頬は以前に比べてこけ、彼の心労を物語っていた。そんな時でさえなお、朝海を気遣《きづか》ってくれる優しさが、切ないほどに朝海を満たした。すると、今まで緊張の糸で縛り付けていた恐怖が堰《せき》を切ったようにあふれだし、朝海は思わず言ってしまった。

「ユヌス。私、夢を見たの、元の世界の。このままだと何もかも思い出してしまいそうで怖いの。もう何も思い出したくない。私はここであなたと生きると決めたのに」

「アサミ」

ユヌスは溢れる愛しさを噛み締めるように、朝海を優しく引き寄せて胸に包み込んだ。

「大丈夫だ。おまえを傷つけるものがあれば、何であろうと私が守ってやる。誰にも傷つけさせはしない、おまえを」

朝海は助けを求めるようにユヌスの胸に縋《すが》りついた。温かい体温と心臓の鼓動が伝わってくる。

朝海はうわ言のように何度もユヌスの名を呼んだ。ユヌスはその度に優しく答えながら、朝海の背を繰り返し撫《な》でた。

3　仕掛けられた罠

そしてとうとう翌日、グルバハールの全官僚・軍人の出席のもと、今後の方針が定められた。結果はユヌスの言うとおりマスウードに和平条約の締結を進言することに落ち着いた。ユヌスの策に皆が納得したからだった。

ただ、ダウドは、マスウードが納得しないだろうというザヘルの意見にも耳を傾け、万一マスウードが進言を退けた場合に備え、いつでも出兵の準備ができるようにしておくようにと付け加えた。さらに、進言する以上はサイード家がこの件に関してはセルジューク朝への使者として和平の打診をしてもよいというほどの覚悟をマスウードに見せるべきだという意見も挙げられ、取り入れられた。

朝海は、とりあえず戦になる可能性が小さくなったことにほっと胸を撫で下ろした。それは館の女達も同じらしく、祭《イード》の準備も、今までになかった活気のうちに進められた。

そしてとうとう、長かった断食月《ラマダーン》が明け、二日にわたる祭《イード》が始まった。久々に磨き上げられたように晴れ渡った空に、楽士達の奏《かな》でるリズミカルな音楽が吸いこまれていく。

館の大半の者が広間に集まり、思い思いに飲み、食べ、踊る。しかし、イスラム教の習慣に従って、男女の席の間は厚いカーテンで仕切られていた。

朝海も久しぶりに朝海を訪ねたラーベアに誘われ、広間へ顔を出した。二人が一塊《ひとかたまり》になって茶を楽しんでいる女性達の方へ近づいていくと、中の一人がはっと顔を上げた。

ファティマだった。彼女は朝海を見ると、ふと顔を背《そむ》け、立ち上がってその場を去ろうとした。

「どこへ行くの、ファティマ？」

ラーベアが慌てて声をかける。しかしファティマは振り返りもせず、

「気分が悪いの、お母様。部屋へ戻るわ」

というと、呼びとめる隙も与えず姿を消した。

ファティマがどんな思いでこの断食月《ラマダーン》を過ごしたかと思うと、朝海は胸を刺されるような思いがした。同じユヌスを愛する者として、ユヌスが戦場へ行ってしまうかもしれないという不安は痛いほど分かる。ユヌスに愛されている朝海はまだましだった。ファティマは一人、どんな思いで苦しんでいたのだろう。

そう思うと、女達と茶を楽しみ、楽士達の奏でる調べに耳を傾けていても、朝海の心はなかなか晴れなかった。

夜になると、祭の雰囲気はまた違った盛り上がりを見せ、えんえんと続いた。日常からの開放感が徐々に濃密になっていく闇と相和して、不思議な高揚感のうねりへと変化していく。中庭では、冬枯れの木々が黒々と闇に浮かび、束《つか》の間の享楽《きょうらく》に身を任す人々を静かに見守っていた。

祭は果てしなく続いていたが、夜も更けたので朝海はそろそろ自室へ戻ろうと広間を出た。その時、思いもかけない人物が朝海を呼び止めた。

「アサミ様。ユヌス様がお呼びです」

声の主は、ユヌスの従者のウマルだった。

「ユヌス様が？」

朝海はウマルに対しては相変わらず警戒心を捨てきれずにいた。しかし、ユヌスが呼んでいるという以上、行かないわけにも行かず、朝海は不安な思いでウマルの後に従った。

ウマルは朝海に対しては相変わらずほとんど口をきかなかった。しかしウマルが向かっているのは確かにユヌスの部屋の方向で、朝海は少し安心した。

後少しでユヌスの部屋というところの曲がり角で、ウマルは足を止めた。

「少しお待ちを」

機械的にそう言うと、ウマルは角を曲がってユヌスの部屋のある方へと歩いていった。

朝海は、間違いなくユヌスの部屋の近くに連れてこられたことに安心して、壁に身を預けた。

その時、頭上から不意に声がし、朝海の神経を弓のように張り詰めさせた。

「何をしておられる？　アサミ殿」

朝海は兎のようにビクリと飛び跳ね、上を見上げた。この声は……。

ザヘルは朝海が立っている廊下の壁に片腕をついた。

ザヘルの体からは奇妙な香りが漂い、その仕草は緩慢《かんまん》で、口調もいつもの快活な調子とは異なっていた。それらが底知れぬ不気味さとなって朝海を襲《おそ》い、朝海は身を震わせた。

「何をそんなにおびえておられる？」

ザヘルはそう問いかけながら、覆《おお》い被《かぶ》さるように朝海を見下ろして唇だけで笑った。

ザヘルの全身からは、いつもの明るさも快活さも、煙のように消え去っていた。それに、先程から漂《ただよ》う奇妙な香りは、どうやらバンジィと呼ばれる麻薬の一種のようだった。イスラム教の戒律《かいりつ》の一つに禁酒があるので、イスラムの人々は祭の時でさえ酒を飲まない。代りに、麻薬を吸ってそれに酔うことは、それほど珍しいことではなかったのだ。

見上げると、ザヘルの唇は微笑していたが、その両の瞳の中には、やり場のない苛立《いらだ》ちが互いにぶつかり合い、火花を散らしていた。そしてその奥には、黒い雲のように鬱積《うっせき》した昏《くら》い光が、澱《よど》んだ輝きを放っていた。

朝海は、自分の考えを退けられたザヘルの、鬱々とした思いに気付いた。また、ユヌスの意見に皆が従ったことも、ザヘルのユヌスに対する劣等感を大きくしたに違いない。壁に手をつく動作にも、話しかける声にも、どこか投げやりな気持ちが漂っている。

「せっかくの祭《イード》だ。少々付き合っては下さらぬか」

投げ出すようなザヘルの声に、朝海ははっと我に返り、慌《あわ》てて首を振った。

「困ります、私、これから……」

ザヘルは朝海の言葉を聞きもせず、双眸《そうぼう》の奥の昏い光を、甘く輝かせた。

「祭の最中《さなか》に、そう急がれることはないではないか。それにずっとあなたを見ていた私の気持ちに、気付かなかったとは言わせませぬぞ」

ユヌスとは対照的な逞《たくま》しい端正《たんせい》な容貌《ようぼう》の中で、二つの瞳が熱く輝き、一瞬ゾクリとするほどザヘルを美しく見せた。

朝海は身を震わせた。自分の気持ちに正直なザヘルとはいえ、相手に対する思いやりも確かに持っている普段の彼なら、ここまで強引に迫ってくるはずはなかった。朝海は目の前のザヘルが怖くもあったが同時に心配にもなり、ザヘルの顔を見上げた。

「ザヘル様。いつものザヘル様とは思えません。どうか、なさいましたか？」

するとザヘルは、クスリと笑みを洩《も》らし、朝海の手首を摑《つか》んだ。朝海は慌ててそれを振り払おうとしたが、見ればザヘルの手は朝海の華奢《きゃしゃ》な手首をがっちりと摑んでおり、びくともしない。

「何を言われるかと思えば。私は本気ですぞ」

朝海が恐る恐る顔を上げると、ザヘルは唇から笑みを消し、いつになく真摯《しんし》な眼差しで朝海を見下ろしていた。摑まれた手首が痛い。

朝海はどうすればよいのかとしばし逡巡《しゅんじゅん》した。しかしザヘルの目は本気だった。少々のことで引き下がるとは思えない。ここは本当のことを言うしかないだろうと、朝海は覚悟を決め、ザヘルに向き直った。

「ごめんなさい。私はユヌス様を……」

ユヌスという言葉が朝海の唇から洩れた瞬間、ザヘルの頬がピクリと神経質に動いた。

「全く、どいつもこいつもユヌス、ユヌスと」

ザヘルは吐き捨てるようにそう呟くと、朝海の腕を摑んだ指にさらに力を入れた。朝海がバランスを崩してよろけると、ザヘルはすかさず朝海の体を乱暴に腕の中に閉じ込めた。

「何をするの、離してください！」

朝海は逃れようともがいたが、ザヘルの体はびくともしない。ザヘルは朝海を腕の中に捕らえたまま、すぐそばの部屋へと朝海を引きずるようにしながら入っていく。

朝海の全身がさあっと冷たくなった。ザヘルが酔っているという事実が、いっそう朝海を怯《おび》えさせた。

「は、離して！　人を呼びますよ！」

しかしザヘルは意に介さず、朝海を連れて薄暗い部屋へと入っていった。

そこはザヘルの私室らしく、剣や衣類などの持ち物が部屋の隅に置かれているのがぼんやりと見えた。小さな灯りに照らされた部屋は広く、しきつめられた絨毯《じゅうたん》の赤い模様が暗く浮かび上がっている。暖炉の火は消えており、ひどく寒かった。

部屋へ入ると、ザヘルは乱暴に朝海を寝台の上に突き飛ばした。視界が逆転するその感覚が、これから起こることへの恐怖とは別の、もっと深いところに眠っていた得体の知れない恐ろしさを揺り動かした。全身が大きく震撼《しんかん》する。表情が歪み、目が大きく見開かれるのが自分でも分かった。

「女の扱いもろくに知らぬユヌスなどより、私の方がよほど楽しませて差し上げますぞ」

ザヘルは身をかがめ、朝海の耳元に熱く囁《ささや》いた。低く艶《つや》のある声と熱い息が耳に触れ、全身が炎のように熱くなる。目の前のザヘルへの恐怖ともう一つの得体の知れない恐怖とで、全身に力がうまく入らない。

「離し…て……」

大声で叫んだつもりの言葉はかすれた囁きにしかならず、ザヘルは唇に笑いを含んだ。

「そう、そうやっておとなしくされるがいい。そうすれば乱暴は致しませぬ」

ザヘルは朝海の顎《あご》を捕らえて唇を奪った。圧倒するような強引さで侵入してくる舌の感じが、朝海に何かを思い起こさせた。ザヘルの顔にもう一つの面影が重なる。

執拗《しつよう》な口づけが終わると、ザヘルは朝海の髪と肩を覆ったベールを奪い取った。艶《つや》やかな黒髪と白い首筋とが露《あらわ》になる。ザヘルはその首筋に口づけを繰り返しながら、上衣の裾《すそ》から片方の手を忍び込ませた。大きく熱い掌が、繰り返し素肌の上を滑る。ザヘルの大きく見開かれた目と熱い息。再びザヘルの顔が大きく歪み、そこに別の顔が重なった。

理知的な瞳、褐色の肌、意志の強そうな唇。少し怒ったような顔で、朝海を見ている。

朝海は確かに彼を知っていた。のみならず、記憶を失った後も何度も夢に出て来たあの人物、今初めてその顔を思い出した人物は、確かに彼だった。

胸の底で記憶が怒濤《どとう》のようにあふれ、渦を巻く。それと同時に、気を失いそうな恐怖が全身を奪う。いやだ、思い出したくない。

ザヘルの手が、一層激しく朝海の体を翻弄《ほんろう》する。上衣が乱され、上半身の感覚が冷たい空気とザヘルの熱い手に支配され、耐えきれずに唇から喘《あえ》ぎが洩れる。同時に胸からせりあがる記憶が、恐怖を従えて全身を蹂躙《じゅうりん》する。

「いやあああっ！　ユヌス！」

ザヘルが朝海の大声に驚いて身を起こした。

朝海は虚脱《きょだつ》状態に陥って、目を見開いたまま空に視線を放った。

……思い出した。

突然、部屋の外で荒々しい足音がしたかと思うと、人影が部屋の中へ飛び込んで来た。

ユヌスだった。

荒い息をつきながら部屋に駆け込んできたユヌスは、その場の状況を見るや怒りに目を吊り上げた。

「ザヘル、貴様っ」

ユヌスは日頃の理性をかなぐり捨てて唸《うな》るように叫ぶと、いきなりザヘルの頬を殴り飛ばした。ザヘルはよろけて床に膝をついた。

ユヌスはザヘルの胸倉を摑んで乱暴に引き起こすと、ザヘルの顔に自分の顔を近づけ、激しくザヘルを揺さぶった。

「ザヘル、なぜこんなことをした⁉　事と次第によっては許さぬぞ！」

ザヘルは表情を止めたまま、黙ってユヌスのなすがままになっている。やがてその喉《のど》の奥から、枯れ枝をこするような笑いが洩れた。

「ザヘルっ」

「そうとも、ユヌス。おまえには分からん」

顔をすさまじい怒りに歪《ゆが》めて荒い息をつくユヌスに、ザヘルは醒《さ》めた一瞥《いちべつ》をくれた。

「私がなぜこんなことをしたかなど、おまえには一生分からん。誰からも認められ、愛した女に易々《やすやす》と愛されるおまえなどに、私の気持ちなど分かるものか。物心ついたときからいつもおまえと比較され、劣等感を抱かされてきた私の気持ちなどな！」

最後の言葉は、悲痛な響きを帯びて虚空《きょくう》に散って行った。そこまで感情を露《あらわ》にしたザヘルを前にして、朝海は知った。ザヘルのユヌスへの皮肉も、一見余裕あるように見えた態度も、全て劣等感の裏返しだったことを……。

「ザヘル」

ユヌスが眉を寄せたまま、ザヘルの名を呟《つぶや》いた。ザヘルの胸元を摑んだユヌスの手がだらりと落ちる。

自由になったザヘルは、大きく息をついた。そして苦しげに唇を歪めると、精一杯目を剝《む》いてユヌスを睨《にら》み上げた。

「ユヌス、今度のおまえの策、皆が認めても私は認めぬ。もし失敗すれば責任は取ってもらうぞ」

「ザヘル」

ユヌスは小さく息を呑み、やがて静かに吐き出すように言った。

「もとより覚悟の上だ」

「ユヌス、早くその娘を連れて出て行け」

ザヘルは胸のつかえを吐き出すように言った。何かに耐えるように瞑目《めいもく》し、拳を震わせる。

ユヌスは静かに、寝台に身を投げ出したままの朝海のそばに歩み寄った。

「大丈夫か？」

朝海は辛うじて頷《うなず》いた。しかし声は出せず、ただ訴えるようにユヌスを見上げるだけだった。

ユヌスは腕に力を込めて朝海を腕の中に抱き上げ、一歩ずつ踏みしめるように歩き出した。ザヘルは瞑目したまま動かない。

部屋を出る瞬間ユヌスは立ち止まり、ザヘルに背を向けたまま、低く言った。

「ザヘル。おまえは私に小さい頃から劣等感を抱かされてきたと言ったが……。それはおまえだけではない。私の方も、実の父上に育てられ、剣の腕にも恵まれたおまえが、ずっとうらやましかった。何者にも負けぬ強さと、何者にも怯《ひる》まない剛胆さを持つお前が。お前の方が叔父上の跡継《あとつぎ》にふさわしいと、何度思ったか知れなかった。今でも、その思いは拭《ぬぐ》い去れない。

しかしこれとそれとは別だ。アサミを巻き込むことは許さない。今までも、そしてこれからも……」

ザヘルは答えなかった。

ユヌスは唇を噛《か》み締めると、朝海を深く腕に抱え直して出て行った。

その時入り口のあたりから何かの気配が風のように駆け去ったが、それに気付いた者はいなかった。

「大丈夫か、アサミ」

ユヌスは朝海を自分の部屋の寝台に横たえると、そっと朝海の衣服の乱れを直した。

優しいぬくもりが全身を包む。とたんに朝海の目から涙が溢《あふ》れた。

「ユヌス、ユヌス、私」

「何も言わなくてよい、アサミ。分かっている」

「ちが……ユヌス……」

涙があとからあとから零《こぼ》れ落ち、嗚咽《おえつ》が言葉を飲む。その下から朝海は必死に訴えた。

「違うの、ユヌス……。私、思い出したの。思い出してしまったの、何もかも……」

朝海は両手で顔を覆い、上半身を起こしてユヌスの胸に縋《すが》りついた。ザヘルの朝海への想いと、ユヌスに対する暗い感情を同時にぶつけられたユヌスの眼は、底のない井戸のような深い悲しみに沈んでいたが、それを気遣う余裕さえ今の朝海にはなかった。

しかし、ユヌスはその悲しみを抱えながらもなお、朝海の震える体を優しく抱きしめた。

「アサミ。記憶が、戻ったのか？」

ユヌスの気遣わしげな、恐れるような声が、粉雪のように震えを帯びながら降りてきた。

朝海は頷いた。そう、何もかも思い出してしまった。幼くして父を亡くしたが、十八歳まで海辺の小さな家で母の手によって幸せに育てられたこと、医師を志して家を離れて国立大学の医学部に進んだこと、そして「彼」と出会ったこと。理知的で優秀な同級生だった「彼」に惹《ひ》かれ、付き合おうと言われて有頂天になったこと。しかし「彼」には、朝海の言葉はいつも届かなかった。人の優しさや温かさ、それに愛を、彼は信じていなかった。そして他の同級生もまた。

「私がここに来た訳が、やっと分かったわ」

渦《うず》巻く記憶の中で、朝海はうなされるように呟《つぶや》いた。そして、深い淵の底から常に自分を凝視《ぎょうし》していた孤独の黒い瞳が、いったい何であったのかも。

「私、逃げ出したかったの。自分を取り巻く環境から、逃げ出したかった。私は、本当に心から触れ合える人をずっと探していたの。真に相手を思いやれて、辛い時には支え合っていけるような人を……。でも、だれもそうやって私の心に触れてくる人はいなかった……」

「アサミ」

ユヌスは、触れれば朝海が消えてしまうのではないかと恐れるように、震える腕で朝海を柔らかく包んだ。

「……ずっと淋《さび》しい思いを、して来たのだな」

その声は哀しいほどに、儚かった。

「……今も、淋しいか？」

朝海は黒髪をゆるやかに乱し、首を振った。

「いいえ、今はあなたがいるわ。あなたのような人を、ずっと探していたの。本当の優しさを持つ人を……。やはり私は、あなたに会うために、ここへやって来たのだわ」

朝海はユヌスの胸から顔を上げ、小さくふわりと微笑んだ。夜風が頬を撫でていく。

そんな朝海の表情があまりにも哀しかったのだろうか。ユヌスは痛々しげに眉を寄せ、そして恐れるように訊ねた。

「ここへやって来た訳が分かった今、おまえは行ってしまうのか？」

語尾は、寒さに身を縮める小鳥のように震えていた。朝海はユヌスの不安に気付き、やわらかに首を振った。

「いいえ、私はどこへも行かないわ。ここであなたと共に生きていくと決めたのだから」

その時、朝海の胸に、裂けるような痛みが走った。その裂け目に、一つの映像がフラッシュバックする。倒れたスタンド。腕に突き刺さったガラスの破片。「彼」の驚いた顔。続いて浮かんだのは、心配そうな中年女性の顔だった。細面の、優しい、そした限りなく懐かしい……。

「お母さん……」

朝海の頬に、一粒の涙がきらめいた。そう、「彼」に無理やり抱かれそうになったあの夜、抵抗した朝海は彼の部屋でスタンドを倒し、割れたガラスを腕に受けた。痛みで気が遠くなり、そして気が付くと、全ての記憶を失って、ここに来ていたのだ。

今頃は自分がいなくなったことが、故郷の母にも知らされているだろうと思うと、朝海は辛くてたまらなかった。母はどれほど自分を心配しているだろう。しかも、ここに留まれば、もう二度と、会うことはないのだ。

「おまえにも……、家族がいるのだろう？」

ユヌスが、囁《ささや》くように訊ねた。

「家族を捨てても、ここに留《とど》まることが、おまえのような優しい娘に出来るのか？」

朝海は沈黙した。母は確かに朝海にとってかけがえのない存在だった。しかし……。

暖炉の火のはぜる音が、夜にこだまする。

ユヌスは頬に炎の灯を映しながら、じっと朝海の答えを待っている。

長い沈黙が過ぎた。遠くから人のざわめきが聞こえる。朝海はしばし固く目を閉じたが、やがて決心するように両眼を開いた。

「私の家族は、あなただわ」

胸の中で何度も母の面影に手を合わせながら、朝海はその胸の痛みに耐え、ユヌスの瞳に熱い眼差しを合わせた。

たとえ帰る方法があったとしても、朝海はもうここから離れられないほど強く、ユヌスを愛していた。

「アサミ」

ユヌスは悲鳴のように叫び、朝海を再び腕の中に、強く強く抱きしめた。

「おまえは私のために、本当に家族を捨ててしまうというのか？　全てを捨てても、私と共に生きてくれると言うのか？」

息が止まるほど強く抱きしめられ、朝海は息苦しさと幸福に、半ば気が遠くなりながら頷《うなず》いた。

「ありがとう、アサミ。愛している、おまえを、愛している」

ユヌスは朝海の耳元に、繰り返し熱く囁《ささや》いた。ユヌスのぬくもりが朝海の全身を包み、朝海は自分がまるで星のきらめく夜空に浮かんでいるような夢心地となった。

「一日も早く、おまえとのことを皆に認められるよう、精一杯努めよう。いや、努めさせてくれ」

ユヌスは朝海の温もりを体に染み込ませようとするかのようにもう一度強く朝海を抱きしめると、名残惜しそうに朝海を引き離した。

「もう遅い。部屋まで送ろう」

朝海は体のすみずみに残るユヌスの体温を、そっと抱きしめた。ユヌスが滑らかな動作で朝海の手を取る。人影の消えた部屋を、部屋の隅に澱《よど》んだ闇が、しんしんと見つめていた。

夜の空気は、まだ祭の熱気を孕《はら》んで胎動《たいどう》するようにうねっていた。ユヌスと朝海は、人気の少ない廊下を滑るように歩いていた。

ところが、二人がまだ数十歩と行かないうちに、二人は激しく乱れた足音とただならぬ叫び声に引き戻された。

「ユヌス様！」

地響きのような足音と共に二人に追いすがってきたのは、ジャミールであった。

二人が振り返ると、ジャミールは幅広い肩で大きく息をつきながら、カッと目を剥《む》いてのめりこむようにユヌスを見つめた。顔色は青ざめ、血の気を失った唇が言葉を紡《つむ》ごうと震えている。

「どうしたジャミール？」

異変を感じたユヌスが、張り詰めた声でジャミールに問い掛ける。ジャミールは震える唇をもどかしげに動かしながら、かすれた声を喉から絞り出した。

「ユ…ヌス様。ダウド様が！」

「叔父上に何かあったのか？」

ユヌスが全身に緊張をみなぎらせた。ジャミールは半ば倒れかけるように頷きながら、喘ぐように言った。

「賊に襲われました。ご自分の部屋で」

「何だと？」

ユヌスの顔からみるみる血の気が引いていく。朝海がユヌスの横で息を呑む。ユヌスは握り締めた拳を震わせながら、ジャミールに詰め寄った。

「叔父上はご無事なのか!?　賊は何者だ!?」

ジャミールはユヌスの勢いにたじたじとなりながら、必至で首を振った。

「分かりませぬ。深手ですが、息はおありです。今、医師が傷を見て……ユヌス様!」

「ついて来い!」

ジャミールの言葉を最後まで聞き終えず、ユヌスはダウドの部屋めがけて走り出した。

朝海とジャミールも慌てて後を追った。

「一体どういうことなの!?」

朝海はジャミールに遅れまいと必死で走りながら聞いた。ダウドが襲われた。あまりに予期せぬ出来事に、そう聞いてもまるで実感が湧《わ》かなかった。

ジャミールも、ただ首を振るばかりだった。

「私にも分かりませぬ。ただ先ほど、ダウド様のお部屋の前を通りかかったら、妙な呻《うめ》き声がするので入ってみたのです。するとダウド様が血まみれで倒れておられたのです。すぐに医師を呼びましたが、とにかくユヌス様にお知らせせねばと」

ジャミールが言葉を重ねるにつれ、映像の焦点が次第に合わせられていくように、起こったことの重大さがはっきりと朝海の頭の中で像を結び始めた。サイード家の大黒柱のダウドが襲われたのだ。数日中にはガズニ朝の使者が来ると言うのに、ダウドに万一のことがあったら、この国はどうなるのだろう。

二人は息を切らしてダウドの部屋に駆け込んだ。

朝海はその場の惨状に息を呑んだ。カーテンは引き裂かれて床に落ち、倒れた家具が厚い絨毯《じゅうたん》に幾つも沈んでいる。そして、生々しい血の臭いが鼻をついた。

部屋の中央には、腹部に大きな傷を負ったダウドが、仰向けに絨毯の上に転がっている。

両脇には、眉を固く引き絞って動揺を抑えようと必死なユヌスと、懸命に傷の具合を調べている医師とが、床に膝をついている。ダウドは激しい苦痛に顔を歪めて歯を食いしばり、こめかみに玉のような脂汗を幾つも浮かべていた。

「ジャミール、ザヘルを呼んで来い」

二人の気配に気付いたユヌスが、こちらを振り向きもせず、石のように硬い声で口早に言った。ジャミールは素早く頷《うなず》くと、無駄のない動きで駆け去った。

医師が振り向き、まだ入り口に立ち尽くしたままだった朝海を呼んだ。

「こちらへ。ご助力を願いたい」

医師の額にも冷や汗が浮かび、事態が容易ならざることを物語っていた。朝海は全身の筋肉が萎《な》えてしまいそうになるのを必死で叱咤《しった》しながら、医師の隣にかがみこんだ。

ダウドの傷は右の上腹部を深くえぐっていた。しかし、外から見ただけでは傷の深さははっきり分からない。出血量はさほど多くないが、内出血している可能性もある。朝海は医師の顔を見た。医師は目を伏せて首を横に振った。自分にはなす術がないというサインだった。

朝海はそっとダウドの脈を診た。脈は触れない。出血が多すぎるのだ。

血に濡《ぬ》れて冷たくなった上着をめくり、腹部を軽く押さえると、腹部は板のように硬い。腹膜炎の症状だ。これは傷が内臓を包んだ腹膜を破り、腹の中が大火傷を負ったのと同じ状態になっている。

これは輸血と手術をしなければ助からない。血液も手術用具もないここでは、手の打ちようがなかった。

朝海はぎゅっと目を閉じた。医師の縋《すが》るような視線が痛い。しかし、これではどうしようもない。朝海は静かに首を振った。

医師が打たれたように動きを止める。ユヌスも衝撃を露《あらわ》に、目を剥《む》いて拳を握り締めた。

「ユ…ヌス……」

その時、ダウドが搾《しぼ》るような呼吸の下から、切れ切れに声を発した。ユヌスは弾かれたようにダウドの顔を覗《のぞ》きこみ、ダウドの血に塗れた手を両手で握り締めた。

「叔父上、苦しいのですか、叔父上！」

「マスウードの……術中に……陥《おちい》るな……」

「叔父…上……？」

ユヌスがビクリと眉を動かした。ダウドを襲ったのはマスウードの差し金だと言うのか。だとしたら一体、マスウードは何を企《くわだ》てているのだろうか。

「わしを殺して……家中の分裂を…図る気だ。

ユヌス……。うかつだったぞ……」

ダウドは、見ている朝海の方が辛くなるほど苦しそうに、搾《しぼ》るような息を繰り返した。

「おまえの従者のウマル……。あれは、マスウードの手の……」

その場の空気が、瞬時に凍りついた。ユヌスは息をすることさえ忘れたかのようにカッと目を見開いてダウドの唇を見つめ、朝海は両手で唇を覆った。

そうか、そうだったのか。朝海は全てを理解した。何故ウマルが、バーミヤンの間者《かんじゃ》がグルバハールに入りこむことを恐れ、朝海に疑いの目を向けたのか。あれは、グルバハールに他の勢力が入るのはガズニ朝にとって不都合だったからだ。そして何故先ほど、ユヌスが呼んでいるとウマルに告げられた朝海が、ユヌスと対立関係にあるザヘルに出会ってしまったのか。さらには、ユヌスと朝海の様子を、じっと窺っていたのが誰だったかも……。

そしてウマルは、祭の中で警備が手薄になっているのに乗じて、ダウドを襲ったのだ。今彼を殺せば、意見の対立に加えて朝海のことで決定的に袂《たもと》を分かったユヌスとザヘルを中心に、家中は分裂するだろう。それに乗ずればマスウードにとって、グルバハールを直接支配下に収めるのはたやすい。そうすれば、西への侵略の拠点が手に入るというわけだ。

その時、荒々しい足音が、凍りついた空気を粉々に砕いた。

「一体どういうことだこれは！」

ザヘルだった。先ほど肌に触れたザヘルの手の感触が蘇《よみがえ》り、朝海はゾクリと身を震わせた。ザヘルは朝海に気付くと一瞬くっと顔を背けたが、すぐに大股でダウドのそばへ近づいて来た。

「父上！」

暖炉の弱々しい炎に、ダウドの土色になった額に浮かんだ汗がキラリと光る。それを見て、跪《ひざまず》いたザヘルの顔が険しくなった。

「何があったのですか父上！　ユヌス、一体これは何だ。誰がやったのだ！」

「……やったのは、マスウードの手の者だ」

ユヌスが、自らを裁くように答えた。そしてザヘルと共に入ってきたジャミールに、

「ウマルが、マスウードの間者だったのだ。すぐに追っ手をかけて捕らえろ」

ジャミールは一瞬顔色を変えたが、驚いている場合ではないと悟ったのか、すぐに頷《うなず》いて駆け去った。ザヘルがユヌスに詰め寄る。

「マスウードの間者だと？　一体！」

「ザ…ヘル……わが息子よ……」

その時、ダウドが土色の唇を震わせながら、焦点の定まらない視線を空に泳がせた。

「父上、私はここです、しっかりなさって下さい！」

ザヘルが悲鳴のように叫んで父の手を取る。

「ザヘル……。ユヌスと助け合って、この国を守ってくれ……。ザヘル、何故私がユヌスを跡継に選んだか、お前に分かるか……？」

「父上」

ダウドの唇から、抑えきれない苦痛が喘ぎとなって洩《も》れたが、ダウドは言葉を続けた。

「ザヘル、優れた軍人としての才は、この国に欠くべからざるものだ。しかし、同時に国を治めていくには、ユヌス、おまえのその冷静な判断力と、そして民を慈《いつく》しむ優しさが必要だ。ユヌス、ザヘル……お前達はどちらが欠けてもならぬ……」

ダウドは大きく喘ぎを繰り返した。それは見ているほうが辛くなるほど苦しげで、朝海は正視するに忍びなかった。

しかし、ダウドは最後の力を振り絞るように、二人に訴えかけた。

「軍の力を持つ者が、権力の座を手にするのはたやすい……。だが、武力を持たないものがそうするのは難しい……。お前達二人の力を共に活かすために、私はユヌスを跡継に選んだのだ、分かるか……」

「……」

「……」

ユヌスとザヘルの顔色がさっと変わり、二人同時に言葉を失うのが、朝海にははっきりと分かった。

「ユヌス、ザヘル……」

ダウドが、全身から振り絞った力を眼差《まなざ》しに注ぎ込む。

「お前達は車の両輪、右腕と左腕、鳥の両翼……。どちらが欠けてもならぬ。二人、力を合わせ、この国を、守って行け……。そして、兄上……」

ダウドが突然医師の方に目を向けたので、医師は驚いて目を見開いた。朝海は、はっと、医師が先々代の総督《アミール》、つまりダウドの父の庶子であったことを思い出した。

「苦労を、かけたな……。何もしてやれず、すまなかった……」

医師は頭を振った。その小さな目から涙が溢れた。

「兄と……、呼んで下さるのですか、この私を……。それだけで……、今までの何もかも、報われる思い……です……」

「二人を、見守ってやってくれ……」

医師はしっかりと頷いた。

ダウドの双眸《そうぼう》は涙に濡れていた。その目に全霊を込めた光が、ユヌス、ザヘル、そして医師に向かって瞬《また》いた。

が、それは次の瞬間には急速に力を失い、弱く微かになり……、明け方の星のように消えていった。

朝海の視界が涙に滲《にじ》んだ。直接関わることは少なかったものの、懐《ふところ》の深い優しさをもってユヌスを慈《いつく》しんでいたダウドに、朝海は父親のような思いを抱いていたのだった。

重い沈黙の支配する部屋の中で、ユヌスとザヘルは固く唇を噛み、別々の虚空を睨《にら》んだまま、荒れ果てた夜の庭に佇《たたず》む二つの美しい彫像のように、いつまでも立ち尽くしていた。

4　遠き想いの果てに……

事件はそればかりでは済まなかった。

ダウドの突然の死に、全ての色彩を失って灰色の悲しみに沈んでいるグルバハールに、ガズニ朝からの使者が不意打ちのようにグルバハールに対する宣戦を布告したのだった。

「何故です、一体！　我らが何をしたと……！」

ユヌスもザヘルも、顔色を変えて使者に詰め寄った。ダウドを襲ったウマルを捕らえることは出来なかった。ダウドを殺したのがガズニ朝の差し金と分かっていても、証拠がないために何も言えず、ただグルバハールを守るために屈辱を耐えてガズニ朝と変わらぬ関係を保とうとしていたのだ。ダウドの死に乗じてグルバハールを自分の物にしようというマスウードの意図は明らかだったが、宣戦布告を正式にするならば正当な理由が告げられるべきだった。

「バーミヤン出兵に協力する意が見られない」

使者は冷えた声で告げた。

「我らはまだ先の出兵要請に対する返答をしておりませぬ。返事も聞かずにいきなり宣戦とは、あまりではないか！」

ザヘルの抗議は的を得ていたが、使者は軽く切り返した。

「ほう、では何も言わずとも出兵に同意する用意があったと？」

ザヘルがぐっと言葉に詰まる。使者は今度はユヌスに視線を向けた。

「そうは見受けられませんでしたな。出兵の準備など、館のどこにも見られない。マスウード様のご意志に従うつもりなら、一刻も早く兵を出したいというこちらの意向はお分かりのはず。それにユヌス殿」

使者は唇の端に侮蔑《ぶべつ》的な笑みを刻んだ。

「ダウド殿が亡くなられた今、総督《アミール》はあなたのはず。しかしそのあなたは、聖書《クラーン》の教えに背き、事もあろうに異教徒を妻にしようとしているとか」

ユヌスの顔色がさっと変わった。それを面白そうに眺めて使者は、

「それだけでも、われわれが神《アッラー》の名において聖戦《ジハード》を行う十分な理由になるのではありませぬかな。では失礼する」

と言い捨てると、身を翻《ひるがえ》して立ち去ったのだった。

館は俄《にわ》かに騒然とした空気に包まれた。

戦が始まる。

男達は険しい表情で館の中を忙《せわ》しなく行き来し、女達は怯《おび》えきった表情で小鳥のように身を縮ませながら、炊き出しに従事する。

そんな中で、ユヌスが異教徒である朝海を妻にしようとしたことがマスウードの怒りを買ったという噂が、水に落ちたインクのように館中に黒く広がっていた。

表立って朝海を責める者はいなかったが、

「あの娘はユヌス様を惑わし、グルバハールを破滅させる悪魔ではないか」

というひそひそ声が朝海の耳に入らないはずはなく、朝海はいたたまれなかった。自分がここに来なければ、ユヌスとザヘルの間の溝がここまで深まることも、ダウドが殺されることもなかったのではないか。自分がユヌスを愛したりさえしなければ、マスウードに攻め入る口実を与えることもなかったのではないか。そんな激しい自責の念が、鞭《むち》のように朝海を苛《さいな》んでいた。

朝海はほとんど部屋から出ず、長い苦痛に満ちた時の流れに耐えていた。戦の準備でも、できることがあるなら手伝おうと申し出たのだが、マルジャナに止められたのだった。

『アサミ様を快く思わない者も少なくありません。戦になるのがアサミ様のせいではないことは分かっております。しかし、皆やりきれないのです。アサミ様がお姿を見せては、下手な反発を買うだけです』

朝海は四角い部屋の中で、祈るように瞑目《めいもく》した。食事を運んでくれるマルジャナが時折外の様子を知らせてくれたが、明るい知らせなどあろうはずもなかった。

こうなった今、自分は何をすべきなのだろう、と朝海は闇に向かって問いかけた。深い孤独の深淵から逃れる道を求め、安らぎを探して朝海は遠い過去まで旅をしてきた。遙かな旅の末にようやく得られた幸福……それが今、国一つを危険にさらす結果となっている。ならば一体、何のために、何をするために、私はこの世界にやって来たのだろうか……。

教えて欲しかった。たとえ朝海の心を黒い恐怖と苦痛の爪で引き裂こうとする、あの不思議な声の主でもよかった。しかし、あれ以来、癩者の形をとった不思議な声の主は、夢の中にさえ現われなかった。

代りに、招かれざる客が朝海の部屋を訪れたのは、ガズニ王家の使者が来た三日後の夜のことだった。開戦が決まって以来、朝海は夜になってもほとんど眠ることは出来なかった。寝台に入る気もせず、ただ絨毯《じゅうたん》の上に座り込み、昼と同じように身と心にのしかかる時の重圧に耐えるだけだった。

その夜は、冬の初めにしては寒さの厳しさから解放された夜だった。風さえも動きを止めた、死のような沈黙が、空気を飲み込んで横たわっていた。

遙かな天に瞬《またた》く遠い星々の灯《あか》りだけが、薄い霧のように部屋を照らす、夜半の出来事だった。闇に包まれてじっとうずくまっていた朝海の部屋に、激しい憎悪で身を包んだ誰かが、足音を殺しながら滑り込んできた。

朝海ははっとして振り返った。物音は殺せても、身から躍《おど》り上がる殺気は隠せない。薄い星明りに、ギラリと短剣の刃が光った。

朝海が振り向くや、両手で短剣を握り締めた人影が、真っ直ぐに朝海の懐《ふところ》に飛び込んでくる。朝海は声にならない悲鳴を上げながら、床に転がって身をかわした。人影は目標を失って蹈鞴《たたら》を踏む。人影は朝海よりも小柄で、動きもどこか鈍い。暗殺に熟《な》れた者ではないようだ。

人影が一瞬動きを失ったその隙を逃さず朝海は立ち上がり、前のめりになった人影の手を蹴り上げた。人影が高い悲鳴を上げて、短剣が弾き飛ばされる。朝海はすかさずそれを拾い上げ、部屋の隅に飛びすさって短剣を構えた。

心臓が破裂しそうに胸の中で暴れ、朝海は獣のように荒い息を繰り返した。身を守るためとは言え、自分がこれほど鮮やかな行動をとれたのが、不思議でたまらなかった。

人影はうずくまったまま動かない。朝海は人影から視線を外さないままじりじりと壁際により、灯りを点した。

「……！」

薄明かりに人影が照らし出されるや、朝海は再び悲鳴のような声を上げた。

「ファティマ様！」

黒い大きな瞳に憎悪を煮えたぎらせ、震える唇から喘《あえ》ぐような呼吸を繰り返しているのは……、ファティマだったのだ。

朝海の唇から、乾いた呟《つぶや》きが落ちた。

「何故、私を……」

「何故、ですって……？」

ファティマが唸《うな》るように、低い声で言った。

地獄の底から這《は》い出すような憎しみを込めたその声に、朝海は息を呑んだ。

「何もかも、あなたのせいだからよ。あなたは私の何もかもを奪ったわ。私の生活も、私の幸せも、何もかも……。あなたは悪魔だわ。優しそうな顔をして、この国を滅ぼす、悪魔だったのよ！」

ファティマの口調は低く淡々としていたが、それだけに憎悪の深さを物語っていた。

「この国は、あなたのせいで滅びるのよ」

ファティマは、一言一言を朝海の心に刻み付けるように、ゆっくりと言った。

「あなたのせいで、もうすぐ戦が始まるわ。多くの人達が死ぬわ。私もこの国の総督《アミール》の娘よ。国の皆を救うにはどうしたらいいか、随分考えたわ。そして、たった一つ、方法があるのに気が付いたのよ」

ファティマは赤い唇を吊り上げ、頬を歪《ゆが》めて笑った。

「あなたが、死ねばいいのよ」

「！」

朝海は、凍りついたようにファティマを見つめた。まさかファティマが、そこまで考えるとは思ってもみなかった。

「あなたが死んだら、ユヌスは悲しむでしょうね」

ファティマは氷のように冷たく滑らかな声で言った。

「私を憎むかもしれないわ。でも、この国は元どおりになるわ。戦は避けられ、あなただけがいなくなる。そう、あなたが来る前の平穏な生活が、また戻ってくるのよ。あなたなんて最初からいなかった。そう思えばいいのよ」

「ファティマ様」

「あなたなんかに、ユヌスは渡さないわ。私の方が、ずっと前からユヌスの側《そば》にいたのよ。あなたなんかより遙かに長い年月、ユヌスだけを想ってきたわ。兄を愛するなんて許されないと知っていたけれど、そんなことはどうでもよかった。ユヌスの一番近くにいられればそれでよかった。それほど強く、ユヌスを愛していたのよ。それなのに……」

ファティマの声が急に掠《かす》れた。

朝海が驚いて彼女の顔を見ると、その大きな瞳から真珠のように大きな涙が、ぽろぽろと頬を伝って流れるところだった。

「あなたが、憎いわ……」

灯りに照らされて薄くなった闇を、ファティマの嗚咽《おえつ》が震わせた。

朝海は短剣を握り締めたまま、じっとその場に立ち尽くしていた。無邪気な優しさに満ち、誇り高く美しかったファティマが、何という姿になってしまったのだろう。ここまで追い詰めてしまったのは自分なのだ。

ファティマの憎しみと悲しみに満ちた声が、朝海の体を呪縛《じゅばく》した。

『あなたが死ねば、戦は避けられるのよ』

『あなたが死ねば、元どおりの生活が戻って来る』

『あなたが、憎いわ……』

私が死ねば、この娘は救われる。いや、それだけでなく、この国の人々も。これこそが、最後に私に求められたことかもしれない。ふと胸に湧いたその思いは、鼓膜の奥に繰り返すファティマの声と波のように折り重なり、朝海の心をある一つの方向へと導いた。

朝海は心に静かな決意を固め、短剣を両手で捧げ持ってファティマに差し出した。

「私が死ねば、あなたのお気持ちは収まるのですか？」

「アサミっ」

ファティマが涙に濡れた顔を上げ、短く息を呑んだ。

朝海は、泉のほとりにひっそりと咲く白い花のように、静かに微笑んだ。

「私が死ねば、戦は避けられるのですか？　だったらどうぞ、私を殺して下さい。最後にこの国のお役に立てるのなら、私は本望です。さあ」

朝海はファティマに背を向けて座り、手を合わせて瞑目《めいもく》した。

「くっ……」

ファティマが立ち上がる気配がした。短剣を振り上げる音が、空気を裂く。朝海は目を固く瞑《つぶ》った。

（さようなら、ユヌス）

朝海は、ユヌスの優しい微笑を胸に甦《よみがえ》らせ、そっと抱きしめた。背後でファティマが短剣を震わせている。もうすぐ、何もかも終わる。

「っはあっ！」

胸の内から全てを吐き出すような悲痛な叫びが、背後から朝海の鼓膜を襲った。

一瞬後、どさりと短剣が絨毯《じゅうたん》の上に落ちる音が、夜に沈んでいった。

「どうして！」

魂をひきちぎるようなファティマの悲鳴に、朝海はびくりとして振り返った。

「ファティマ様」

「どうしてあなたは！」

ファティマは四つ這《ば》いになる格好で絨毯の上に崩れ落ち、激しい嗚咽を繰り返した。驚きに身動きを奪われた朝海を、ファティマは顔を上げてのめり込むように見つめた。

「そんなふうにされたら、何もできないじゃないの。私は……！」

ひとたび湖面のように静まり返っていた朝海の心は、再び嵐のようにゆれ始めた。自分のために戦に巻き込まれようとしているこの国、自分がユヌスを愛したことでここまで追い詰められたファティマ、しかし朝海が死の決意を固めた矢先に、朝海を殺せなくなったファティマ。

気が付くと、ファティマの唇から洩れる嗚咽は止み、再び重い沈黙が二人の上にのしかかっていた。

ファティマがその沈黙をゆっくりと持ち上げるように、身を起こして唇を開いた。

その瞳からは、先程の憎しみをたぎらせた狂気の光は消えうせ、代りに波一つない夜の湖面のような、悲しみとも諦《あきら》めともつかぬ、静かな表情が浮かんでいた。

「分かってるわ、もういいの。あなたのせいじゃない。でも……。ただ、やりきれなかっただけなの。何もかも、もうすぐ終わると思うと……」

ファティマは全身から力を奪われるように再びぐったりと首を垂れた。その唇から、蚊のなくような小さな、小さな声が洩《も》れ、空気をわずかに揺らした。

「ごめんなさい……」

それきりファティマは沈黙した。放り出された短剣の刃が、哀しく光っている。

その時、部屋の外から、荒い息遣いと共に、滑るような足音が聞こえ、同時にひどく切羽詰った女性の声が、繰り返しファティマの名を呼んだ。

「ファティマ、ファティマ！」

その声を聞くと、ファティマはビクリと身を震わせた。朝海も思わず声を上げた。

「あの声は！」

ファティマは、その声に導かれるようにふらふらと立ちあがった。そのまま、入り口の方へよろめきながら歩いて行く。

ファティマが入り口に姿を現すと、足音が一瞬止まり、慌てたようにこちらへ近づいて来た。

「ファティマ、やっぱり！」

足音の主は、朝海の部屋からファティマが出て来たのを認めると、悲鳴のような声を上げた。

一方、ファティマは、足音の主が近づいてくると、ぐったりとその身を彼女に預けた。

「お母様……」

「ファティマ！」

ファティマを探してやって来たのは、母親のラーベアだった。

ラーベアはファティマを抱き止めると、慌てて朝海の部屋を覗《のぞ》き込んだ。

「アサミ！　まさか！」

そして、朝海の足元に落ちているファティマの短剣を目にすると、彼女はどうやら、全てを悟ったらしかった。

その顔色が見る見る蒼《あお》ざめるのが、かすかな灯りでも分かった。

「アサミ、怪我は？」

朝海は呆然《ぼうぜん》としたまま、首を振った。何故ここに彼女が現われたのか、皆目見当がつかなかったからである。

ラーベアは全身を震わせてしばし朝海を見つめていたが、やがてその瞳を海のように深い悲しみの色で染めながら、深々と頭を下げた。

「ごめんなさい……」

ファティマは半ば意識を失っているのか、ラーベアの肩にぐったりと頭をもたせかけたまま、ピクリとも動かない。

ラーベアはそれを痛ましそうに眺めた後、再び朝海に視線を向けた。

「こんなことをしておいて、厚かましいと思われるかもしれませんが、この娘《こ》のことをどうか許してやって下さい。この娘の気持ちは……分かっていました。兄としてではなく、ユヌスを慕《した》っていたことも。けれど私には、どうしてやることも出来ませんでした。兄を愛してはいけないことなど、この娘自身が一番よく知っていたはずでしたから。それがこんな結果になろうとは……。どうか許してやって下さい……」

朝海は静かに頷《うなず》いた。ファティマを責める気も、ましてラーベアを責める気は、毛頭なかった。二人の苦しい気持ちは、朝海には痛いほど分かったからだ。

「私のことならいいのです。むしろ、私の方が謝らなくてはいけないのです。ここまで追い詰めてしまったのは、私が原因なのですから」

「ありがとう」

ラーベアは声を詰まらせた。

「こんなに優しい方だからこそ、ユヌスはあなたを愛したのですね。あの子は……」

ラーベアは再び辛そうに息をついた。

「あの子には、小さい時から苦労ばかりさせました。あなたもご存じでしょうが、小さい時に父親を亡くして、その後すぐに私もあの子の叔父に嫁いでしまいました。あの子は肉親の温もりを得ることにさえ遠慮して育ったのです。アサミ、あなたに会えて初めて、あの子は思う存分に誰かを愛せる喜びを得られたのだと、私は思います。こんな時になっても、いえ、こんな時だからこそ、あの子に応えてやって下さい、お願いします」

「ラーベア様」

ポトリと、絨毯の上に雫《しずく》が落ちた。

そこで初めて、朝海は自分が泣いていることに気付いたのだった。

ファティマとユヌスを思う、母の深い愛。朝海は今までそれに気付いていなかった。特にユヌスに関しては、むしろ朝海は、母の愛を知らずに育ったとばかり思い、ユヌスを残してダウドに嫁いだラーベアに、かすかな反感すら感じていたのだった。しかし、考えてみれば、女性が一人で生きることも出来ない時代に、彼女に他に選択の余地があっただろうか？　それに、彼女自身、幼いユヌスを残して嫁いだことに、苦しまなかったはずはないのだ。ユヌスに対する母の愛は、川の流れのように静かに、惜しみなく絶え間なく、注がれ続けてきたのだ。

そしてラーベアは、こういう事態になってなお、朝海を責めず、むしろユヌスと朝海の愛を肯定してくれたのだ。ユヌスとの愛がこのような事態を招いたという自責の呪縛《じゅばく》から解放された喜びと感動が、熱い涙となって溢れ出したのである。

朝海は真っ直ぐに顔を上げ、ラーベアの目に視線を合わせた。

「はい、お約束します。私などでよければ。私達のことを許して下さって、本当にありがとうございます」

ラーベアは朝海から少しも目を逸《そ》らさず、頷き返した。

「あなたでなければ駄目なのです。ユヌスが選んだのは、あなたなのですから」

ラーベアはファティマを支えながら、闇の支配する廊下へと姿を消した。朝海はとめどなく頬を濡らす涙を拭《ぬぐ》おうともせず、深まりゆく夜に、いつまでも身を沈めていた。

5　永遠《とわ》への帰還

しかし、事態はグルバハールにとっても、朝海にとっても、ますます悪い方向へと進んでいた。ユヌスとザヘルの間の亀裂は、最早決定的なものとなっていたのである。

ザヘルにしてみれば、最初から自分の言うとおりにマスウードに協力の意を示していればあるいはマスウードの怒りを和らげられたのではないかという思いも強かったし、ユヌスが異教徒である朝海を妻にしようとしたことがマスウードの怒りを買ったのならばユヌスの責任を追及したくなるのも当然であった。

「ユヌス、おまえの策が失敗すれば、責任を取ることは覚悟していると言ったな」

ザヘルは激しくユヌスに詰め寄った。ユヌスは低い声で、ああ、と答えた。

「どう責任を取るつもりだ、ユヌス」

容赦ないザヘルの弾劾に、ユヌスは軽く呼吸を整え、じっとザヘルを見上げた。……自分自身に裁断を下すように。

「戦場へは私が出る。ザヘル、この国を、この国の人々を、頼む。私が死んだら、家の存続より、この国の人々を守ってくれ」

小さな灯《とも》を点《とも》しただけの凍てついた部屋で、朝海は一人、じっと座っていた。夜はしんしんと深まり、時折つく溜《た》め息は白く凍りつく。

真夜中近いと思われる頃、朝海の部屋にそっと誰かが入ってきた。朝海が振り向くと、静かな表情の中にも張り詰めた緊張を漂わせたユヌスが、部屋の中に佇《たたず》んでいた。

「ユヌス」

「戦場へ、出ることになった」

朝海は息を呑み、食い入るようにユヌスを見上げた。恐れていたことが、とうとう現実になってしまった。

「明日ここを出る」

「ユヌス！」

朝海は悲鳴のような声で叫んだ。

「駄目よユヌス！　あなたがいなくなったら、この国はどうなるの？　ダウド様も、あなた達二人のどちらが欠けてもいけないと、おっしゃったではないの！」

ユヌスは深い眼差しで、やわらかに朝海の悲鳴を受け止めた。

「しかし、事態を招いた責任は、とらねばならない」

「やっぱり、私の…せいなの？　異教徒の私を、あなたが妻にしようとしたからなの？　だからマスウードの怒りを買ったの？」

朝海は震える声でそう尋ねた。ラーベアの言葉で、朝海の心の自責の念は軽くなってはいたが、こうして最悪の事態の前に立たされると、やはり自分のせいではないかという思いが、頭をもたげてくるのだった。

ユヌスは黒髪を微かに乱して首を振った。

「おまえのせいではない。おまえのことなど、攻めこむ口実に過ぎない。身近にガズニ朝の間者《かんじゃ》が入りこんでいるのに気付かず、この国の内情を知られてしまったのは私の責任だ。それに、ザヘルの言うとおり、出兵に一も二もなく同意していれば、あるいは……」

「ユヌス！　でも、あなたが戦場へ行ってしまったら、私はどうしたらいいの⁉」

ユヌスは死を覚悟している。ユヌスの口調のいつも以上の静けさや、水のように澄んだ緊張感から、朝海は敏感にそれを察した。

朝海の目から涙が溢れた。

「それなら、私も連れて行って！　戦場にだって医者は必要でしょう？　それに私がこの国にいては、いつまでも攻めこむ口実を与え続けることになるのでしょう？　第一、私がたった一人で、この国で生きて行けると思うの？　春になったら、一番美しいこの国を見せてくれるってあなたは言ったじゃないの！」

朝海はたまらずに嗚咽《おえつ》を繰り返した。言葉にするほど、ユヌスがいなくなるという現実感が増し、激しい恐怖と悲しみに、朝海は我を失った。

「アサミ」

ユヌスは、光のように柔らかに、朝海を腕の中に包んだ。朝海はユヌスの胸にしがみついた。ユヌスの胸に抱かれるのはこれが最後かもしれない、そう思うと、涙は尽きることなく湧いて来て止まらない。

「いや……、ユヌス……。行かないで。行かないで！　お願い……！　ユヌス……」

「……アサミ！」

風のように優しく朝海の体を抱擁《ほうよう》していたユヌスの腕に、にわかに力が込められ、清流のように滑らかだったその声に、血の滲《にじ》むような苦しみが溢れたので、朝海は思わず嗚咽を止め、ユヌスを見上げようとした。

しかし、朝海を胸の中に閉じ込めたユヌスの腕はそれを許さなかった。

「ユヌス」

ユヌスの腕の中で、驚きに目を見開いた朝海の耳に、激情を孕《はら》んで激しく揺れているユヌスの声が落ちてきた。

「アサミ。私とてお前を離したくない！　できるものなら今すぐにでもどこか遠くへ連れ去ってしまいたい……！

誰もいない、誰の手も届かない、遠い国へ……」

「ユヌス……」

ユヌスは朝海の滑らかな黒髪に、狂ったように頬を押し付けた。

ユヌスの苦しみと、狂おしいほどの愛情が、嵐のように朝海の全身に、魂に襲いかかる。目も眩《くら》むような幸福と、そして別れへの恐怖と絶望に、朝海の意識は海原に投げ出された一枚の木の葉のようになす術もなく翻弄《ほんろう》され、今にも消えてしまいそうに心もとなかった。

魂から搾《しぼ》り出されるようなユヌスの切々とした声が、波のように朝海の鼓膜に打ち寄せる。

「こんな時でなかったら、国など捨てても惜しくはなかった。お前と共にいられるならば……、この国を離れて、どこか見知らぬ国でお前と共に暮らせたら……。たとえ流浪の身となって、死ぬまで異国をさすらうことになろうとも、この世の終わりまで、お前と共にいられれば、それでも構わなかった。総督《アミール》の地位などザヘルにくれてやって構わなかった。お前と共にいられさえすれば……。それ以上のことを望むべきではなかったのかもしれない。お前を得るためなら、何もかも捨てることが出来たのに！　この国をザヘルに任せ、お前と二人、どこか遠くへ旅立っていればよかった！　しかし、今となってはもう……。今にも攻め込もうとしている敵を目の前にして、恐れ慄《おのの》いているこの国の人々を見捨てることは、私には出来ない！」

「ユヌス」

「アサミ……。卑怯な男と、責めてくれ。お前への愛を誓いながら、お前をたった一人この国に残して行く私を。

裏切り者の汚名を着る強ささえ持たない私を！」

ユヌスの胸の中で、朝海は再びしゃくり上げた。ユヌスを責めることはできなかった。ユヌスが国の人々を見捨てることが出来ないのは、自分の名誉のためなどではなく、ユヌスの本当の優しさからであることなど、朝海には分かっていた。ユヌスの優しさは、国の人々を見捨てることなどできるはずがない。ユヌスが戦場へ行くことはもう、逃れることの出来ない事実なのだ。

ならばせめて、自分も側《そば》にいたかった。たとえ命を落としても、ユヌスと共にいられるならば、それでよかった。

朝海は涙に濡れた声で、必死にそれを訴えた。

しかし、ユヌスは、ゆっくりと腕の力を抜き、長い指で静かに朝海の頬を包んだ。急に体を自由にされた朝海は、驚いて目を見開いた。続いたユヌスの言葉は先程の激情が嘘のように、あらゆる命を眠りの安らぎで包む夜のような、深い静謐《せいひつ》に満ちていた。

「おまえを、戦場に連れていくわけにはいかない。おまえを死なせるわけにはいかない。おまえは……」

ユヌスは一度言葉を切り、大切な宝石をそっと掌《てのひら》に載《の》せて眺めるようにこう言った。

「おまえは……私だからだ」

朝海は目を見開いてユヌスを見上げた。私が……、あなた？

ユヌスの深い眼差しも、目頭に浮かんだたった一粒の光を除いては、先程の感情の渦を全て洗い流した後の、澄みきった静寂《せいじゃく》を湛《たた》えていた。

突然のユヌスの変化に戸惑《とまど》って眼差しを揺らした朝海を、ユヌスは再び深く腕に抱いた。

「私を愛してくれたおまえの中に、私は生きている。おまえが生きている限り」

「ユヌス？」

「アサミ、ジャミールと共にバーミヤンへ逃れよ。私の知り合いの僧がいる。しばらくはガズニ朝もグルバハールを攻めるのに手一杯でバーミヤンまでは手が回らないだろう。そこにしばらく身を隠せ」

ユヌスの言葉の意味がまるで分からず、朝海は幼児のようにユヌスの言葉を繰り返した。

「あなたは私の中に生きる？　バーミヤンへ逃れる？」

ユヌスは頷《うなず》き、そっと朝海の手を取って、自分の胸に当てた。ユヌスの確かな鼓動《こどう》が、朝海の華奢《きゃしゃ》な手に伝わった。

「お前のこの手に、私は生きている」

ユヌスは驚く朝海の髪をそっと撫で、

「この髪にも……」

そしてユヌスは、そっと朝海の心臓のあたりに触れた。朝海の心臓が、熱く燃える。

「ここにも、私は生きている。おまえが感じてくれた、私の思想、私の心……。それはおまえの中に生きつづける。いつか共に、天地を織るあの風に還《かえ》る、その日まで……」

そう言ってユヌスは、長い指で朝海の顎《あご》を捕らえ、震える唇で朝海の唇を熱く包んだ。

それは、初めての口づけだった。ユヌスの唇は限りなく優しく、哀しいほど熱く、狂おしいほどに朝海の唇を求めた。ユヌスの生きた確かな証を、焼き付けようとするように。

朝海は静かに目を閉じた。朝海は今、全身でユヌスを感じていた。唇で、髪で、腕で、心で、全身で……全霊で。

ユヌスは朝海の中に、確かに住んでいた。

やがてユヌスは、そっと朝海の唇を離した。壊れそうに儚《はかな》いユヌスの微笑が、初めて会った時のように、この世の人でないような不思議な空気をユヌスに与えていた。

……ユヌス。遙かな時と空間を超えて巡り逢《あ》ったユヌス。朝海の心に優しく激しい愛と共に住みつき、そして今、その肉体は去っていこうとしているユヌス。彼は一体、誰だったのだろう。

「ユヌス。あなたは……誰？」

朝海は、声をかければ消えてしまいそうに淡く佇《たたず》むユヌスに、震える声で尋《たず》ねた。

ユヌスは微笑した。

「私は、この世の誰でもない。しかし私は、この世の全てだ」

朝海はユヌスの胸にそっと頰を寄せた。ユヌスの胸は、いつか二人で駆けた、大地の香りがした。天と地を渡る風の音が聞こえる。

ユヌスを包む夜、ユヌスの頰に触れた風、ユヌスの駆けた大地、そしてユヌスの愛した朝海……。全てに住むユヌス。

この世の全てと今、ユヌスはひとつになる。

ユヌスの腕が、痛いほどに強く朝海を抱きしめた。

深い水底の静寂が、二人を守る。

限りない安らぎの夜と情熱の炎を湛《たた》えたユヌスの瞳の向こうに、朝海は果てしない夜空の広がりを見た。

時も空間も飲み込んだ、吸い込まれるように深い宇宙《そら》。きらめく星々の瞳が、地上に生きる人々の営みを、慈愛をこめて見つめている。

水の流れのようなしなやかな風が、その宇宙《そら》に吹いた。風の中に、朝海の魂から流れ出した、不思議なものたちが踊り出す。

水の底で、赤い炎が燃えている。炎と水……相反する二つのものは、風の中で一つに溶け合い、大いなる宇宙に溶かされていく。

愛も憎しみも、争いも安らぎも、光も闇も、生も死さえも。

全てを溶かしこんだ藍色の中に、一つになった二人が吸われて行く。片方ずつの翼を合わせ、大空へと飛び立つ、鳥となって。

互いの尾を嚙み合った巨大な二匹の蛇が、輪となってくるくると回る。円の形となった蛇には、始めも終わりも無い。ただ永劫《えいごう》の時を、存在しているだけ。

その巨大な輪をくぐった先は、一面の光、光、光……。どこからともなく、惜しみなく降り注ぐ、光の洪水だった。始めもなければ終わりもない、広大無辺の光の海。ただ、永遠のみが、そこにはあった。

次第に白くなってゆく夜の底が、この世の別れを告げる。
互いの涙に濡れた瞳は、この世の最後の愛しい人の姿を、魂に焼き付けようとするかのように貪《むさぼ》っていた。
しかし二人の唇は、微笑みの形を留めていた。この世の別れは泡沫《うたかた》に過ぎない。
いつか共に、天地に還るその日までの……。

やがて訪れた白い朝の中、朝海はジャミールと共に、バーミヤンへと旅立った。

2001.5.

終章　白銀の黎明《れいめい》

「あれが、バーミヤン谷です」

雪に埋もれながらやっとのことで山越えを果たすと、ジャミールが前方を指差した。

朝海《あさみ》は息を呑んだ。

積もる雪に白銀に輝くその街は、今まで見たこともないような不思議な静寂《せいじゃく》に包まれていたのである。

夜の深い澱《よど》んだ静寂とは全く趣を異にする……溢れる光を受けて輝くような、透明で荘厳《そうごん》な静寂。聖なる空気というものがあるとしたら、このようなものなのだろうかと思わせるほどに、空気の一粒一粒が輝いて見える。

「行きましょう。かつてユヌス様が教えを受けられた僧が私達を迎えてくれるはずです」

ジャミールが、呆然《ぼうぜん》と佇《たたず》んでいる朝海を促《うなが》した。朝海は慌ててジャミールの後に続いた。

街の空気もやはり透明に澄み切っていた。そして不思議なことに、朝海はこの街を昔から知っているような懐かしさに襲われていた。

形ばかりとはいえ、朝海も仏教徒だからだろうか。

二人がある僧院の門を叩くと、穏やかに澄んだ目をした老僧が、二人を出迎えた。

その老僧の顔を見た瞬間、朝海は文字どおり心臓が止まるかと思った。その穏やかな中にも厳しい光を湛《たた》えた、気品と威厳に満ちた老人の姿は、あの癩者《らいしゃ》が、泉のほとりで一瞬見せたあの姿だったからである。

「アサミ様、どうされました?」

朝海が僧院の入り口に足をかけたまま、棒立ちになっているのに気付いたジャミールが、心配そうに朝海を覗《のぞ》き込んだ。

「あなたは」

朝海は、そっとジャミールを押し退《の》け、老僧の前に進み出た。あの泉のほとりで見た老人の姿に間違いはない。

しかし、あの時と違うのは、その姿が朝海の心に恐怖を呼び起こさないことだった。あれほど恐ろしいと、見たくないと思った、朝海の過去を執拗《しつよう》に見せようとしたあの癩者《らいしゃ》。彼の姿を借りて現われた者を目の当たりにしても、朝海の心にはもう波一つ立たなかったのである。

「やっと……来られましたな」

老僧は、朝海を凛《りん》と澄みきった朝のように静かな眼差《まなざ》しで見下ろしながら、低く重々しい声で言った。

その声は紛れもなく、朝海の夢に何度も現われたあの声だったが、朝海の心はもはやそれを恐ろしいとは感じなかった。

老僧はゆっくりと頷《うなず》いて見せた。

「もう、私を恐ろしいとはお思いにならぬであろう？」

朝海は頷《うなず》いた。

「あなたはようやく、辿《たど》り着かれた。ご自分の心の闇を超えて。超えたからこそ、光に辿り着かれたのじゃ。闇は迷う者には恐ろしい。しかしそれを超えねば光は得られぬのじゃ」

「闇を超えて、光に辿り着いた……？　私が？」

朝海は、老僧の言葉を全身で味わうように反芻《はんすう》した。老僧は朝海の瞳を射抜くように見つめながら、再び頷いて見せた。

「もう分かっておられるはずじゃ。この世界に来て、あなたが得られたもの……それは何じゃ？」

「私が得たもの……」

朝海の胸の中で、この世界に来てからの数ヶ月間に起こった、様々な出来事が走馬灯のように駆け巡った。私が得たもの。ユヌス？　愛？　いや、決してそれだけではない。それらを包む、もっと大きな存在。

朝海の唇から、ひとりでに言葉が滑り出した。

「天地を織る風？　永遠？　いえ、光……」

老僧は瞳の光を柔らかくして頷いた。

「そうじゃ。それを持って、あなたはここに来られた。ユヌス殿と共に……」

朝海は見えない糸に引き上げられるように、瞠目《どうもく》して老僧を見上げた。

「あなたの中には、今もユヌス殿がおられる。私には分かるのじゃ。あなたにこの世の真実を教え、光に導いたのはユヌス殿じゃろう？　ユヌス殿は天に還られても、光となってあなたの中におられる。いや、むしろ、肉体を失ったからこそ、あなたの中に永遠の命を持って、生まれ変わられたのじゃ」

朝海の両目から、熱い涙が溢れ出した。

もうこの世では二度と相見《あいまみ》えることはないユヌス。この手で触れることも、声をきくことももう二度とない。しかし、そのユヌスは、光となって今も朝海の中に生きている。老僧は、ユヌスは肉体を失って初めて永遠の命を得たと言う。そう、肉体の死によって、今、二人の魂は永遠の結びつきを得たのだった。

朝海はそっと、自分の体を抱きしめた。この中に、今もユヌスがいる……。

老僧は朝海をじっと見下ろしていたが、やがて慈悲深い仏のような笑みを湛《たた》え、朝海に語りかけた。

「のう、アサミ殿。人は皆、大いなる天地のもとに抱かれて生きる。いつかはみな、天地に還る。天地の前には、人など小さなものですのじゃ。それを知り、心穏やかに過ごせば、いつかは仏の救いも訪れましょうぞ。ほれ、あの天を御覧なされ」

白く雪を頂いた山々の上には、紺碧の空が広がっている。所々に刷《は》かれた薄い雲は、天の懐《ふところ》に安らぐように静かに、ただ静かに人の世の営みを見下ろしていた。

あとがき

この度作品を出版させて頂くに当たって、この世の縁というものの不思議さを、奇跡のように感じているところです。

幼い頃から、小説家になることを夢見ていた空想好きな少女だった私も、医学部に入学し、日々の勉強に忙殺される中でいつしか小説を書くことも、空想の世界に遊ぶことも忘れていました。

そんな私がふとしたことで仏教哲学に触れる機会を得、人生が百八十度転換するような衝撃を受けました。そして生きる上でも、物を書く上でもこれを一生のテーマにしていきたいと強く願うようになりました。その第一作目がこの作品となったわけです。

仏教哲学との出会い。それに加えて、この作品を書き上げるに当たって大きな役割を果したものの一つに、イスラムとの出会いがありました。パキスタンのペシャワールで医療活動をされておられる中村哲先生の活動に感銘を受け、現地に旅することがなかったら、イスラムの人々は私にとっていつまでも遠い世界の人々のまま人生を通りすぎてゆき、この作品が生まれることもなかったでしょう。

この作品一つをとってみても、実に様々な「縁」によってこの世の中の物が成り立っているという真理（第六章でユヌスが朝海に語り聞かせたものです）を、出会った方々への感謝と共に噛み締めずにはいられません。

原稿を書いている途中も幾度も感じたことですが、この作品は私の作品でありながら同時に私の作品でない、ということです。文章を書いたのはたしかに私の手であるのですが、描かれたものは色々な方と仏教哲学を語り合った場において生まれたものであったり、あるいはパキスタンで見たイスラム教徒の人々が私に教えてくれたものであったりするからなのです。

中でも、難解な仏教哲学を分かりやすくご教授下さった九州大学医学部細菌学教授の吉田真一先生、そして仏教哲学を共に語り合う場を共有して下さった九州大学医学部の江夏怜様、冨岡慎一様、石川崇彦様、斎藤光正様、梶原英子様（参加順）他哲学の会に参加してくださった皆様にはこの場を借りて心より御礼申し上げたいと思います。本当に有難うございました。

なお、この作品の舞台となりましたイスラムの小国グルバハールおよびサイード家の人々に関しましては、全く架空の存在であり、特にモデルも存在しないことをお断り申し上げておきます。グルバハールと言う名の地名は現在のアフガニスタンに実際に存在する地名ですが、本作品に描かれているものとは地理的にも少しずれますし、展開される出来事も歴史的事実を正確に踏まえたものではありません。作者の意図は、主人公が未知の世界との出会いの中でどのように成長し、この世の真実に目覚めていくかを描くことにあり、歴史小説として正確さを追求することは本意でないことをどうぞご了承下さい。

最後になりましたが、作品の出版という積年の夢を叶えてくださった石風社の福元満治様、そしてイスラム世界に造詣深く、この度挿絵を担当していただくことになりました甲斐大策様に、心からの感謝を申し上げたいと思います。私自身甲斐大策様のファンであり、今回自分の作品に挿絵を描いて頂くことになりましたことは至上の喜びです。

様々な方々の「縁」に自分が支えられていることを深く噛みしめ、そしてこの作品を手に取って下さった読者の皆様にも心よりの感謝を申し上げて、結びの言葉とさせて頂きます。

永田智美（ながた　ともみ）
1976年11月22日生まれ。山口県宇部市出身。
山口県立宇部高校卒業後、九州大学医学部入学。
現在在学中。

天を織る風

二〇〇一年九月十五日初版発行

著　者　永田智美
発行者　福元満治
発行所　石風社
福岡市中央区大手門一―八―八
電話　〇九二（七一四）四八三八
ファクス　〇九二（七二五）三四四〇

印　刷　九州電算株式会社
製　本　篠原製本株式会社